Oetinger

Kjell Bohlund

Die unbekannte Astrid Lindgren

Ihre Zeit als Verlegerin

Deutsch von Nora Pröfrock

Verlag Friedrich Oetinger · Hamburg

Inhaltsverzeichnis

Vorwort 7
Wie alles begann 10
Ein sinkendes Schiff 15
Stellvertretende Verlagschefin 25
Das Blatt wendet sich 33
Während die Konkurrenz anderes im Sinn hatte 45
Kommerzialisierung 51
Die gute Lektorin 72
Die Lektorin, die es selbst am besten konnte 88
Die Bilder 93
Befreiung 109
Familienangelegenheiten 125
Aufbruch in die Welt 146
Die schwierige Doppelrolle 154
Die Chefin 169
Rabén & Lindgren 186
Aufwind und Gegenwind 194
Das Lebenswerk 206

Bildnachweis 211
Fußnoten 213
Literaturverzeichnis 219
Dank 222

Vorwort

Astrid Lindgrens Geschichten für Kinder und Jugendliche sind auf der ganzen Welt bekannt und beliebt. Im Laufe ihres langen, aktiven Lebens hat sie fünfundsiebzig Bücher geschrieben, die heute in mehr als hundert Sprachen erschienen sind. Und es kommen ständig neue Übersetzungen hinzu.

Diese großartige schriftstellerische Leistung zeugt nicht nur von literarischem Talent, sondern auch von harter, engagierter Arbeit. Doch die fünfundsiebzig Bücher erzählen nur einen Teil der Geschichte von Astrid Lindgrens Lebenswerk, das in Wirklichkeit noch umfassender ist. Umfassender und bedeutungsvoller. Davon handelt dieses Buch.

Vierundzwanzig Jahre lang war Astrid Lindgrens Arbeitsalltag zweigeteilt: Vormittags schrieb sie, doch um Punkt ein Uhr trat sie durch die Türen des schwedischen Buchverlags Rabén & Sjögren, wo sie den Rest des Tages konzentriert Manuskripte las, Besprechungen führte und die Geschäftskorrespondenz erledigte, eine Arbeit, die hin und wieder auch durch Interviews unterbrochen wurde. Im Herbst reiste sie durch Schweden und präsentierte auf Buchhändlerkonferenzen und verschiedenen öffentlichen Veranstaltungen die Neuheiten des Verlags.

Sie war die erste auf Kinderliteratur spezialisierte Lektorin und wurde zu einer der erfolgreichsten Verlegerinnen in der Geschichte der schwedischen Buchbranche. Zu Beginn ihrer Karriere bei Rabén & Sjögren stand der damals noch unbedeutende Verlag kurz vor dem

Konkurs. Fünf Jahre später hatte er sich zu Skandinaviens führendem Kinderbuchverlag entwickelt und verfügte über ein solides wirtschaftliches Fundament und hohes publizistisches Ansehen. Dies war der Auftakt zu einer Ära, die in Schweden als »das goldene Zeitalter der Kinderliteratur« bezeichnet wird und schwedische Autoren und Illustratoren in der ganzen Welt bekannt machte. Ohne Astrid Lindgrens doppelten Arbeitseinsatz wäre diese Entwicklung undenkbar gewesen.

Während sie ihre Bücher über Pippi Langstrumpf, Meisterdetektiv Blomquist, die Kinder aus Bullerbü, Michel aus Lönneberga, Polly Patent, Karlsson vom Dach, Madita und all die anderen beliebten Figuren schrieb, war sie zugleich als Lektorin und Verlegerin für eine Vielzahl anderer Autoren und Illustratoren tätig. Ihr hohes Maß an Glaubwürdigkeit machte sie zur Repräsentantin einer neuen Art von Kinderliteratur. Alle denken an sie als die warme, kluge und rechtschaffene Erzählerin, die stets auf der Seite der Kinder war und sich für menschliche Werte und Rechte einsetzte. Dass sie darüber hinaus eine fleißige und effektive Geschäftsfrau war, die das kommerzielle Spiel der Buchbranche beherrschte, ist nur den wenigsten bekannt. Diese Eigenschaften machten sie zu einer unvergleichlichen Kinderbuchverlegerin.

Die Doppelrolle als Starautorin und Verlegerin bei ein und demselben Verlag war unkonventionell und provozierte manch einen Schriftstellerkollegen, der Sorge hatte, die eigenen Bücher könnten dadurch ins Hintertreffen geraten. Astrid Lindgren hat nie gern über ihre ungewöhnliche Rolle gesprochen, sie wollte nicht als die Machthaberin erscheinen, die sie ohne Zweifel war. In ihrer Korrespondenz jedoch berichtete sie etwas offener von ihrer Arbeit, von Erfolgen und Misserfolgen. Sie hat unzählige Briefe geschrieben, sowohl private als auch geschäftliche, und dieser Fundus war eine wichtige Informationsquelle für mich. Die privaten Briefe an ihre Eltern geben ein faszinierendes Bild davon ab, wie sie ihr Stockholmer Leben als berühmte

Schriftstellerin und Verlegerin mit dem Landleben am Rande des småländischen Ortes Vimmerby verband. In den 1940er- und 1950er-Jahren und noch ein Stück in die 1960er-Jahre hinein schrieb Astrid regelmäßig, meist mehrmals im Monat, an ihre Eltern, die Bauersleute Samuel August und Hanna Ericsson. Die Briefe enthalten detaillierte Schilderungen ihres Familienlebens und der Arbeit im Verlag und sind in einer bildhaften Sprache mit starken Einschlägen des Vimmerbyer Dialekts verfasst.

Dieses Buch ist bereits 2018 in Schweden erschienen. Die vorliegende Version wurde jedoch bearbeitet und um zwei Kapitel erweitert, in denen ich zusätzlich auf die große Bedeutung Deutschlands für Astrid Lindgren und die schwedische Kinderliteratur eingehe.

Kjell Bohlund, Stockholm 2021

Wie alles begann

Warum stellst du nicht Astrid ein? Die kennt sich auch mit Büroarbeit aus, Stenografie, Maschineschreiben und so weiter.[1]

So fing die Geschichte an. Mit einer Frage, die eigentlich als Aufforderung gemeint war. Gestellt wurde sie in einem Gespräch zwischen Elsa Olenius und Hans Rabén, der jedoch – wie so oft – hauptsächlich zuhörte. Meist war Elsa Olenius diejenige, die sprach, und in diesem Fall ging es um Astrid Lindgren. Ort des Geschehens war ein altes Haus in der Oxtorgsgatan, in der Nähe des Platzes Hötorget im Zentrum von Stockholm. Das Haus ist heute längst abgerissen, doch was hier im Sommer 1946 besprochen wurde, veränderte die schwedische Kinderliteratur für immer. Astrid Lindgren, Elsa Olenius und Hans Rabén – diese drei spielten eine zentrale Rolle für die bevorstehende Kinderbuchrevolution. Die Hauptrolle übernahm natürlich Astrid selbst. Und zwar nicht als Sekretärin.

Astrid Lindgren war damals achtunddreißig Jahre alt. Sie war seit fünfzehn Jahren mit Sture Lindgren, dem Geschäftsführer des Automobilverbands *Motormännens Riksförbund*, verheiratet. Ein paar Jahre zuvor hatte die Familie eine moderne Fünfzimmerwohnung in der Dalagatan am Vasapark in Stockholm bezogen. Die beiden Kinder wohnten nach wie vor zu Hause. Lasse war neunzehn und hatte noch ein Jahr bis zur Hochschulreife, Karin war zwölf. Im Vorjahr war Astrid mit *Pippi Langstrumpf* ein sensationeller Durchbruch als Autorin gelungen, und bei Rabén & Sjögren waren bereits zwei weitere Kinderbücher von ihr erschienen. Hauptberuflich schreiben wollte sie jedoch nicht, sie bevorzugte eine Stelle mit festem Gehalt und einen Arbeitsplatz, den sie täglich aufsuchen konnte.

Während des Kriegs war Astrid Lindgren für die Postüberwachung des schwedischen Geheimdienstes tätig gewesen. Damals verließ sie gegen neun Uhr abends das Haus und kam erst am frühen Morgen wieder zurück. Die Sache war streng geheim, nicht einmal ihre Kinder durften wissen, was sie tat. Den ganzen Krieg über saß sie nachts im Hauptpostamt in der Vasagatan, dampfte Briefe auf und schwärzte alles, was womöglich militärische Geheimnisse preisgab. Mit dem Frieden endete diese Arbeit.

Am Silvesterabend 1945 schrieb Astrid in ihr Tagebuch:

Ich sehe 1946 mit großer Spannung entgegen – aus verschiedenen Gründen. 1945 ist teilweise ein sehr schweres Jahr gewesen, vor allen Dingen die erste Hälfte, aber auch der vergangene Herbst. Meine Arbeit bei der PKA wurde in diesem Jahr mit Ausbruch des Friedens beendet. Seit dem 10. September bin ich Stenotypistin bei der staatlichen Untersuchungskommission zur Teilzeitarbeit.[2]

Die Schwierigkeiten, von denen Astrid Lindgren hier schreibt, waren privater Natur. Ihre Ehe war nicht frei von Problemen, fast hätte Sture sie für eine andere Frau verlassen. Sie dachte also aus gutem Grund an mehr Sicherheit für sich und die beiden Kinder. Nachdem ihre Arbeit als Stenotypistin bei der staatlichen Untersuchungskommission im Sommer 1946 beendet war, stand sie erneut ohne Stelle da.

Hans Rabén war einundvierzig Jahre alt und einer der Gründer von Rabén & Sjögren. Das Geschäft war nicht gut gelaufen, bereits nach ein paar Jahren hatte er den Verlag verkaufen müssen, um einer Insolvenz zu entgehen. Doch diesem großen Misserfolg zum Trotz durfte er auch nach dem Inhaberwechsel weiter Verlagschef bleiben, und nun hatte er eine Idee für einen Neustart. Die Zeit war reif für eine neue, qualitativ höherwertige Kinderliteratur, wie er fand. Aber er brauchte Hilfe, denn von Kinderbüchern verstand er nicht viel.

Gäbe es im wahren Leben, ähnlich wie in der Filmbranche, einen Preis für die beste Nebenrolle, so wäre Elsa Olenius in diesem Fall wohl die Topkandidatin. Die fünfzigjährige ausgebildete Bibliothekarin war seit 1927 an der Stockholmer Stadtbibliothek angestellt und leitete in der Filiale in der Hornsgatan im Stockholmer Stadtteil Södermalm das Kinderprogramm. Ihre Märchenstunden, bei denen aus klassischen Kinderbüchern vorgelesen wurde, zogen so viel Publikum an, dass der kleine Raum stets zum Bersten gefüllt war. Sie hatte festgestellt, dass die jungen Zuhörer viel interessierter waren, wenn sie selbst etwas beitragen und die Erzählung aktiv mitgestalten konnten. Das Programm wurde immer umfassender, und bald reichten die Räumlichkeiten für Elsas Visionen nicht mehr aus. Zum damaligen Zeitpunkt hatte sie gerade einen Raum im Medborgarhuset auf Södermalm gefunden und mit der theaterpädagogischen Tätigkeit begonnen, aus der einige Jahre später das Kindertheater *Vår Teater* (Unser Theater) hervorgehen würde. Sie erzählte, es sei ihr gelungen, Ingmar Bergman zu verdrängen, der den Veranstaltungsort vor ihr genutzt hatte. Elsa Olenius verfügte nicht nur über ein umfassendes Wissen, sondern auch über einen eisernen Willen und eine Entschlossenheit, die ihr vielerorts als Türöffner diente. In manchen Kreisen galt sie als rücksichtslos, was für die vielen Projekte, die sie ins Rollen brachte, aber sicher auch notwendig war. Seit nunmehr drei Jahren arbeitete sie neben ihrer Stelle als Bibliothekarin zusätzlich als Gutachterin und Beraterin für Rabén & Sjögren.

Elsa Olenius war Astrid Lindgrens Talent im Rahmen eines Schreibwettbewerbs aufgefallen, den der Verlag 1944 veranstaltete. Das Manuskript, das Astrid eingereicht hatte, überzeugte sie jedoch noch nicht vollends, und sie verlangte ein neues erstes Kapitel. Die erste Begegnung mit Astrid Lindgren beschreibt Elsa folgendermaßen:

Plötzlich stand sie da, eine zierliche Dame zwischen 35 und 40, in einem braunen Kostüm und mit einer kleinen Baskenmütze auf dem Kopf. Ich hatte am Telefon über gewisse Änderungen mit ihr gesprochen, die sie meiner Meinung nach noch am Manuskript vornehmen sollte. Inzwischen hatte sie es überarbeitet. Gleichzeitig erzählte sie, dass sie daheim in der Schublade noch ein weiteres Manuskript liegen habe, das von Bonniers schon abgelehnt worden sei. Das war Pippi Langstrumpf*. Gleich bei unserer ersten Begegnung entstand ein ganz starker Kontakt zwischen Astrid und mir. Ich sah, dass sie wegen irgendetwas unglücklich war. Als ich sie danach fragte, erzählte sie mir plötzlich ganz offen, was los war.*[3]

Etwas später schrieb Astrid an Elsa:

Weiß der Himmel, warum ich Ihnen bei unserem Treffen so ungezügelt alles Mögliche anvertraut habe. Normalerweise bin ich zurückhaltender. Aber Sie waren nun mal so nett und haben es sich daher selbst zuzuschreiben.[4]

Damit war der Grundstein für eine lebenslange enge Beziehung zwischen den beiden Frauen gelegt, beruflich wie privat.

Wie so oft folgte Hans Rabén dem Rat von Elsa Olenius und bot Astrid Lindgren eine Stelle an. Am zweiten September 1946 begann sie im Verlag mit dem Auftrag, sich »um die Kinderbücher zu kümmern«. Halbtags, so wollte sie es, schließlich sollte weiterhin Zeit fürs Schreiben bleiben.

Für die nächsten vierundzwanzig Jahre blieb das nun ihr Arbeitsalltag. Vormittags war sie als freie Schriftstellerin zu Hause und nachmittags im Verlag. Im Laufe dieser Jahre veränderte sich ihr Leben dramatisch. Sie wurde zu einer weltberühmten, wohlhabenden Autorin und zum meistbewunderten Menschen Schwedens. Gegen die Einnahmen aus dem Verkauf ihrer Bücher sowie deren Verfilmungen,

Theaterinszenierungen und so weiter fiel das Verlagsgehalt kaum ins Gewicht. Trotzdem arbeitete sie bis zu ihrer Pensionierung im Jahr 1970 weiter jeden Tag von eins bis fünf im Verlag.

Bevor wir uns aber dem Anfang von Astrid Lindgrens Verlagsarbeit zuwenden, geht es zunächst ein paar Jahre zurück in die Gründungszeit von Rabén & Sjögren.

Ein sinkendes Schiff

Als Hans Rabén und Carl Olof Sjögren 1942 ihren Verlag gründeten, hatten sie noch keinerlei Pläne, Kinderliteratur herauszugeben. Beide hatten an der Universität von Stockholm Kunstgeschichte studiert, und dieser Hintergrund prägte auch die ersten Publikationslisten. Die Qualität ihrer Bücher war gut, das Programm jedoch nicht klar umrissen, es war eine Mischung aus Belletristik und Sachliteratur.

Im Riksarkivet, dem schwedischen Staatsarchiv, mit Blick auf den Mälarsee wird mir ganz andächtig zumute, als ich mit weißen Baumwollhandschuhen durch die alten Dokumente blättere. Dort sind die »Geburtsurkunde« und die ersten Jahresabschlüsse des Verlags bewahrt, den ich vierzig Jahre später selbst einmal leiten würde. Beim Blick auf die Zahlen traue ich meinen Augen kaum: Damals war so gut wie kein Geld in der Kasse! Das Startkapital betrug gerade mal 1800 Kronen. Hans Rabén wollte weg aus der Werbeabteilung des Norstedts Verlags, wo er sich nicht wohlfühlte, wie er erzählte. Er wollte Verleger werden, und für dieses Abenteuer holte er sich seinen Freund Carl Olof Sjögren ins Boot. Gemeinsam sollte es an die Verwirklichung eines alten Traums gehen, doch dieser Traum war äußerst unrealistisch. Die beiden Gründer rechneten damit, dass die Einnahmen aus dem Buchverkauf das Unternehmen schon tragen würden. Darüber hinaus gab es keine Finanzierung. Rabén & Sjögren war ein Schiff, das schon beim Stapellauf dem Untergang geweiht war.

Bis zur Erstellung des ersten Jahresabschlusses vergingen zwei Jahre. Im Bestätigungsvermerk vom 15. Januar 1944 heißt es, »aufgrund von Ordnungswidrigkeiten vonseiten des vorherigen Kassierers« sei eine umfassende Prüfung notwendig gewesen. Die Kasse war nach wie vor leer, die Schulden beliefen sich auf 170 000 Kronen.

Das war kein guter Start, doch Hans Rabén gab nicht auf. Er öffnete sich für Bücher verschiedenster Themen, mit ungetrübtem Optimismus, trotz der prekären finanziellen Lage. Als ihm ein Studienfreund von einem Kinderbuchmanuskript erzählte, das er in der Schublade liegen hatte, schlug Rabén zu. Der Wikingerroman *Slode slavpojken* (Slode, der Sklavenjunge) wurde positiv besprochen und verkaufte sich überraschend gut. Zum Glück beschloss Rabén schnell, weitere Kinderbücher herauszugeben. Seine eigenen Kenntnisse auf dem Gebiet waren zwar begrenzt, doch er hatte von Elsa Olenius gehört. Sie war ein wahrer Glücksgriff und das Telefonat mit ihr die Rettung für den Verlag. Um an neue Kinderbuchmanuskripte zu kommen, veranstaltete man 1944 einen Schreibwettbewerb, und Elsa legte das Thema fest:

Einladung zum Schreibwettbewerb für Mädchenbücher
für die Altersgruppe 10–15 Jahre.

Von verantwortlicher Seite muss festgestellt werden, dass die Jugendliteratur, vor allem die Literatur für Mädchen, von einer besorgniserregenden Gleichförmigkeit und Heuchelei geprägt ist. Hier wünscht man sich mehr Realismus und literarische Qualität und sähe gern, dass die Jugendliteratur sowohl die Liebe zum Heim und zur Familie als auch Ernsthaftigkeit und Verantwortungsbewusstsein im Verhältnis zum anderen Geschlecht fördert.
Diese Aspekte sollen als Richtlinien für den hier ausgeschriebenen Wettbewerb dienen. Keine der genannten Tendenzen soll jedoch so stark hervortreten, dass der Text einen pedantischen oder belehrenden Ton bekommt. Aufrichtigkeit und gern auch Romantik sollen an die Stelle von Sentimentalität und Heuchelei treten.[5]

Astrid Lindgren sah die Annonce und reichte einen Beitrag ein. Ihren allerersten Kontakt mit Rabén & Sjögren beschrieb sie folgendermaßen:

> *Am 1. August 1944 um zehn Uhr morgens stand ich mit einem Manuskript unterm Arm vor dem Haus in der Oxtorgsgatan 10 in Stockholm. Misstrauisch sah ich mich um. Das konnte doch nicht sein! Dies war angeblich die Adresse eines Verlags, wie hieß er noch gleich? Rabén & Sjögren – der Veranstalter des Schreibwettbewerbs, an dem ich teilnehmen wollte. Aber welcher Verlag hauste in so einem Rattenloch?*[6]

Das Manuskript, das Astrid dort durch den Briefschlitz schob, trug den Titel *Britt Hagström, 15 Jahre.* Geschrieben hatte sie es tagsüber, nachdem sie sich von ihrer Nachtschicht bei der Postüberwachung ausgeruht hatte. Ihr Pseudonym war Wolfgang – die Liebe zu Mozart bewahrte sie sich ihr Leben lang –, und in einem versiegelten Umschlag war ihr wahrer Name beigefügt.

Hätte Astrid damals durch die Tür in den Verlag hineinschauen können, hätte sie es sich vielleicht noch einmal anders überlegt. Dort herrschte Krisenstimmung, der Verlag war bankrott. In seiner Chronik schrieb Hans Rabén:

> *Die finanzielle Lage spitzte sich immer weiter zu, und im Grunde hätten wir überhaupt nicht mehr so viel Neues anfangen dürfen, denn wir wussten ja gar nicht, ob wir für die Druckkosten und Honorare aufkommen konnten. Aber unser Einstieg hatte offenbar so viel Eindruck gemacht, dass wir das Vertrauen der Lieferanten und Autoren hatten. Wir befanden uns in einer ähnlichen Situation wie ein Spieler, der weiter alles auf den großen Gewinn setzt, um am Ende sämtliche Schulden begleichen zu können. Also machten wir weiter.*[7]

Rabén war sich bewusst, dass es ein Verstoß gegen das Aktiengesetz war, den Verlag ohne Kapital weiterzuführen. Doch er hörte nicht auf. Eines Abends im Frühherbst klingelte bei Familie Lindgren in der Dalagatan das Telefon:

> *Ein gewisser Doktor Rabén erkundigte sich, ob ich möglicherweise Lehrerin sei. Wohl falsch verbunden, dachte ich. Da wollte irgendein Arzt seine Patientin sprechen … Aber dann platzte die Bombe! Hatte ich richtig gehört? Was sagte er da? Dass ich den zweiten Platz bei Rabén & Sjögrens Schreibwettbewerb gewonnen hatte […]. Ja, dann brauchte ich also nur noch auf das Preisgeld zu warten. Doch das dauerte. Die Wochen vergingen, aber immer noch kein Preisgeld! Allmählich glaubte ich, das wäre alles nur ein Traum gewesen. Ich hatte ja keine Ahnung, dass sich der gerade mal zwei Jahre alte Verlag in großen finanziellen Schwierigkeiten befand und um sein Überleben kämpfte.*[8]

Schließlich traf das Geld doch noch ein, 1200 Kronen. Als das Buch erschien, lautete der neue Titel *Britt-Mari lättar sitt hjärta* (*Britt-Mari erleichtert ihr Herz*, Oetinger 1954). Astrids Debüt erhielt wohlwollende Kritiken, verkaufte sich jedoch nur mäßig.

Um die Weihnachtszeit desselben Jahres war es für Hans Rabén und Carl Olof Sjögren endgültig vorbei. Es ging nicht mehr, das Geld war aufgebraucht, und auf neue Kredite bei den Druckereien konnten sie nicht bauen. Bei einer außerordentlichen Gesellschafterversammlung im Januar 1945 wurde festgehalten, dass Rabén & Sjögren zahlungsunfähig war und den Betrieb einstellen musste. Die Schulden beliefen sich mittlerweile auf 400.000 Kronen, ein ungewöhnlich hoher Betrag in Anbetracht des überschaubaren Geschäftsumfangs.

Für Rabén & Sjögren hätte die Geschichte hier enden können. Mit Astrid Lindgrens Schriftstellerei wäre es sicher auch anderswo weitergegangen, ihr Debüt hatte eine gewisse Aufmerksamkeit erregt, und es gab durchaus Alternativen zu Rabén & Sjögren.

Neulich Abend bekam ich einen Anruf vom Gebers Verlag. Sie sagten, Rabén & Sjögren habe sämtliche Zahlungen eingestellt, und schlugen mir vor, den Verlag zu wechseln. Ich rief Doktor Rabén an und fragte ihn, wie es darum bestellt sei, und er sagte, das stimme, aber die Firma solle umstrukturiert und weitergeführt werden. Mal sehen, was nun wird. Ein stabilerer Verlag wäre vielleicht besser, falls ich noch ein weiteres Meisterwerk zustande bringen sollte.

Brief an die Eltern, 28. März 1945

Tatsächlich kam es aber doch nicht zum Konkurs. Die Aufmerksamkeit um den Kinderbuchwettbewerb bescherte dem Verlag in letzter Minute einen neuen Eigentümer. Karl Sörlin, Buchhändler und Geschäftsmann in Norrköping, wollte Rabén & Sjögren unter der Voraussetzung übernehmen, dass die Gläubiger von siebzig Prozent ihrer Forderungen zurücktraten, was sie widerwillig auch taten. Die Namen derer, die zusammen fast 300.000 Kronen verloren, sind nicht dokumentiert. Vielleicht waren ein paar Autoren darunter, aber vor allem mussten hier wohl Druckereien und Buchbindereien für ihre großzügigen Kredite bezahlen.

Hans Rabén durfte als Verlagschef weitermachen und gab Astrid Lindgren umgehend Bescheid:

Vorgestern rief Doktor Rabén an und war ganz sanftmütig und erzählte, dass die Firma jetzt umstrukturiert sei und er hoffe, ich würde bald ein neues Manuskript einreichen, also werde ich mich jetzt wohl erst mal an ihn halten müssen.

Brief an die Eltern, 5. Mai 1945

Als die akute Krise bewältigt war, wagte Hans Rabén den nächsten Schritt und schrieb erneut einen Wettbewerb aus. Das Gespräch mit ihm hatte Astrid beruhigt, und dieses Mal reichte sie gleich zwei Beiträge ein.

Familienfoto aus den frühen 1940er-Jahren. Karin hat in der Schule angefangen und übt schreiben. Ihr großer Bruder Lasse, Astrid und Sture sehen zu. Bis zu ihrem 37. Geburtstag im Herbst 1944 war Astrid Lindgren eine völlig unbekannte Hausfrau. Sie hatte zwei Geheimnisse: Nachts arbeitete sie für die Postüberwachung des schwedischen Geheimdienstes, und tagsüber hatte sie begonnen, Kinderbücher zu schreiben.

Einer der Beiträge war *Pippi Langstrumpf.* Elsa Olenius, die in der Jury saß, konnte nach langen Diskussionen dafür sorgen, dass der erste Preis an Astrid Lindgren ging. Hans Rabén hatte Zweifel, ließ sich aber überzeugen. Elsa wusste, von wem der Text stammte, was eigentlich nicht den Regeln entsprach. Sie hatte Astrid bei der Überarbeitung des Pippi-Manuskripts geholfen, nachdem es ein Jahr zuvor bereits von einem anderen Verlag, Bonniers, abgelehnt worden war. Einen Monat vor Heiligabend 1945 erschien *Pippi Langstrumpf* schließlich. In Hans Rabéns Chronik heißt es:

Und dann ging es plötzlich rund, es kam eine Auflage nach der nächsten, und unser kleines Unternehmen war für diese Sturzflut kaum gerüstet. Zu meinen glücklichsten Erinnerungen als Verleger gehört die Zeit vor Weihnachten 1945, als wir alle zusammen bis spätnachts unten im Lager standen und Pippi verpackten. Heiligabend verbrachte ich im Taxi und klapperte die Stockholmer Buchhändler ab. In diesem Jahr sollten alle Kinder Pippi zu Weihnachten bekommen.[9]

Trotzdem schaffte es das Buch nicht zu allen unter den Weihnachtsbaum, und auch Astrid wartete lange auf ihr erstes Exemplar. Verärgert schrieb sie an ihre Eltern:

Bislang habe ich von Pippi noch nichts gesehen, aber jetzt sollte das Buch wirklich bald mal kommen. Am 17. November nimmt Elsa Olenius an einem Gespräch im Radio teil, das »Pippi Langstrumpf und all die anderen« heißen soll. Darin werden eine Reihe Bücher rezensiert, genau wie letztes Jahr. Elsa Olenius hat mir gesagt, dass sie sowohl über Pippi als auch über »Kerstin und ich« (das Bauernbuch, ihr wisst schon) sprechen will. Sie tut also wirklich, was sie kann, um mir zu Ruhm und Ehre zu verhelfen.

Brief an die Eltern, 8. November 1945

Und die arme Pippi hätte sich wer weiß wie gut verkaufen können, aber der Verlag hat es einfach nicht geschafft, schnell genug zu liefern, da ist uns also einiges durch die Lappen gegangen.

Brief an die Eltern, 21. Dezember 1945

Astrid hatte recht. In Stockholm führte Pippi um Weihnachten 1945 die Bestsellerlisten der Buchhändler an, doch im Rest des Landes blieb das Buch hinter anderen Titeln zurück, da Rabén und Sjögren außerhalb der Stadt nicht schnell genug liefern konnten. Aber Astrid war nachsichtig.

Ihr zweiter Beitrag im Schreibwettbewerb von 1945 war *Wir Kinder aus Bullerbü*. Für dieses Buch erhielt sie zwar leider keinen Preis, aber Elsa Olenius überredete Hans Rabén, die Publikationsrechte zu erwerben, und als das Buch zwei Jahre später erschien, hatte es großen Erfolg.

In diesen turbulenten Jahren gegen Ende der Kriegszeit, als der Verlag nur knapp dem Konkurs entging, war Elsa Olenius' tatkräftige Unterstützung von unschätzbarem Wert für Astrid Lindgren, sowohl in Hinblick auf ihre schriftstellerische Karriere als auch für ihren beruflichen Wechsel von der Briefzensur beim Nachrichtendienst zur Verlagsarbeit.

Elsa fertigte Gutachten zu eingereichten Manuskripten an, war Jurorin bei den Schreibwettbewerben des Verlags und eine wohlgesinnte Rezensentin von Astrids eigenen Büchern. Die Frage der Befangenheit lastete nicht besonders schwer auf ihr, und Astrid Lindgren lernte schnell den Wert eines persönlichen Netzwerks zu schätzen. Elsa öffnete Astrid wichtige Türen und führte sie ohne Umwege in die Stockholmer Kinderbuchszene ein.

So unterschiedlich die beiden Frauen in Bezug auf Persönlichkeit und Temperament auch waren, so sehr ähnelten sich ihre Beurteilungen und Einschätzungen von Büchern, und da sie sich sehr effizient die Bälle zuspielten – Astrid als Autorin und Verlegerin, Elsa als Gutachterin und Vermarkterin –, profitierten sie voneinander. Im Laufe der Jahre unternahmen sie viele gemeinsame Reisen, sowohl privat als auch geschäftlich, und besuchten gern zusammen ein Stockholmer Hamam.

Nach Sture Lindgrens Tod im Sommer 1952 war Elsa eine wertvolle Stütze für Astrid, und als Elsa 1984 selbst auf dem Sterbebett lag, wich Astrid nicht von ihrer Seite, genau wie sie es ihr einmal versprochen hatte.

Nach dem Erfolg von *Pippi Langstrumpf* war Hans Rabén überzeugt davon, dass der Verlag durch Kinderbücher wieder auf die Beine kommen würde. Er folgte Elsa Olenius' Rat und fragte Astrid Lindgren, ob sie bei Rabén & Sjögren anfangen wolle. Diese war, wie erwähnt, gerade arbeitslos und sagte zu. So fing alles an.

Elsa Olenius und Astrid Lindgren im Jahr 1958 beim Verlassen des Palazzo Vecchio in Florenz. Astrid hat soeben den Hans-Christian-Andersen-Preis entgegengenommen, eine der prestigereichsten Auszeichnungen für Kinderliteratur. Es war das zweite Mal, dass der Preis verliehen wurde, und Elsa Olenius war als moralische Unterstützung und Begleitung für den Abend dabei.

Stellvertretende Verlagschefin

Astrid Ericsson, wie sie damals noch hieß, hatte ihre Schullaufbahn im Alter von fünfzehn Jahren mit dem Realschulabschluss beendet. In Vimmerby, wo sie aufwuchs, gab es kein Gymnasium, doch das war nicht weiter tragisch. Astrid wollte arbeiten und begann ein Volontariat bei der örtlichen Tageszeitung. Ihr Talent zum Schreiben war bereits mehr als offensichtlich. Als sie nach einer Romanze mit dem Chefredakteur und Eigentümer der Zeitung schwanger wurde, zog sie, gerade mal achtzehn Jahre alt, nach Stockholm, wo sie eine Ausbildung zur Sekretärin begann. Diese ließ sich zum Glück so organisieren, dass Astrid im Dezember 1926 eine Pause einlegen konnte, um in Kopenhagen ihren Sohn Lasse zur Welt zu bringen. Die folgenden Jahre war der Junge zunächst bei einer Pflegefamilie in Kopenhagen untergebracht, bis Astrid die Möglichkeit hatte, ihn zu sich zu holen.

Als sie bei Rabén & Sjögren anfing, hatte sie zwar schon bei den verschiedensten Unternehmen Erfahrung mit Büroarbeit gesammelt und für ihre Sorgfalt viel Anerkennung bekommen, aber einen Verlag hatte sie noch nie betreten. Dennoch schrieb sie ihren Eltern Samuel August und Hanna voller Zuversicht von der neuen Stelle:

> *Am 1. September fange ich eine Halbtagsstelle bei Rabén & Sjögren an, mit ziemlicher Sicherheit zumindest. Ich soll Doktor Rabéns Stellvertreterin sein, wenn er nicht da ist, und auch sonst soll ich ihn so weit es geht entlasten.*

Brief an die Eltern, 23. August 1946

»Stellvertretende Verlagschefin« – das klingt etwas übermütig für jemanden, der noch nie einen Fuß in einen Verlag gesetzt hat. Der Ton des Briefes ist sicher davon gefärbt, dass Astrid ihren Eltern gegenüber ein möglichst positives Bild von ihrem Leben in Stockholm und ihrer neuen Arbeitsstelle zeichnen wollte. Aber hier zeigt sich auch ein Charakterzug, dem man in Astrids Lebensgeschichte immer wieder begegnet: ein starkes Selbstbewusstsein hinter dem sonst eher bescheidenen Auftreten. Sie war sehr belesen, stand seit zwanzig Jahren auf eigenen Beinen und wusste, dass sie schnell und effektiv Dinge regeln konnte.

Beim Verlag sollte sie sich also »um die Kinderbücher kümmern«, wie Hans Rabén es formulierte. Für ihn war sie wohl eher eine Assistentin als eine Stellvertreterin, zumindest anfangs. Doch Astrid kam nicht unvorbereitet. Schon vor einiger Zeit hatte sie begonnen, sich einen Überblick über wichtige Namen in der Buchbranche zu verschaffen. Die Briefe an ihre Eltern lassen in etwa ab dem Zeitpunkt der Veröffentlichung von *Pippi Langstrumpf* ein zielstrebiges Vorgehen erkennen:

> *Elsa Olenius hat gestern gesagt, dass sie nächste Woche u. a. Corinna vom Svenska Dagbladet und Colomba von D. N. zu sich einlädt, und ich soll dann auch dazukommen.*
>
> Brief an die Eltern, 18. Januar 1946

Corinna alias Greta Bolin vom *Svenska Dagbladet* und Colomba alias Eva von Zweigbergk von *Dagens Nyheter* waren damals die einflussreichsten Kinderbuchkritikerinnen des Landes und schrieben für die beiden wichtigsten Tageszeitungen.

Dank Elsa Olenius kam Astrid schnell in Kontakt mit den beiden mächtigen Frauen.

Letzte Woche war ich auf einer sog. Cocktailparty, das habe ich auch Tante Emma erzählt, um sie ein bisschen zu ärgern. Der Ljus Verlag hatte anlässlich des Stockholm-Aufenhalts von Metro Goldwyn Myers [sic] Drehbuchchefin Mrs. Brandt und eines Londoner Verlagschefs dazu eingeladen. Ich stand eigentlich gar nicht auf der Gästeliste, aber Elsa Olenius wollte mich partout dabeihaben, also habe ich Frau Burling vom Ljus Verlag angerufen und gesagt, sie müssten mir auch eine Einladung schicken, und das haben sie dann auch getan. Die Party fand im Ambassadeur statt, und da waren so viele vornehme Leute.

Brief an die Eltern, 13. April 1946

Ich werde nach Odense fahren und versuchen, »Britt-Mari« und »Kerstin und ich« bei dem [dänischen, A. d. Ü.] Verlag unterzubringen, der Pippi gekauft hat.

Brief an die Eltern, 2. Mai 1946

Ich habe den Verlag besucht, der Pippi gekauft hat, Skandinavisk Bogforlag heißt er, ein richtiger Prachtverlag, mit eigenem Gebäude und jeder Menge Personal und einem sehr netten Chef. Sie sind mit mir durch Odense gefahren und haben mir H. C. Andersens Geburtshaus gezeigt, das inzwischen ein Museum ist und allerlei Andenken an H. C. Andersen enthält. Und dann durfte ich mir noch den Dom von Odense von innen anschauen, und da lag doch wahrhaftig König Christian der Tyrann begraben. Ich habe dem Verlag »Britt-Mari« und »Kerstin und ich« zur Ansicht dagelassen, nun müssen wir abwarten, ob sie Interesse daran haben.

Brief an die Eltern, 16. Mai 1946

In dieser Zeit war Astrid Lindgren noch als Stenotypistin bei der staatlichen Untersuchungskommission tätig. Sie arbeitete halbtags und hatte nebenher begonnen, sich selbst zu promoten. Als Autorin kannte sie keine falsche Bescheidenheit, sondern kümmerte sich von

Anfang an aktiv um ihre Auslandslizenzen, und das blieb so für den Rest ihres Lebens – nur eins der vielen Beispiele für das, was ihre Tochter Karin als »Mamas Geschäftssinn« beschreibt.

Nach der ersten Arbeitswoche bei Rabén & Sjögren schrieb sie an ihre Eltern:

> *Ich bin jetzt seit einer Woche beim Verlag und werde dort auch gebraucht, wie mir scheint. Die Arbeit ist ganz nett, zumindest jetzt im Herbst, wenn alle Bücher in die Läden kommen. Ob es danach auch so nett ist, weiß ich noch nicht.*
>
> Brief an die Eltern, 9. September 1946

Der Verlag war nach wie vor in dem alten Gebäude in der Oxtorgsgatan untergebracht, wo Astrid zwei Jahre zuvor ihr Manuskript zu *Britt-Mari erleichtert ihr Herz* durch den Briefschlitz geschoben hatte. Nun arbeitete sie dort halbtags von dreizehn bis siebzehn Uhr. Ihr Gehalt betrug dreihundert Kronen, genauso viel, wie sie vorher als Stenotypistin verdient hatte.

Hans Rabén hat den Verlag folgendermaßen beschrieben:

> *Es war ein dreistöckiges Haus, dessen gewölbte Einfahrt in einen kleinen Innenhof führte. Das Gebäude stammte aus dem 18. Jahrhundert, war schon recht heruntergekommen und dicht umdrängt von der umliegenden Bebauung, aber es war wohl einmal ein Kaufmannshaus gewesen. Der Aufgang zu den oberen Stockwerken befand sich links von der Einfahrt, was keinen besonders repräsentativen Eindruck machte. Doch das Treppenhaus mit der gewölbten Decke, die doppelte Eingangstür, die halbhoch vertäfelten Zimmer mit ihren tiefen, holzverkleideten Fensternischen verliehen den Räumlichkeiten, in denen sich die ersten stürmischen Jahre der Verlagsgeschichte zutrugen, eine angenehm altmodische Atmosphäre.*[10]

Als Verlagschef repräsentierte Hans Rabén das Unternehmen nach außen. Er war ein großer, elegant gekleideter Mann in Anzug, Weste, hin und wieder mit Krawatte, in der Regel aber mit Fliege. Von ihm hatte Astrid ihre Stelle bekommen, doch die Leitung des Hauses oblag einem zweiköpfigen Team, in dem Rabén eher die zweite Geige spielte.

Karl Sörlin, Buchhändler, in erster Linie aber Geschäftsmann, hatte den Verlag ein Jahr zuvor im letzten Moment vor dem Konkurs bewahrt. Er war nicht so elegant wie Rabén, doch dafür geschäftstüchtiger. »Kalle war pfiffig«, wie Astrid es ausdrückte. Um die Finanzen persönlich im Auge zu behalten, pendelte er mit dem Zug zwischen Stockholm und Norrköping, denn auf Rabéns Urteil allein vertraute er nicht. Und auch von anderer Seite stand Rabén unter Druck. Er hatte etwas bei Hans Th. Holm gutzumachen, seinem dominanten Schwiegervater, der sich ebenfalls an der Rettung des Verlags beteiligt hatte. Ohne dessen Geld und Einfluss hätte Hans Rabén seine Position nicht behalten.

In einem Radiointerview erzählte Astrid über ihre erste Zeit bei Rabén & Sjögren:

> *Als ich beim Verlag anfing, gab es dort nur ein paar Vertriebsmitarbeiter, zwei Sekretärinnen und Hans Rabén. Sonst war da niemand, die Bücher mussten sich also quasi selbst machen.*[11]

Auch wenn die akute Krise überstanden war, blickte der Verlag in eine unsichere Zukunft. Der soeben fertiggestellte Jahresabschluss für das letzte Geschäftsjahr zeigte einen Nullgewinn. In der Kasse befanden sich 19 000 Kronen, die Schulden betrugen 250 000 Kronen. Das Unternehmen hielt sich mit anderen Worten gerade so über Wasser, was die Geschäftsleitung jedoch nicht davon abhielt, gelegentlich ordentlich zu feiern. Nach den ersten drei Wochen bei Rabén & Sjögren schrieb Astrid an ihre Eltern:

Vorgestern Abend hat Rabéns Verlag Elsa Olenius in den Opernkeller zum Essen eingeladen. Der Verlag, das waren ich und Doktor Rabén und Doktor Strandberg und Buchhändler Sörlin, dieser kleine dicke, reiche und nette Kerl, der den Verlag gekauft hat. Das Essen war großartig. Zuerst gab es drei Schnittchen mit russischem Kaviar und Lachs und Käse, dann Pastetchen mit Pilzfüllung, dann eine wahnsinnig leckere Hummersuppe, danach Geflügel und anschließend Eis mit warmer Schokoladensoße. Und zwei verschiedene Weine.

Brief an die Eltern, 21. September 1946

Astrid Lindgren schrieb ihren Eltern oft so detailliert über die Verlagsessen. In einem bäuerlichen Heim stellte Essen ein wichtiges Thema dar, und Astrid wollte zeigen, dass es ihr gut erging in »Ninive«, wie ihr zutiefst gottesfürchtiger Vater Samuel August Stockholm bezeichnete. Die Stadt Ninive (das heutige Mossul) am Ufer des Tigris wird im Alten Testament mehrfach wegen ihrer sündhaften Einwohner erwähnt. Astrid griff die biblische Ausdrucksweise ihres Vaters auf:

Ja, jetzt bin ich also zurück in Ninive. Montag war mein erster Tag im Büro.[12]

Sörlin hatte den Verlag ursprünglich gekauft, um aus dem Lagerbestand Profit zu schlagen. Ihm ging es nicht darum, weiterhin Bücher herauszugeben. Ganz anders Hans Rabén, der allen Rückschlägen zum Trotz nach wie vor zuversichtlich war. Er kämpfte für die Zukunft des Verlags und auch für seine eigene.

In dieser vertrackten Situation erschien nun also Astrid Lindgren auf der Bildfläche. Der Verlag, für den sie von nun an arbeitete, hatte zwei Chefs mit unterschiedlichen Interessen, denn der eine wollte so schnell wie möglich wieder verkaufen, und als Drahtzieherin hinter den Kulissen war da außerdem die willensstarke Elsa Olenius, die es gewohnt war, zu entscheiden. Ein wahres Minenfeld also, in dem man sich nur allzu schnell Feinde machen konnte. Doch wie sich herausstellte, verfügte Astrid Lindgren über persönliche Stärken, die weit über ihr schriftstellerisches Talent hinausgingen – unter anderem schaffte sie es, die beiden Chefs zu bändigen:

> *Es kam nicht sehr oft vor, dass sie aneinandergerieten, doch dann flogen jedes Mal die Fetzen. Wenn gar nichts anderes half, ging ich dazwischen und schrie aus Leibeskräften: Schluss jetzt! Dann beruhigten sie sich widerwillig.*[13]

Szenen dieser Art sollten sich unzählige Male wiederholen. Im Laufe der Jahre glättete Astrid Lindgren die Wogen, die im Verlagswesen oft recht hoch schlagen. Mit Besonnenheit und Diplomatie verschaffte sie sich bei ihrem Umfeld Respekt und Vertrauen. Sie war gut im Vermitteln und im Finden von Lösungen. Eigene Interessen stellte sie bereitwillig hintenan, wenn sich dadurch Streit vermeiden ließ. Einige ihrer Freunde haben angedeutet, sie sei vielleicht etwas konfliktscheu gewesen.

Astrid wusste nur zu gut, wie es um die Finanzen und die Zukunftsaussichten des Verlags bestellt war. Ihre Alarmglocken hatten mehrfach geläutet, und sie hatte durchaus auch in Erwägung gezogen, ihre Bücher bei einem anderen Verlag unterzubringen. Doch dass sie von Rabén & Sjögren eine Chance bekommen hatte, als sie noch völlig unbekannt war, vergaß sie dem Verlag nie, und dieses Vertrauen erwiderte sie nun um ein Vielfaches. Sie glaubte an Hans Rabéns aufrichtigen Willen, den schwedischen Kinderbuchmarkt zu erneuern – vielleicht mehr an den Willen als an seine Fähigkeit dazu. Und was noch wichtiger war: Elsa Olenius, auf die Astrid Lindgren große Stücke hielt, arbeitete ebenfalls für den Verlag, zwar nur in beratender Funktion, aber mit großem Einfluss. Astrid setzte also ganz und gar auf Rabén & Sjögren, als Herausgeber für ihre Bücher wie auch als Arbeitgeber.

Ihre Tochter Karin, die damals zwölf Jahre alt war, hat ihrer Mutter nie Unsicherheit in Bezug auf die neue Stelle angemerkt:

Nein, mich hat es nicht so sehr gewundert, dass sie sich schnell in ihre neue Rolle einfand. Das entsprach genau dem Bild, das ich von ihr hatte, sie war ein Fels in der Brandung und schaffte einfach alles.[14]

Das Blatt wendet sich

Als 1946 Weihnachten gefeiert wurde, hatten Astrid Lindgren, Hans Rabén und die anderen im Verlag sicher ein mulmiges Gefühl. Die Verkaufszahlen im Herbst waren schlechter ausgefallen als erwartet. Von Astrid waren zwei neue Bücher erschienen, *Pippi Langstrumpf geht an Bord* und *Kalle Blomquist – Meisterdetektiv*, die sich auch beide gut verkauft hatten, aber das reichte nicht aus, der Schuldenberg war einfach zu groß. Der Kassensturz im Januar zeigte, dass die Verkäufe um zehn Prozent zurückgegangen waren. Schon vor Antritt ihrer Stelle hatte Astrid ein ungutes Gefühl in Bezug auf die wirtschaftliche Lage des Verlags gehabt, nun bangte sie ernsthaft um das Überleben des Hauses. Hans Rabén war etwas abgehärteter, er balancierte nicht zum ersten Mal am Abgrund.

Doch es gab auch positive Zeichen. Kurz vor Weihnachten 1946 hatte Rabén & Sjögren Anerkennung für seine Ausrichtung auf Qualitätsliteratur erhalten. Margit Vinberg schrieb in der Kulturzeitschrift IDUN:

> *Die Menge an neuen Kinderbüchern ist überwältigend – vom viel diskutierten Papiermangel keine Spur. Will man ein allgemeines Qualitätsurteil fällen, trifft es wohl »tja« am besten. Das meiste ist ganz nett, gehört aber zu der Sorte Literatur, die schnell wieder vergessen ist und dann auf den Wühltischen landet, einiges hebt sich in lobenswerter Weise davon ab, ein Teil hätte noch in Manuskriptform an die Autoren bzw. Autorinnen zurückgehen sollen. Ein Verlag tut sich aber besonders*

positiv hervor, nämlich Rabén & Sjögren. Hier ist der deutliche Wille zu spüren, mit Expertise und Ehrgeiz erstklassige Kinder- und Jugendliteratur auf den Markt zu bringen.[15]

Als Astrid Lindgren 1947 zum ersten Mal den ihr zustehenden dreimonatigen Sommerurlaub antrat, stand der Verlag aber immer noch auf wackligen Beinen. Ihr Brief an die Eltern zeigt, dass es gar nicht so leicht für sie war, sich vom Tagesgeschäft loszureißen und zum Sommerhaus auf Furusund im nördlichen Stockholmer Schärengarten aufzubrechen, das die Familie von Stures Eltern übernommen hatte:

Beim Verlag hatte ich in den letzten Tagen wahnsinnig viel um die Ohren, denn es gibt noch so viel zu erledigen, bevor ich losfahre, und ich weiß auch wirklich nicht, wie sie ohne mich klarkommen sollen. Aber es wird schon irgendwie gehen.

Brief an die Eltern, 13. Juni 1947

Als Astrid nach dem Sommer wieder zurück im Verlag war, kam endlich die Wende, von der Hans Rabén so oft gesprochen hatte. Das Herbstprogramm des Jahres 1947 war das erste, das Astrid mitgestaltet hatte. Der Verlag arbeitete inzwischen mit einer Reihe neuer Autoren zusammen, einige alte hatte Astrid dafür verabschiedet. Vor allem aber schossen in diesem Herbst die Verkaufszahlen ihrer eigenen Bücher in die Höhe. Insgesamt drei Neuerscheinungen legte sie vor, und zusammen mit ihren ersten Büchern waren diese für fünfundzwanzig Prozent der Einnahmen aus Rabén & Sjögrens Buchverkauf verantwortlich. Nun zeigte sich das gewaltige Potenzial, das Astrid Lindgrens ungewöhnliche Doppelrolle als Programmmacherin und Autorin für den Verlag bereithielt. Der Verkauf stieg insgesamt um fünfundsiebzig Prozent an, und zum ersten Mal konnte in diesem Jahr ein kleiner Gewinn verzeichnet werden.

Das Sommerhaus Stenhällen auf Furusund im nördlichen Stockholmer Schärengarten gehörte ursprünglich Sture Lindgrens Eltern. Für Astrid Lindgren war es zeit ihres Lebens ein wichtiger Zufluchtsort.

Wir Kinder aus Bullerbü war bereits im Rahmen des Schreibwettbewerbs von 1945 entstanden. Nun kam die Geschichte also endlich als Buch mit Illustrationen von Ingrid Vang Nyman heraus und wurde ein großer Erfolg. Im Herbst 1947 gingen 19.500 Exemplare davon über die Ladentische. Inhaltlich unterschied sich das Buch stark von *Pippi Langstrumpf* und *Kalle Blomquist – Meisterdetektiv*. Harmonie und ein idyllischer Rückblick auf vergangene Zeiten waren hier die treibende Kraft.

Die zweite Neuerscheinung von 1947 war *Kennst du Pippi Langstrumpf?*, das erste vierfarbige Bilderbuch des Verlags. Astrid hatte dafür ein paar Episoden aus dem ersten Pippi-Buch ausgewählt, und Ingrid Vang Nyman hatte sie mit neuen Illustrationen versehen, auf denen die Kinder etwas jünger waren als in dem ursprünglichen Text. Auch dieses Buch verkaufte sich gut – rund 7800-mal insgesamt. Seither ist es in unzähligen Neuauflagen erschienen und zählt nach wie vor zu den erfolgreichsten Bilderbüchern bei Rabén & Sjögren.

Ich bin von einem Fotografen von der Idun geknipst worden, das wird wohl demnächst in der Zeitung zu sehen sein. Zum Teil allein hier bei uns, zum Teil draußen in Nacka bei Ingrid Nyman, die Pippi illustriert hat und gerade noch ein ganz fabelhaftes Pippi-Bilderbuch gemacht hat, wie ich finde. Wir wollen noch ein weiteres Bilderbuch zusammen machen – es ist gut, so eine fantastische Grafikerin gefunden zu haben.

Brief an die Eltern, 3. Mai 1947

Und noch ein Bilderbuch erschien in diesem Jahr: *Nein, ich will noch nicht ins Bett!*, mit Illustrationen von Birgitta Nordenskjöld. Drei Bücher auf einmal diesen Herbst – das zeigt, wie tief Astrid in die Schubladen gegriffen hatte, um dem Verlag aus seiner finanziellen Misere zu helfen.

Im November, als sie gut ein Jahr bei Rabén & Sjögren gearbeitet hatte, wurde Astrid vierzig Jahre alt. Im Verlag wurde der Geburtstag ausgiebig gefeiert, ein neuer Optimismus lag in der Luft. Mutter und Vater erhielten einen detaillierten Bericht über den Verlauf des Tages und jedes einzelne Geschenk. Die folgenden Zeilen sind nur der Anfang des Briefs, der sich fast wie eine Inventurliste liest:

Als ich morgens in den Verlag kam, stand da das ganze Personal und brachte mir ein Ständchen und überreichte mir einen sagenhaft schönen Korb Blumen. Von Kalle Sörlin und Hans Rabén habe ich außerdem ein hübsches Gemälde von einem Künstler namens Axel Olsson bekommen, der zur Halmstad-Gruppe gehört.

Brief an die Eltern, 17. November 1947

Ab 1947 lief es immer besser für Rabén & Sjögren und Astrid Lindgren. 1948 brachte der Verlag 51 Kinderbücher heraus – 32 neue und 19 Neuauflagen. Die letzte Zahl ist insofern von Bedeutung, als sie den Erfolg der bisherigen Publikationen widerspiegelt. Viele der bereits erschienenen Bücher konnten abermals in Druck gehen. Das brachte Geld in die Kasse und gab der Verlagsleitung – Hans Rabén und Astrid Lindgren – Aufwind. Sie spürten, dass sie einen gewinnbringenden Weg eingeschlagen hatten und gut zusammenarbeiteten. In den Briefen an ihre Eltern ging Astrid nun dazu über, Doktor Rabén »Hasse« zu nennen:

Heute bin ich ohne Hasse im Verlag, er ist zu Hause und liest Manuskripte. Kalle Sörlin ist immer noch im Sanatorium Hultafors.

Brief an die Eltern, 5. Februar 1948

Das Arbeitstempo war hoch. Astrid schrieb jedes Jahr neue Bücher, und der Verlag wuchs schnell. Stures Führungsposition bei *Motormännens Riksförbund* brachte viele Dienstreisen und lange Arbeitstage mit sich, sodass in erster Linie Astrid, neben der Arbeit im Verlag und dem eigenen Schreiben, für den Haushalt und die beiden Kinder zuständig war. Sie hatte oft Sorge, bald ohne ihre Haushaltshilfe Linnéa auskommen zu müssen, die hin und wieder krank gewesen war und vom Aufhören sprach. Da war Organisationstalent gefragt – umso schöner, dass es noch Astrids Elternhaus in Vimmerby gab:

Liebe Mama, lieber Papa!
Vielen Dank, dass meine Kinder über Ostern bei Euch sein können. Das ist für beide ein echter Höhepunkt. Hier schicke ich euch Lebensmittelmarken für Lasse, ich hoffe, sie sind nicht zu knapp berechnet. Gullan habe ich auch welche für Karin geschickt.

Brief an die Eltern, 9. April 1948

Gullan war die Frau von Astrids Bruder Gunnar, der den heimischen Hof Näs bewirtschaftete. Die Lebensmittelrationierung wurde noch bis 1950 beibehalten. In den Stockholmer Restaurants hingegen konnte man es sich gut gehen lassen:

> *Im Verlag ist in letzter Zeit wahnsinnig viel zu tun, weil ich vor meiner Abreise noch so viel wie möglich erledigen muss. Gestern waren wir mit der Jury für den Schreibwettbewerb mittagessen, im Djurgårdsbrunn, und das war ein sehr feines Essen. Zuerst gab es Hummer Americaine, das Leckerste, was man sich nur vorstellen kann, und dann frisch geräucherten Lachs mit Spinat und anschließend Eis mit warmer Schokoladensoße.*
>
> Brief an die Eltern, 9. April 1948

Das Eigenartige an Rabén & Sjögrens rasanter Entwicklung war der Umstand, dass der Verlag ausschließlich mit neuen, bisher unveröffentlichten schwedischen Autorinnen und Autoren zum führenden Herausgeber von Kinderliteratur wurde. Steigt ein neuer Verlag schnell auf, so beruht dies meist auf dem Erfolg eines renommierten Autors, der von der Konkurrenz abgeworben wurde. Rabén & Sjögren jedoch erarbeitete sich einen eigenen Kreis von Autoren, die bei Buchhändlern und Lesern noch gänzlich unbekannt waren. Ein wichtiges Hilfsmittel dafür war der jährlich stattfindende Schreibwettbewerb. Das war keineswegs eine Neuerfindung – viele schwedische Verlage organisierten literarische Wettbewerbe, doch sie verliefen selten erfolgreich. Von Autorenseite wurden derlei Veranstaltungen oft kritisiert, da die Urheber dadurch angeblich ausgenutzt wurden. Rabén & Sjögren hingegen schlug in seinen Ausschreibungen einen Ton an, der zum Erfolg führte. Da war auf einmal ein neuer Verlag, der mit lauter und deutlicher Stimme in den Tageszeitungen verkündete, dass er bessere, modernere Kinderbücher herausgeben wolle als alle anderen. Ein Verlag, der ein sonst weitgehend als uninteressant erachtetes Genre qualitativ weiterentwickeln wollte. Und dann war da noch Astrid Lindgren, die das Ganze vorantrieb und mit ihrem Namen für Glaubwürdigkeit sorgte. Das entsprach genau dem Zeitgeist.

Nichtsdestotrotz bleibt es ein Mysterium, wie Rabén & Sjögren so schnell zum führenden Kinderbuchverlag des Landes werden konnte. Wo kamen all die neuen Kinderbuchautoren und -autorinnen her? Es scheint fast so, als hätte Astrid Lindgren sie regelrecht aus dem Boden gestampft. Mit einzelnen Ausnahmen waren es allesamt Debütanten, völlig unbekannte Namen, die nun mit einem Mal als fertige Autoren auf der Bildfläche erschienen. Innerhalb kürzester Zeit präsentierte der Verlag eine Reihe neuer Talente, die fortan jahrzehntelang von schwedischen Kindern gelesen wurden. Das Fundament für Rabén & Sjögrens Führungsposition als Kinderbuchverlag wurde in den ereignisreichen Jahren zwischen 1945 und 1950 gelegt.

Das allgemeine Gesellschaftsklima, ein Gefühl von Freiheit und Zuversicht, das sich nach dem Kriegsende ausbreitete, liefert einen Teil der Erklärung. Mary Ørvig, die erste Vorsitzende des Schwedischen Kinderbuchinstituts, beschrieb die damalige Stimmung folgendermaßen:

> *Es entstand ein neues pädagogisches Klima. Freie Erziehung wurde zum Schlagwort. Nach der albtraumhaften Zeit des Nazismus und des Kriegs war es wichtiger denn je, Kinder zu selbstbewussten, freien und eigenständigen Menschen heranzuziehen. Die große Bedeutung der Kindheit für den heranwachsenden Menschen rückte zunehmend ins allgemeine Bewusstsein.*[16]

Hinzu kam, dass Rabén & Sjögren mit seinen Ausschreibungen eine breitere Urhebergruppe erreichte als andere Kinderbuchverlage bisher. Mehrere Preisträger erzählten später in Interviews, dass sie sich ursprünglich gar nicht als Kinderbuchautoren sahen. Sie hatten sich zunächst an Romanen für Erwachsene versucht, mit denen sie nicht weitergekommen oder die abgelehnt worden waren, für manche war auch der Krieg das einstweilige Ende ihrer Schreibambitionen gewesen. Als sie Rabén & Sjögrens Zeitungsannoncen sahen, legten sie ihre Manuskripte für Erwachsene beiseite und schrieben stattdessen für Kinder. Die Ausschreibungen klangen vielversprechend, sie ließen erkennen, dass der Verlag auf der Suche nach hochwertigen Texten für Kinder und Jugendliche war, nach richtiger Literatur eben. Das Verfassen von Kinderbüchern wurde zu einer respektierten Tätigkeit, mit der man noch dazu etwas Geld verdienen konnte, was für Romanciers ja nicht so leicht war. Die neuen Autoren wiederum machten das Angebot an Kinderbüchern breiter, vielfältiger und somit interessanter für die Leser.

Nach den anfänglichen Schwierigkeiten startete der Verlag nun als leistungsfähiges Unternehmen in die Fünfzigerjahre. Inzwischen gab es einen neuen Eigentümer. Nachdem sich die finanzielle Lage gebessert hatte, konnte Karl Sörlin den Verlag an die Konsumgenossenschaft Kooperativa Förbundet (KF) verkaufen. Zwar musste er mit dem Preis etwas heruntergehen, doch er bekam sechzigtausend Kronen für die Aktien und erhielt zudem die Summe zurück, die er dem Verlag geliehen hatte. Für Sörlin war es kein schlechtes Geschäft, für den KF hingegen hätte es wohl besser kaum laufen können: Die Gewinne der nächsten beiden Jahre überstiegen bereits den Kaufpreis. Sörlin war gesundheitlich angeschlagen und verstarb ein Jahr später. Heute wissen nur noch wenige, dass er Rabén & Sjögren einst vor dem Untergang bewahrt hat.

Der Eigentümerwechsel tat dem Verlag gut, und es war spürbar, dass es langfristige Pläne für das Unternehmen gab. Die Abläufe wurden insgesamt strukturierter (zum Teil auch bürokratischer, wie manche fanden). Geschäftsführung und Angestellte wussten nun, dass für Gehälter, Honorare und Rechnungen ausreichend Geld in der Kasse war. Zu dieser Zeit war der Volksbewegungscharakter des KF noch sehr ausgeprägt, und neben dem Kerngeschäft mit Waren des täglichen Bedarfs hegte man auch hohe kulturelle Ambitionen. Der hauseigene Verlag, KF:s Förlag, hatte etwa zur selben Zeit wie Rabén & Sjögren mit der Publikation hochwertiger Kinderliteratur begonnen, und jetzt waren diese Bücher eine willkommene Ergänzung zu Rabén & Sjögrens Programm.

Im Herbst 1949 verließ der Verlag das alte Haus in der Oxtorgsgatan und zog in die Tegnérgatan 28, wo er bis 1995 bleiben würde. Für Astrid verkürzte sich dadurch der Arbeitsweg:

> *Außerdem ist der Verlag in die Tegnérgatan gezogen. Wir sind jetzt im selben Gebäude wie KF:s Förlag untergebracht, weil wir zum selben Konzern gehören. Die neuen Räumlichkeiten sind wirklich schön, und ich habe so ein nettes Büro bekommen, das über Eck geht.*
>
> Brief an die Eltern, 6. November 1949

Astrid Lindgrens Prominentenstatus wurde fleißig zu Werbezwecken genutzt. Sie brachte sich nur zu gern ein, wenn es sinnvoll war, und das machte den Verlag für den Buchhandel zusätzlich attraktiv.

> *Am Sonntag war Buchhändlerkonferenz im Kongresszentrum Vår Gård in Saltsjöbaden. KF:s Förlag hat sein Herbstprogramm vorgestellt, und weil Rabén & Sjögren jetzt dazugehört, waren wir auch dabei. Nach der Konferenz gab es ein Fußballspiel zwischen den Männern vom Verlag und den Buchhändlern. Die Verleger haben neun zu zwei gewonnen. Ich durfte als Linienrichterin mit einem Fähnchen wedeln und habe mir fast die Finger abgefroren.*
>
> Brief an die Eltern, 11. Oktober 1949

Es dauerte nicht lange, bis auch die Konkurrenz auf Astrids enorme Popularität aufmerksam wurde. Die führende schwedische Verlagsgruppe Bonniers versuchte, sie für den eigenen Zeitschriftenverlag

Åhlén & Åkerlund zu gewinnen. Sofort erstattete sie zu Hause Bericht:

> Åhlén & Åkerlund *wollen mich als »Cheflektorin« für ihr gesamtes Kurzgeschichtenmaterial und haben mir dafür ein Gehalt von 1000 Skr angeboten, aber ich habe keine Lust auf eine Ganztagsstelle, sondern will schön meine halben Tage im Verlag machen und den Rest der Zeit schreiben, also habe ich abgelehnt – zu ihrer großen Verwunderung.*
>
> Brief an die Eltern, 3. Mai 1947

Als Bonniers so nicht weiterkam, schlug man einen anderen Weg ein. Unter den Buchverlagen gab es damals das ungeschriebene Gesetz, dass man sich gegenseitig keine Autoren abwarb, deshalb versuchte Bonniers es erneut über seine Zeitschriften:

> *Und heute wurde ich höflich aufgefordert, doch einmal zur Cheflektorin von Damernas Värld* (Die Welt der Damen) *zu kommen, die mich im Auftrag von Herrn Bonnier fragte, ob ich nicht auf Kosten des Verlags eine kleine Reise nach Afrika oder Amerika unternehmen und für die Zeitschrift über schwarze Kinder (wie kommen sie nur auf so was?) schreiben wolle. Ich habe keine Ahnung, wieso sich die Leserinnen ausgerechnet für schwarze Kinder interessieren sollten. Das Ganze hat mich etwas überrumpelt, deshalb habe ich erst einmal noch nichts geantwortet. Aber eine kostenlose Reise nach Amerika wäre schon nicht schlecht. Pippi lässt den Herren Bonnier offenbar keine Ruhe, ich bekomme in einem fort neue Angebote.*
>
> Brief an die Eltern, 30. August 1947

Eine bezahlte Amerikareise – das war verlockend. Astrid hatte Sture schon mehrfach am Flughafen zugewunken, wenn er mal wieder auf Dienstreise ging, und ihre Reiselust war gewachsen. Als Bonniers ihr nun dieses Angebot machte, konnte sie nicht widerstehen:

Außerdem habe ich jetzt Åhlén & Åkerlunds Vertrag bezüglich der Amerikareise unterschrieben. Ich habe Tickets gebucht und fliege am 14. April hin und am 12. Mai wieder zurück. Albert Bonnier hat dem Vertrag einen Brief beigefügt, in dem er schreibt, er unterzeichne den Vertrag »leichten Herzens« und glaube, dass es »für uns beide« ein voller Erfolg wird. Ich bin mir da nicht ganz so sicher, aber diese Chance kann ich einfach nicht ungenutzt lassen, denn der Vertrag ist wirklich gut.

Brief an die Eltern, 21. Februar 1948

Zurück in Schweden scheint es Astrid nicht so leichtgefallen zu sein, ihre Artikel für *Damernas Värld* zu Papier zu bringen:

Von diesem dämlichen Text für Bonniers über die Amerikareise habe ich jetzt ungefähr 2 Zeilen geschrieben, aber ich habe solchen Bammel davor, dass ich am liebsten einfach die Reisekosten zurückzahlen würde, um aus der Sache wieder rauszukommen.

Brief an die Eltern, 23. September 1948

Doch schließlich bewältigte sie die Schwierigkeiten und lieferte die Artikel wie versprochen ab. 1950 brachte Bonniers die Texte gesammelt unter dem Titel *Kati in Amerika* heraus. 1952 und 1953 folgten noch zwei weitere Bücher derselben Reihe: *Kati in Italien* und *Kati in Paris*. Die *Kati*-Bücher blieben jedoch die einzigen Veröffentlichungen bei Bonniers.

Neulich rief Albert Bonnier an und wollte wissen, ob ich nicht so gut sein und nach Ägypten reisen könnte. Aber ich habe Nein gesagt. Nie wieder Kati.

Brief an die Eltern, 3. Dezember 1950

Astrid hat nie schlecht über Bonniers gesprochen, aber eins konnte sie dem Verlag nie so recht verzeihen: Ihr Leben lang wies sie mit einer gewissen Strenge darauf hin, dass Bonniers Pippi abgelehnt hatte und Rabén & Sjögren ihr Verlag sei und bliebe. Und daran hielt sie fest.

Während die Konkurrenz anderes im Sinn hatte

Die Geschichte, wie Rabén & Sjögren innerhalb weniger Jahre zu Schwedens führendem Kinderbuchverlag wurde, hat etwas Märchenhaftes. Der Zwerg besiegt den Riesen. David gegen Goliath.

Das zeigt Möglichkeiten auf und macht allen Hoffnung, die etwas wagen im Leben. Und dass hinter alldem eine der besten Geschichtenerzählerinnen schlechthin steckt, nämlich Astrid Lindgren, erscheint nur schlüssig. Um jedoch bei den Tatsachen zu bleiben, muss auch etwas über den Zustand der Verlagsbranche zur damaligen Zeit gesagt werden.

Die Zwischenkriegsjahre waren für die schwedische Kinderliteratur nur von mittelmäßigem Erfolg gekrönt. 1920, 1930 und 1940 hielt sich die Gesamtheit aller Publikationen mit etwa zweihundert Neuerscheinungen pro Jahr unverändert auf dem gleichen Niveau. Zwar erschienen durchaus gute Kinderbücher, doch die vorherrschenden Kategorien waren simple Unterhaltungsliteratur und Bücher religiöser Verlage. Etwas vereinfacht ausgedrückt hatten Familien und junge Leser die Wahl zwischen den Abenteuern des Piloten Biggles und Sonntagsschule. Dazwischen gab es so gut wie nichts. Verglichen mit dem anspruchsvolleren Angebot zu Beginn des Jahrhunderts war dies ein Rückschritt.

Astrid Lindgren ging rückblickend hart mit der schwedischen Kinderbuchlandschaft ins Gericht:

Zu dieser Zeit – in den Vierzigerjahren – machte die schwedische Kinderliteratur gerade ein Tief durch. Die Verlage waren desinteressiert, sie kamen dem vermuteten Bedürfnis ihrer Leser nach kleinen Wildfängen und Rabauken durch simple ausländische Machwerke nach, hässliche kleine Bücher, die weder formal noch inhaltlich etwas zu bieten hatten. Wie hatte es so weit kommen können? Nun ja, wie hätte es anders sein können, wenn niemand die Kinderliteratur ernst nahm und wirklich mal ein bisschen Qualität verlangte?[17]

In den 1930er-Jahren, als ihre Kinder klein waren, hätte sie sich bestimmt mehr gute schwedische Bücher zum Vorlesen gewünscht. Karin erinnert sich daran, dass Astrid ihr und Lasse damals viel aus übersetzten Büchern vorlas:

Mama las Lasse und mir oft gleichzeitig etwas vor, und das war dann nicht unbedingt auf Sechsjährige zugeschnitten. Sie las uns Bücher vor, die ihr selbst viel bedeuteten, zum Beispiel klassische Märchenbücher und Mädchenbücher wie Anne auf Green Gables *und* Sara, die kleine Prinzessin. *Ich glaube, sie hat uns auch* Tom Sawyer und Huckleberry Finn *vorgelesen. Und natürlich lasen wir Bücher von Selma Lagerlöf und Elsa Beskow.* Alice im Wunderland *hat Mama nur mir vorgelesen, und zwar aus einer englischen Ausgabe, die sie mir aus dem Stegreif übersetzte.* Pu der Bär *entdeckte sie erst, als ich damit nach Hause kam, das hatte ich mir von jemandem aus der Klasse ausgeliehen.*[18]

Bonniers und Norstedts, die beiden Riesen in der schwedischen Verlagslandschaft, waren bereits seit über hundert Jahren im Geschäft, als Rabén & Sjögren seine ersten Bücher herausbrachte. Sie hatten sich ihre Position mit Sachverstand und Weitsicht erarbeitet und hatten viel Zeit gehabt, ihre Vormachtstellung durch das Aufkaufen von Konkurrenten zu stärken. Beide Verlage publizierten Bücher ganz verschiedener Genres und verfügten über umfassende finanzielle Mittel.

Bonniers hatte immer auch Kinderbücher herausgegeben, allerdings ohne eine eigene Redaktion, die sich aktiv um die Gestaltung und Weiterentwicklung des Programms kümmerte. Traditionell war einfach das jüngste Mitglied der Geschäftsführung für die Kinderliteratur zuständig, es waren ausschließlich Männer.

Zu Beginn der 1940er-Jahre verfügte man im Kinderbuchbereich über eine starke Backlist mit Elsa Beskow an der Spitze. Diese Autorin war so wichtig für den Verlag, dass Karl Otto Bonnier, das Familienoberhaupt höchstpersönlich, die Kontaktpflege übernahm.

Doch die Kinderbücher warfen nicht viel ab, und das Weiterbestehen der Kinderbuchabteilung wurde immer wieder infrage gestellt. In den 1930er-Jahren hatte Gerard als Jüngster der Herren Bonnier die Kinderbuch-Stafette von seinem Cousin Kaj übernommen, aber 1946 brachte dieser erneut das Thema der Abwicklung des Kinderbuchsegments auf. Die niedrigen Preise machten es seiner Meinung nach unmöglich, mit Kinderliteratur Geld zu verdienen. Die Diskussion mündete in einem Kompromiss: Das Segment wurde fortgeführt, jedoch in reduziertem Umfang.[19]

Das Diagramm auf der folgenden Seite zeigt, wie der Bonniers Verlag und Rabén & Sjögren im Laufe einiger entscheidender Jahre unterschiedliche strategische Richtungen einschlugen. Bonniers Kinderbuchprogramm wurde kleiner, während es bei Rabén & Sjögren kontinuierlich wuchs.

Gerard Bonnier musste über vierzig Jahre lang immer wieder mit einer Engelsgeduld sein Bedauern darüber ausdrücken, dass er *Pippi Langstrumpf* 1944 abgelehnt hatte. Das Schreiben, das Karin Påhlsson damals in seinem Auftrag an Astrid Lindgren aufgesetzt hatte, enthielt ein paar wertschätzende Zeilen zum Pippi-Manuskript, endete jedoch mit den Worten:

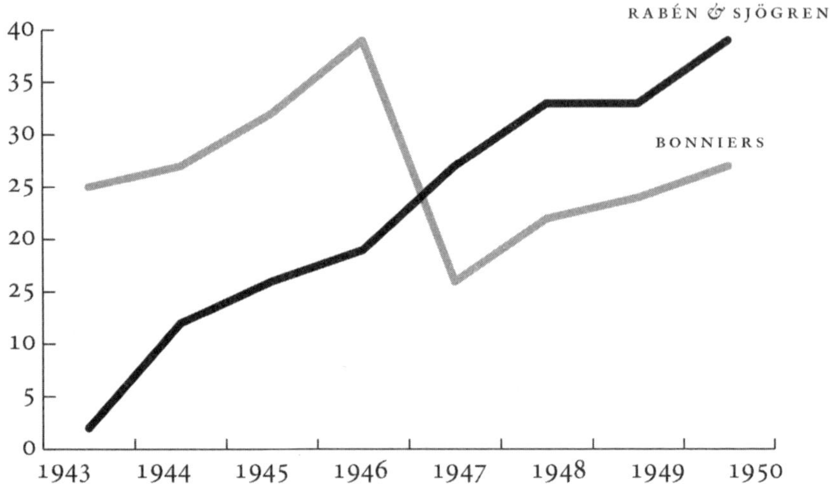

Anzahl an Kinder- und Jugendbüchern, die von 1943 bis 1950 bei Rabén & Sjögren und Bonniers erschienen[144]

> *Die Durchsicht unseres Kinderbuchprogramms vergangene Woche hat ergeben, dass bereits Manuskripte für die gesamte Produktion von 1945 und 1946 eingekauft wurden, und für 1947 möchten wir uns noch nicht festlegen.*[20]

Dass Bonniers *Pippi Langstrumpf* ablehnte, war aber nicht allein eine programmplanerische Entscheidung. Für die Geschäftsführung waren, wie beschrieben, Kinderbücher eine wirtschaftliche Belastung mit schlechten Aussichten, und es gab niemanden, der sich intern für den Bereich starkmachte.

Der Norstedts Verlag verfügte Anfang des zwanzigsten Jahrhunderts über ein beachtliches Angebot an Kinderbüchern, darunter Titel von Hans Christian Andersen und eine Reihe erstklassiger Übersetzungen aus dem Englischen wie beispielsweise Rudyard Kiplings

Dschungelbuch, Frances Hodgson Burnetts *Sara, die kleine Prinzessin* und Anna Sewells *Black Beauty*. Ab 1930 ging die Anzahl der Publikationen jedoch stark zurück, bis in den 1940er-Jahren kaum noch etwas von dem Segment übrig war.

Trotz ihrer geballten Kompetenz und Erfahrung hatten die beiden Großverlage nicht den neuen Kinderbuchmarkt im Blick, der nach Kriegsende im Entstehen begriffen war. Für die Buchbranche eröffnete sich in dieser Zeit eine Welt voller Möglichkeiten. Das Gesellschaftsklima hatte sich verändert und brachte neue Ideen mit sich. Die schwedische Wirtschaft machte eine starke Entwicklung durch. Die Kaufkraft wuchs, und die hohe Kinderzahl in den Familien führte zu einer gesteigerten Nachfrage. Die Stadt- und Schulbüchereien erhielten mehr Zuschüsse und wurden zu wichtigen Kunden für den Buchhandel. Doch die Verlage reagierten nur langsam oder gar nicht. Rabén & Sjögren hingegen gehörte trotz seiner wirtschaftlichen Schwierigkeiten nach nur drei Jahren zu den größeren Kinderbuchverlagen.

Als Weichensteller für diese Entwicklung lassen sich rückblickend ein paar konkrete Entscheidungen hervorheben.

1. Rabén & Sjögren veranschlagte etwas höhere Preise für seine Kinderbücher als die Konkurrenz, was dabei half, sich nach den ersten schwierigen Jahren wirtschaftlich zu konsolidieren.
2. Rabén & Sjögren war in der Öffentlichkeit sehr sichtbar. So knapp das Budget auch war, wurden stets Anzeigen in den großen Tageszeitungen geschaltet. Während Bonniers und mehrere andere Verlage ihr Kinderbuchprogramm zurückfuhren, baute Rabén & Sjögren seins aus. Jedes Jahr wurde ein neuer Schreibwettbewerb veranstaltet, oft mit wechselnden Themen. War ein Wettbewerb abgeschlossen, folgte auch schon die Ausschreibung für den nächsten, stets in einem seriösen und ehrgeizigen Ton. Auf diese Weise

durchkämmte man Schweden regelrecht auf der Suche nach neuen Kinderbuchautoren.

3. Rabén & Sjögren beteiligte seine Autoren am Verkaufserfolg, während es bei mehreren anderen Verlagen nur eine pauschale Vergütung gab.
4. Rabén & Sjögren beschäftigte als erster Verlag eine Lektorin, die einzig und allein für den Kinderbuchbereich zuständig war. Eine solche Triebkraft fehlte den anderen Verlagen. Als Bonniers 1949 eine eigene Kinderbuchredaktion bekam, hatte Astrid Lindgren bereits drei Jahre Zeit gehabt, sich einen Autorenstamm aufzubauen, und in diesen drei Jahren viel erreicht.

Rabén & Sjögrens Erfolg basierte im Wesentlichen auf neuen, unbekannten Autoren und Illustratoren. Den mit Abstand wichtigsten Faktor stellten natürlich Astrid Lindgrens eigene Bücher dar, die sich Jahr um Jahr in großen Auflagen verkauften. Während der kritischen Jahre von 1946 bis 1949 machten sie erst fünfundzwanzig, dann sogar vierzig Prozent des gesamten Buchverkaufs aus. Ohne ihre Bücher hätte der Verlag nicht überlebt. Doch nicht einmal Astrid Lindgren hätte Rabén & Sjögren retten können, wenn das Interesse für Kinderliteratur im Rest der Verlagsbranche damals nicht so gering gewesen wäre.

Kommerzialisierung

Anfang der 1950er-Jahre hatte Rabén & Sjögren festen Boden unter den Füßen. Der Kooperativa Förbundet (KF) war ein solider und wohlgesinnter Eigentümer, der Verlag wuchs, konnte sich finanziell behaupten und sogar kleine Gewinne einfahren. Im Geschäftsbericht für 1949 erklärte der KF stolz, dass »Rabén & Sjögren zu den führenden Kinderbuchverlagen gehört«. Das war keineswegs übertrieben. Die meisten sahen in Rabén & Sjögren zu diesem Zeitpunkt bereits den führenden Kinderbuchverlag Schwedens schlechthin.

Astrid Lindgren war der Mittelpunkt der schwedischen Kinderbuchszene, ein Symbol der neuen Zeit, die für die Kinderliteratur angebrochen war:

> *Am Freitag hatte ich Elsa Olenius, Corinna, Eva v. Zweigbergk und Edith Unnerstad zum Damenkränzchen da. Linnea war so nervös, dass sie kaum still stehen konnte – vor allem wegen Zweigbergk, die sie für regelrecht gefährlich hielt. Aber es lief alles gut. Es gab Schnittchen mit Meeresfrüchte-Cocktail und Lachs und Leberpastete und Käse und danach Hühnchen und dann Obst und anschließend Kaffee und Kuchen.*
>
> Brief an die Eltern, 3. Dezember 1950

Linnea Molander half seit den 1930ern im Haushalt der Familie Lindgren aus. Sie kam morgens, machte sauber, kochte, war da, wenn die Kinder von der Schule kamen, und erledigte alle anfallenden Arbeiten im Haus. Hin und wieder, wenn beide Eltern verreist waren, blieb sie auch über Nacht. Ihre Angst vor von Zweigbergk muss von etwas hergerührt haben, was Astrid irgendwann mal über die Kritikerin gesagt hatte.

Und die geladene Damenrunde war durchaus Respekt einflößend. Hier kam der innerste Zirkel der schwedischen »Kinderbuchmafia« zusammen: Die bedeutenden Kritikerinnen Corinna alias Greta Bolin und Colomba alias Eva von Zweigbergk, Elsa Olenius, die nicht nur Astrids Freundin und Mentorin, sondern auch eine einflussreiche

Corinna

Colomba

Wie zwei hohe Felsen tun sich diese beiden in der Geschichte der schwedischen Kinderliteratur hervor: Corinna alias Greta Bolin war von 1937 bis 1960 Kinder- und Jugendbuchrezensentin beim Svenska Dagbladet. *Colomba alias Eva von Zweigbergk hatte von 1935 bis 1969 eine entsprechende Position bei* Dagens Nyheter. *Sie rezensierten und schrieben Bücher über Kinderliteratur, sie waren Wegweiserinnen und Vorantreiberinnen der Erneuerung, die sich seit etwa 1945 in der Kinderbuchszene vollzog. Sie kannten sich aus mit der Materie, wurden jedoch nicht selten auch kritisiert. Lennart Hellsings langjährige Fehde mit Eva von Zweigbergk sucht ihresgleichen in der heutigen Literaturkritik.*

Theaterproduzentin war, sowie Edith Unnerstad, die neben der Gastgeberin selbst zu den angesehensten Kinderbuchautorinnen von Schweden gehörte. Im Vorjahr war gerade ihr Erfolgsbuch *Kastrullresan (Die fidele Pfeiftopfreise*, Gundert 1956) erschienen, und sie war wohl der Ehrengast des Tages. Später kam es allerdings zu einem Zerwürfnis zwischen ihr und Astrid Lindgren.

Ein gutes Verhältnis zu Corinna und Colomba war in zweierlei Hinsicht wichtig für Rabén & Sjögren. Einerseits erhöhte es die Aussicht auf positive Besprechungen der eigenen Bücher – sosehr das von den Beteiligten auch bestritten wurde –, und andererseits erhielt Astrid durch die beiden Frauen Informationen über die Kinderbuchszene anderer Länder, denn Corinna und Colomba hatten einen guten Überblick.

Astrid Lindgren war mittlerweile als äußerst erfolgreiche Kinderbuchchefin bei Rabén & Sjögren etabliert. Die Verlagsleitung, also die Leitung des KF, beschloss bei ihrer Versammlung im November 1950, dass man sich für den erbrachten Arbeitseinsatz erkenntlich zeigen wollte:

> § 1 *Auf Vorschlag des Vorsitzenden hat der Vorstand beschlossen, das Gehalt von Frau Astrid Lindgren, die als literarische Beraterin für den Verlag tätig ist, ab 1. Oktober um 100 Skr auf 500 Skr zu erhöhen und in diesem Zusammenhang auch die Frage ihrer Altersvorsorge ab 1. Juli 1950 auf der üblichen Grundlage zu regeln.*

Das Sitzungsprotokoll ist von Albin Johansson unterschrieben, dem legendären Geschäftsführer des KF, der von 1924 bis 1959 auch Vorstandsvorsitzender war.

Die Anerkennung durch den Eigentümer hat Astrid sicher gefreut. Fünfhundert Kronen waren 1950 kein schlechtes Monatsgehalt für eine halbe Stelle. Auf eine Vollzeitstelle hochgerechnet bekam sie damit fast so viel wie der Verlagschef Hans Rabén. Doch schon jetzt spielte das feste Gehalt kaum noch eine Rolle für ihre finanzielle Situation.

Allein aus den schwedischen Buchverkäufen nahm sie in diesem Jahr etwa vierzigtausend Kronen ein, ungefähr siebenmal so viel wie das, was sie im Verlag verdiente. Hinzu kamen die Honorare aus Auslandslizenzen, Einnahmen aus Verfilmungen und Theateraufführungen sowie Honorare für verschiedene Einzelaufträge. Sie war auf dem besten Wege, eine wohlhabende Frau zu werden. Und das war erst der Anfang des Erfolgs, der sie zu einer der meistgelesenen Autorinnen der Welt machen würde.

Astrid Lindgren wurde nie offiziell eine leitende Position zugeteilt, doch aufgrund ihrer natürlichen Autorität hatte sie dennoch eine Führungsrolle inne. Im Protokoll der Vorstandssitzung wird sie als »literarische Beraterin« bezeichnet, sie selbst nannte sich Lektorin. Jedoch schien sie nichts dagegen zu haben, im Verlag Verantwortung zu übernehmen.

Nachdem ihr Mann Sture im Juni 1952 nach längerer Krankheit verstorben war, änderte sich Astrids Leben. Ein Teil des alten Bekanntenkreises verschwand, und die Verlagsarbeit nahm immer mehr Raum ein.

Zu Astrids Aufgaben gehörte es unter anderem, im Herbst durch Schweden zu reisen und die Neuerscheinungen des Verlags vorzustellen. Wo sie auch auftrat, zog sie Publikum an, sei es am öffentlichen »Tag des Buches« oder bei den Verkaufsveranstaltungen für den Buchhandel.

Jetzt sind die Buchreisen für dieses Jahr endlich vorbei, und das ist so gut, so gut.

Brief an die Eltern, 24. November 1952

Mit der Zeit zeichnete sich ihre Führungsrolle deutlicher ab:

Astrid Lindgren im Lesesessel in der Dalagatan 46, Stockholm. Das Bild stammt von 1947 oder 1948.

Rabén liegt nach einer Operation im Krankenhaus, also führe ich den Verlag so gut es geht stellvertretend für ihn weiter, und das ist eine sehr schöne Arbeit.

Brief an die Eltern, 22. Januar 1953

Mit wachsender Verantwortung kamen auch neue Pflichten hinzu:

Morgen habe ich zum ersten Mal alle meine Kollegen zum Essen bei uns zu Gast, also das heißt nur die, die auf derselben Etage arbeiten wie ich. Wir sind insgesamt 12 Personen, und es wird ein Hühnchengericht geben, eine von Nordlunds Spezialitäten, und anschließend Eis. Kalle Blomquist, Eva-Lotta und Rasmus *verkauft sich gerade wie sonst was, 70 000 Exemplare bisher, und das sind nicht die gedruckten, sondern nur die verkauften.*

Brief an die Eltern, 28. Oktober 1953

Gerda Nordlund hatte 1952 Linneas Stelle als Haushaltshilfe bei Familie Lindgren übernommen. Nolle, wie sie auch genannt wurde, war eine ausgezeichnete Köchin, Astrids Tochter Karin erinnert sich noch gern an ihre Mahlzeiten. Auch wenn Astrid und Nolle sich lange nur mit Nachnamen ansprachen, schätzten sie einander sehr.

Astrid Lindgrens Verwandlung von der unbekannten Hausfrau zu einer Person des öffentlichen Lebens verlief schnell. 1950 war sie bereits eine gefragte Interviewpartnerin für Zeitungen und Zeitschriften. In den »Zu Hause bei …«-Reportagen der Wochenzeitschriften war zu lesen, dass Pippi Langstrumpfs Erfinderin auffallend hübsch und elegant sei. »Schlanke Beine in amerikanischen Nylonstrümpfen, die sie von ihrer USA-Reise mitgebracht hat«, schrieb Brita Hiort af Ornäs in einem Artikel für die Zeitschrift *Vecko-Journalen.*

Astrid Lindgren hatte eine warme, leicht wiedererkennbare Stimme, die perfekt fürs Radio geeignet war. Als eine der ersten Autorinnen

Gerda Nordlund – Nolle – war von 1952 bis 1974 Astrid Lindgrens überaus geschätzte Haushaltshilfe. Sie kam jeden Morgen, putzte, kochte und kümmerte sich um alles im Haus. Astrid hatte ein sehr herzliches Verhältnis zu ihr und empfand es als großen persönlichen Verlust, als Nolle 1974 bei einem Verkehrsunfall ums Leben kam. Sie wurde von einem Lastwagen angefahren, als sie nach der Arbeit bei Astrid nach Hause radelte.

erkannte sie die Bedeutung der Medien und war ab den späten 1940er-Jahren regelmäßig auf *Sveriges Radio* (Radio Schweden) zu hören, entweder mit Lesungen oder selbst geschriebenen Hörspielen. An den Radiointerviews mit Astrid aus dieser Zeit fällt heute vor allem ihre Modernität auf, sowohl in Hinblick auf ihre Ansichten als auch, was ihre Ausdrucksweise betrifft. Und in Quizsendungen stellte sie gern ihr Wissen unter Beweis. Bald war Astrid Lindgren in ganz Schweden nicht nur als Kinderbuchautorin, sondern als scharfsinnige Frau mit beachtlicher Allgemeinbildung bekannt, die noch dazu überaus schlagfertig war. Die wenigsten wussten, dass sie nachmittags im Verlag arbeitete und abends oft zusätzlich Manuskripte las.

Zu Beginn der 1950er-Jahre war fast die gesamte Crème de la Crème der schwedischen Kinderliteratur bei Rabén & Sjögren unter Vertrag, und die Stimmung im Verlag besserte sich zusehends:

> *Am Dienstag hatte der Verlag 10-jähriges Jubiläum, und da gab es eine Feier im Nacka Värdshus. Ich habe 26 Flusskrebse gegessen, was mir niemand nachgemacht hat. Sie haben alle so schöne Reden gehalten, und ich habe viel Lob für meinen Einsatz zum Wohl des Verlags bekommen.*
>
> Brief an die Eltern, 4. September 1952

Für Astrid Lindgren und Hans Rabén war es gut gelaufen. Sie hätten den eingeschlagenen Weg einfach weiterverfolgen und Rabén & Sjögren zu einem auf schwedische Autoren und Illustratoren spezialisierten Qualitätsverlag machen können. Doch sie hatten neue Pläne. Anfang der 1950er-Jahre änderten sie den Kurs und begannen, den Verlag durch ein breiter und vielseitiger angelegtes Programm weiter auszubauen. Inwiefern dieser Richtungswechsel im Vorstand diskutiert wurde, ist nicht schriftlich belegt, er wurde jedenfalls von der Verlagsleitung vollzogen – das heißt im Klartext von Astrid Lindgren und Hans Rabén. Wie immer hielten die beiden zusammen, und wie immer waren sie diskret. Es gibt weder Sitzungsprotokolle noch an-

1952 feierte Rabén & Sjögren zehnjähriges Jubiläum, was im September im Nacka Värdshus gefeiert wurde. Von links: Birgitta Jonsson, Sekretärin des Geschäftsführers, Finanzchef Per-Ola Kraft, Astrid Lindgren und Verlagsleiter Hans Rabén.

dere schriftliche Quellen, auf die man sich stützen könnte. Will man ihre Entscheidungen nachvollziehen, muss man sich auf Spurensuche begeben wie ein Jäger im Schnee, nur ein Blick auf die Publikationslisten kann hier weiterhelfen. Und der zeigt: In den frühen 1950er-Jahren ging es in eine neue Richtung.

Vermutlich war beiden klar, dass die verbesserte finanzielle Lage des Verlags in viel zu hohem Maße auf Astrid Lindgrens eigenen

Büchern beruhte. Wenn Astrid nicht jedes Jahr neue Bücher schrieb, würde der Verlag erneut in wirtschaftliche Schwierigkeiten geraten. Sowohl sie als auch Hans Rabén hatten wohl eingesehen, dass es so nicht ging. Ein Verlag kann seine Existenz nicht in dem Maße vom Erfolg einer einzigen Autorin abhängig machen, nicht einmal, wenn sie Astrid Lindgren heißt.

Ein weiterer Faktor für den Kurswechsel war wohl der Umstand, dass Astrid Lindgren und Hans Rabén, bestärkt durch die Erfolge der vergangenen Jahre, risikofreudiger wurden und zunehmend den Geschäftssinn entscheiden ließen. Sie taten, was Verleger nun mal tun – sie packten die Gelegenheit beim Schopf und nutzten die Möglichkeiten, die sich ihnen boten.

Rabén & Sjögren war nun Schwedens führender Kinderbuchverlag. Der Verlag, zu dem alle neuen Autoren wollten, und die erste Adresse, an die ausländische Verlage und Literaturagenten ihre Kinderbücher schickten, in der Hoffnung, die Übersetzungsrechte verkaufen zu können. Bonniers und Norstedts galten zwar als führende Verlage für Belletristik, aber das brachte ihnen in diesem Zusammenhang nicht viel. Wenn es um Kinderliteratur ging, hatte Rabén & Sjögren die Nase vorn, und diesen Vorteil nutzten sie.

Im Laufe der 1950er-Jahre bildete sich, ausgehend von einer größeren Zahl übersetzter Titel, ein neues Verlagsprofil heraus. Als Astrid 1946 in den Verlag gekommen war, hatte sie unter den Büchern, die Hans Rabén übersetzen ließ – hauptsächlich norwegische und dänische –, zunächst einmal ausgemistet. Der große Name zu dieser Zeit war die dänisch-färöische Autorin Gretha Stevns, hinter der sich eigentlich ein Mann namens Eilif Mortensen verbarg. Über seine Susy-Bücher schrieb Astrid in einem Lied für eine Personalfeier:

> *Das war wohl das Jämmerlichste, was seit dem Jahrhundertwechsel erschienen war.*[21]

Astrid weigerte sich zunächst, Gretha Stevns Bücher weiter herauszugeben. Sie erzählte, sie habe sich einmal mit der Drohung in den Feierabend verabschiedet, dass sie nicht mehr zurückkomme, wenn die Autorin im Programm bliebe. Wie immer bekam sie ihren Willen. Gretha Stevns wurde aussortiert, und Astrid kam zurück. In den folgenden Jahren brachte der Verlag fast ausschließlich schwedische Neuerscheinungen heraus. Doch mit Anbruch der 1950er überlegte Astrid es sich nun also anders. Gretha Stevns wurde wieder ins Programm aufgenommen, von der Susy-Reihe erschien ein Buch nach dem anderen, und die früheren Bände wurden mit neu gestalteten Umschlägen wiederaufgelegt. Hauptvertreterin des neuen, breiteren Rabén-&-Sjögren-Repertoires aber war eine englische Autorin.

Enid Blytons Bücher waren seit 1929 ohne nennenswerten Erfolg bei sechs verschiedenen Verlagen in Schweden erschienen, sodass nicht so recht nachzuvollziehen ist, warum Rabén & Sjögren 1954 plötzlich mit der Veröffentlichung der *Fünf Freunde*-Reihe begann. Astrid-Freunde möchten sie gern der Verantwortung entheben und sagen, die Entscheidung hätte Hans Rabén getroffen, doch der Verlag hätte nie auch nur ein einziges Blyton-Buch herausgebracht, wenn Astrid dagegen gewesen wäre. Sie trug die Entscheidung mit und beauftragte gleich ihre Schwester Ingegerd, die Bücher in Windeseile zu übersetzen.

1954 erschien *Fünf Freunde erforschen die Schatzinsel* auf Schwedisch. Von da an strömten die *Fünf Freunde* nur so auf den schwedischen Buchmarkt, einundzwanzig Bände insgesamt. Und ihr Erfolg war mit nichts zu vergleichen. Enid Blyton, die in Schweden seit fünfundzwanzig Jahren abgeschrieben gewesen war, stand plötzlich ganz hoch im Kurs. »Die Erstauflage eines neuen Blyton-Buchs umfasste nie weniger als 40 000 Exemplare«, schrieb Hans Rabén.[22] In den kommenden Jahren enthielten die Geschäftsberichte des KF die feststehende Formulierung, dass Astrid Lindgren und Enid Blyton die meistverkauften

Autorinnen des Jahres gewesen seien – eine Kombination, für die man sich nicht schämte.

Solange Enid Blyton sich nicht so gut verkauft hatte, war sie für die Kritiker uninteressant gewesen. Doch als Rabén & Sjögren ihr zu Verkaufszahlen auf einem ganz neuen Niveau verhalf, ging es rund. Unter dem Titel *Blyton, nein, danke* polterte Eva von Zweigbergk (Colomba) in *Dagens Nyheter* los:

> *Aber auch die weltgrößte Produzentin von Trivialliteratur für etwas ältere Kinder und Jugendliche dürfen wir nicht außer Acht lassen, denn nun scheint sie auch auf schwedischem Boden Fuß gefasst zu haben. Es geht um Enid Blyton, eine Geschichten- und Krimifabrik sondergleichen. Innerhalb von 25 Jahren hat sie 297 Bücher geschrieben – das ist der Stand vom Herbst 1956. Um die fünfzig sind bereits ins Schwedische übersetzt, aber sage und schreibe 20 davon allein dieses und letztes Jahr. Was ist das Geheimnis von Enid Blytons Büchern? Warum sind sie bei Kindern so beliebt? Nun, sie enthalten nichts, was nicht auch ein minderbemitteltes Kind verstehen könnte […]. Intelligente Kinder durchschauen Enid Blyton schnell. Doch die meisten sind ja nicht ganz so pfiffig. Und die Eltern dieser Kinder sind es, die Enid Blyton zu ihrem Vermögen verholfen haben […].*[23]

Corinna alias Greta Bolin stimmte sogleich in die Kritik mit ein. Zwar gab es Protest von verärgerten Kindern, die zur Verteidigung der *Fünf Freunde*-Bücher Leserbriefe schrieben, doch gegen Colombas und Corinnas Urteil fiel der kaum ins Gewicht. Und auch Bibliothekare und Lehrer schlossen sich der Kritik an.

Das neue kommerzielle Geschäftsmodell machte Astrids Arbeit komplizierter. Zwischen ihren persönlichen Literaturvorlieben und den Büchern, die sie verlegte, klaffte eine deutliche Kluft. Die Kritik der Autoren war wohl am schwierigsten. Lennart Hellsing, der zu den tonangebenden Schriftstellern des Verlags gehörte und außerdem als Rezensent für eine der großen Stockholmer Tageszeitungen tätig war, fällte ein harsches Urteil:

> *Als wir Blyton kauften, verhielt es sich vielleicht eher andersherum: Blyton kaufte uns.*[24]

Für Astrid Lindgren wäre es um einiges leichter gewesen, sich weiter an schwedische Qualitätsliteratur zu halten, doch die Erfahrung der ersten Jahre hatte sie gelehrt, wie die Buchbranche funktionierte. Sie war realistisch, konnte rechnen und wusste inzwischen, dass ein Verlag zum Überleben ein breit aufgestelltes Programm benötigte.

Astrid ging davon aus, dass der Kritiksturm schon wieder abflauen würde, und ließ Auflage um Auflage der *Fünf Freunde*-Bücher drucken. Und sie sollte recht behalten. Mit der Zeit verstummte der lautstarke Widerstand zu einem leisen Hintergrundgemurmel. Als Astrid ein paar Jahre später auf einer Buchhändlerkonferenz zwei neue Bücher von Enid Blyton präsentierte, konnte sie allerdings einen leichten Überdruss selbst nicht verbergen:

> *Und dann haben wir hier noch zwei Blyton-Bücher –* Geheimnis am Holunderweg *und* Geheimnis um ein gestohlenes Bild. *Dazu kann ich nur sagen: Blyton ist Blyton, und das sollte Ihnen genügen. Über den Verkauf brauchen Sie sich keine Gedanken zu machen, diese Bücher verkaufen sich von selbst.*[25]

Als Verlegerin hatte Astrid Lindgren auch den Markt für Trivialliteratur im Griff, und das war ein wichtiger Faktor für den wirtschaftlichen Erfolg des Verlags. Ihre Fähigkeit, sich in die jungen Leserinnen und Leser hineinzuversetzen und Bücher zu finden, die Kinder interessierten, machte sich hier ebenso bemerkbar, wie wenn sie literarisch wertvollere Kinder- und Jugendbücher beurteilte. Sie wollte es zwar nicht an die große Glocke hängen, doch man erahnt hier eine Art neugieriges Interesse bei ihr. Mehreren ihrer Autoren empfahl sie, sich ein Beispiel an Enid Blytons Erzähltechnik zu nehmen, auch wenn diese nichts von den Büchern hielten. Als Viola Wahlstedt, eine von Rabén & Sjögrens fleißigsten Schriftstellerinnen, ein Manuskript ablieferte, in dem es vor kreisenden Bussarden und tropfendem Schmelzwasser nur so wimmelte, erhielt sie einen Tadel:

> *Meine Güte, es klingt schroff, das zu sagen, aber wenn Du wirklich für Kinder schreiben willst, musst Du dafür sorgen, dass sie Dich auch lesen wollen. Diese Zielgruppe lässt sich nicht hinters Licht führen, Rezensionen und Empfehlungen sind ihnen egal, die meisten lesen am liebsten Enid Blyton, bei der Naturbeschreibungen mit drei schnellen Federstrichen erledigt sind. In den Büchern muss etwas passieren, was Kinder auch interessiert.*[26]

Doch dieser pragmatische Ansatz war nichts, worüber Astrid Lindgren gern öffentlich sprach. Als sie viele Jahre später in einem Radiointerview eine Frage zu Enid Blyton bekam, war sie auf der Hut und lenkte das Gespräch in eine andere Richtung:

> *Kinder sollen lesen dürfen, was ihnen gefällt, auch wenn es Schundliteratur ist. Das heißt allerdings nicht, dass ausgerechnet ein Verlag mit einem gewissen Qualitätsanspruch dieses Bedürfnis stillen sollte. Solche Bücher kann es woanders geben, aber bei Rabén & Sjögren würde ich sie nicht unbedingt herausbringen.*[27]

Dass hier die Verlegerin von fast fünfzig Enid-Blyton-Bänden sprach, jene Verlegerin, die ihre eigenen Schwestern mit der Übersetzung der Bücher beauftragte, ist kaum zu glauben. Das Leugnen war aber im Grunde unnötig, kein schwedischer Verlag hätte auf die Gewinne verzichtet, die Enid Blytons Bücher abwarfen.

In den drei Jahren, die seit dem Erscheinen dieses Buches auf

Schwedisch vergangen sind, habe ich in vielen Büchereien und bei den verschiedensten Veranstaltungen in Schweden über Astrid Lindgrens Arbeit als Verlegerin gesprochen, oft vor einem älteren, in der Regel sehr literaturinteressierten Publikum. Dabei kam es wiederholt vor, dass Zuhörerinnen und Zuhörer erzählten, mit welcher Freude sie als Kind die *Fünf Freunde* gelesen hatten. »Danke für die *Fünf Freunde*-Bücher, Astrid«, hieß es immer wieder. Astrid hatte offenbar etwas verstanden, was die Kritiker nicht begriffen. Kinder lesen nun mal einfach anders.

Und wie dem auch sei, sie vollbrachte das Kunststück, die *Fünf Freunde* und andere kommerzielle Reihen im Verlagsprogramm unterzubringen, ohne dass Rabén & Sjögren dadurch seinen Ruf als Qualitätsverlag einbüßen musste. Sie schien sich darauf zu verlassen, dass das Ansehen eines Verlages von den besten seiner Titel bestimmt wird, nicht von den schlechtesten, und diese Strategie ging auf. Eine intelligente Mischung unterschiedlicher Bücher sorgte dafür, dass Rabén & Sjögren im Laufe der 1950er-Jahre zu einem großen und überaus profitablen Kinderbuchverlag heranwuchs.

Rabén & Sjögrens Erfolge führten dazu, dass sich auch andere Häuser zunehmend für Kinderliteratur interessierten. Trotz der verschärften Konkurrenz ging es für den Verlag jedoch immer weiter bergauf. Astrids Berichte an die Eltern zu Hause in Näs waren voller Zuversicht:

Ich schreibe so gut es geht und bin jeden Tag im Verlag, wo alles beim Alten ist. Der Vorstand von Rabén & Sjögren war so zufrieden mit mir und fand, ich hätte so viel zu dem hübschen letzten Jahresergebnis beigetragen, dass ich einen Bonus von 5000 Skr bekommen habe, das ist doch mal nicht schlecht, oder? Das Geld ist noch nicht auf meinem Konto, aber es kommt in den nächsten Tagen, und ich denke, dann werde ich mir wohl einen Gebrauchtwagen kaufen. Ich kann zwar noch nicht fahren und habe im Moment, solange ich mit dem Schreiben beschäftigt bin, auch keine Zeit, um es zu lernen, aber sobald es auf den Frühling zugeht, werde ich meine Fahrstunden wieder aufnehmen, und bis dahin habe ich in Lasse einen überaus willigen Chauffeur.

Brief an die Eltern, 28. März 1954

Wie sich zeigte, gehörte das Autofahren jedoch zu den wenigen Bereichen, in denen Astrid Lindgren nie besonders erfolgreich war. Sie machte ihren Führerschein in Vimmerby, saß aber eigenen Angaben zufolge nur zweimal am Steuer: das erste Mal bei der Fahrprüfung und das zweite Mal, als sie rückwärts gegen einen Pfosten fuhr.

Bei der Expansion und Kommerzialisierung von Rabén & Sjögren war Fingerspitzengefühl gefragt. Während der Verlag einerseits wuchs und sich veränderte, galt es andererseits, den bereits vorhandenen Kern nicht zu vernachlässigen, mit anderen Worten, die schwedischen Autorinnen und Autoren:

Gestern hatte ich ein paar unserer Autoren und Autorinnen zum Essen da, Lennart Hellsing mit Frau, Harry Kullman, Ann Mari Falk und Hasse Peterson, und sie wollten einfach nicht nach Hause gehen, sodass mir irgendwann fast die Augen zufielen.

Brief an die Eltern, 19. September 1956

Die großartige Generation von Kinderbuchautoren, die in den 1940er-Jahren debütierten, wird rückblickend gern als homogene, eingeschworene Gemeinschaft betrachtet. Doch so einfach und harmonisch war es nicht. Sie hatten gemeinsame Interessen, waren aber auch Konkurrenten. Hin und wieder traf und amüsierte man sich, doch unter der Oberfläche gab es eine Reihe von Konflikten und Spannungen. Kerstin Kvint, die sich bei Rabén & Sjögren viele Jahre um die Lizensierung der Bücher ins Ausland kümmerte und später als Astrid Lindgrens persönliche Sekretärin tätig war, erzählt in einem Interview:

Ann Mari Falk war die Autorin, zu der Astrid Lindgren das persönlichste Verhältnis hatte. 1968 erhielt sie Rabén & Sjögrens Astrid-Lindgren-Preis.

Privat pflegte sie keinen Umgang mit den Autoren. Sie hatte ihren eigenen Freundeskreis, und den stellte sie nie hintenan, um Zeit mit den Schriftstellern zu verbringen.[28]

Diese Loyalität Freunden gegenüber wird oft erwähnt, wenn die Rede von Astrid Lindgren ist. Ihr Verhältnis zu den Autorinnen und Autoren war in der Regel gut, doch zum engeren Freundeskreis zählte für sie nur Ann Mari Falk und später Barbro Lindgren. Was die Autoren beim Verlag hielt, war nicht in erster Linie Freundschaft, sondern Astrid Lindgrens Kompetenz und Professionalität. In ihr hatten sie eine erstklassige Lektorin, das wussten sie. Astrid machte Rabén & Sjögren zur besten und angesehensten Adresse unter den schwedischen Verlagen. Dort zu veröffentlichen, bedeutete Prestige.

In Hinblick auf Verkaufszahlen und Medienpräsenz konnte es kein Autor und keine Autorin bei Rabén & Sjögren mit Astrid Lindgren aufnehmen. Für den Verlag war stets die entscheidende Frage, wie es mit den Schriftstellern lief, die gleich nach Astrid kamen. Ihnen musste das Gefühl gegeben werden, dass sie an zweiter, dritter, vierter oder sogar fünfter Stelle bei Rabén & Sjögren immer noch besser dran waren als auf Platz eins bei einem anderen Verlag. Die Bedenken, dass Astrid Lindgrens Bücher auf Kosten anderer Autoren bevorzugt würden, mussten ausgeräumt werden. Das war keine leichte Aufgabe und erforderte Professionalität und Diplomatie vonseiten der Verlagsführung, also von Hans Rabén und Astrid Lindgren. Und es mussten Ergebnisse her, in Form von Verkaufszahlen.

Es ist nicht belegt, dass von Rabén & Sjögrens Autoren irgendjemand den Verlag verließ, während Astrid Lindgren dort die Kinderbuchabteilung leitete. Manche beklagten sich oder hegten stillen Groll, aber alle blieben. Einige von denen, die befürchteten, neben Astrid nicht genug Beachtung zu finden, brachte sie groß heraus. Nicht alle würden wohl zustimmen, dass sie ihr den Erfolg zu verdanken hatten, doch von den Textverbesserungen profitierten viele, und wohl allen kam das Renommee zugute, das eine Veröffentlichung bei Rabén & Sjögren mit sich brachte. Außerdem zeigte sich, dass der Verlag auch verkaufen konnte. Nicht nur Astrids eigene Bücher gingen in hohen Auflagen über die Ladentische.

Wie alle Verlage hatte auch Rabén & Sjögren umherreisende Vertreter, die im ganzen Land Buchhändler besuchten. Doch für die Presse und den Buchhandel war Astrid Lindgren das Gesicht des Verlags. Ein Brief an Samuel August und Hanna, in dem Astrid ihren Eltern einen Heimatbesuch ankündigt, zeigt, wie viel sie selbst zu Promotionszwecken unterwegs war, und zwar nicht nur für ihre eigenen Bücher:

> *Das Gute an Bokens Vecka* (Die Woche des Buches) *ist, dass ich an einem Samstagabend nach Hause komme, nämlich am 7. November, und darauf freue ich mich schon riesig. Ich komme abends mit dem 7-Uhr-Zug und fahre gegen 2 pm Sonntag weiter nach Oskarshamn, wo ich bei einer Veranstaltung für Kinder dabei sein soll, die die Buchhändler dort organisiert haben. Am 9. bin ich in Karlskrona, am 10. in Halmstad, am 11. in Ludvika, am 12. in Örebro und am 13., 14. und 15. in verschiedenen Buchhandlungen in Stockholm.*
>
> Brief an die Eltern, 28. Oktober 1953

Astrid Lindgren war neben der Schriftstellerei Unternehmerin und mit dem Ausbau eines Verlags beschäftigt, doch darüber sprach sie nicht. Sie schritt lieber zur Tat, als viele Worte zu verlieren. Jahr für Jahr schrieb sie neue Bücher, sie half Autoren bei der Textarbeit, übersetzte und fertigte von ihren Büchern Kurzfassungen und Auszüge für neue Formate an. Sie schrieb Drehbücher und Theaterstücke. Und sie reiste zu Buchhändlerkonferenzen, um das Verlagsprogramm zu präsentieren. Wenn sie das Gefühl hatte, dass ihr Name etwas zu oft auftauchte, verwendete sie für ihre Übersetzungen Pseudonyme,

Anna Ericsson oder Emilia Ericsson. Da kommt einem schnell Mutter Hannas Kampfruf in den Sinn, der zu Hause auf Näs über den Rübenacker schallte:

Immer weiter dran ziehen, nur nicht aufhören!

Hier, auf den gepachteten Ländereien des alten Pfarrhofs von Vimmerby, ist vielleicht der Ursprung von Astrids Arbeitseifer zu finden. Das war eine gute Schule.

Die kommerzielle Umgestaltung des Verlags glückte. Rabén & Sjögrens Kinderbücher wurden zum Kassenerfolg, ohne ihren Qualitätsstempel zu verlieren. Die Anzahl der Neuerscheinungen stieg von 32 Titeln im Jahr 1950 auf 46 Titel zehn Jahre später. Der Absatz verdreifachte sich. Inzwischen war man nicht mehr ganz so abhängig von Astrid Lindgrens Büchern, 1960 machten sie »nur noch« zwanzig Prozent des Gesamtverkaufs aus, im Gegensatz zu den vierzig Prozent zehn Jahre zuvor. Die Rentabilität war hoch, in den 1960er-Jahren betrug der Überschuss durchschnittlich fünfzehn Prozent des Umsatzes. Bei solchen Gewinnen werden die meisten Verleger heutzutage wohl grün vor Neid. Betriebswirtschaftliche Kennzahlen und Rentabilität gehörten zwar nicht zu den Dingen, mit denen Astrid Lindgren sich eingehender beschäftigte, doch sie hatte die Verkaufszahlen und den Jahresgewinn stets im Blick:

Dem Verlag geht es wohl ganz gut, zumindest sind die Verkaufszahlen gerade besser denn je.

Astrid Lindgrens Tagebuchaufzeichnungen, Silvester 1962

Astrid Lindgren und Hans Rabén hatten gut daran getan, sich für ein umfassenderes und breiteres Programm zu entscheiden, denn damit schufen sie die wirtschaftliche Grundlage für das, was ihnen besonders am Herzen lag: die schwedische Qualitätsliteratur. Den wunden

Punkt des Verlags, Astrid Lindgrens Doppelrolle, schien man gut im Griff zu haben. Ihr zweigleisiges Wirken war zwar nicht ganz unproblematisch, aber gleichzeitig auch der Faktor, der Rabén & Sjögren einen entscheidenden Wettbewerbsvorteil gegenüber der Konkurrenz einbrachte.

Astrid Lindgrens Stellung als wichtigste Vertreterin der Kinderliteratur stand außer Frage, und sie wusste die Medien geschickt für sich zu nutzen. Nicht nur gehörte sie zu den ersten Autoren, die die Bedeutung des Radios erkannt hatten. Als Mitte der 1950er-Jahre das Fernsehen als neues Medium hinzukam, entdeckten die Produzenten sie bald auch für den Bildschirm:

> *Gestern war ich zum ersten Mal in einem Fernsehprogramm dabei. Ich durfte auf dem Sofa sitzen und mich interviewen lassen.*
>
> Brief an die Eltern, 2. Februar 1956

Die gute Lektorin

Es war der 25. März 2014, und im Hörsaal der Königlichen Bibliothek zu Stockholm war es mucksmäuschenstill. Alle warteten gespannt darauf zu erfahren, wer den Astrid-Lindgren-Gedächtnis-Preis erhalten würde. Der mit fünf Millionen schwedischen Kronen dotierte Preis ist die weltweit größte Auszeichnung für Kinderliteratur und wurde im Bewusstsein um die Bedeutung Astrid Lindgrens nur fünf Wochen nach ihrem Tod von der schwedischen Regierung gestiftet.

Larry Lempert, der Sprecher der Jury, wirkte nervös, als er zur Verkündung überging. Als er bekannt gab, dass Barbro Lindgren den Preis erhalten würde, brach Jubel aus, und er konnte erleichtert aufatmen. Barbro war die erste schwedische Preisträgerin, und Larry hatte vielleicht befürchtet, die Wahl der Jury würde auf Kritik stoßen – eine Autorin aus dem eigenen Land, die noch dazu denselben Nachnamen trug wie Astrid, auch wenn die beiden nicht miteinander verwandt waren.

Doch es gab keine Vorbehalte, keinen Neid. Alle waren begeistert und freuten sich über die Entscheidung.

Im Publikum wusste vermutlich kaum jemand, dass Astrid Lindgren in diesem Fall auf einer tieferen Ebene Bedeutung zukam, nicht nur als Namensgeberin für den Preis. Vierundsechzig Jahre zuvor hatte sie Barbro Lindgren nämlich überhaupt erst zur Schriftstellerin gemacht. Oder zumindest hatte sie ihr wichtige Impulse gegeben. Die dreizehnjährige Barbro Enskog, wie sie damals hieß, hatte 1950 ihr erstes Manuskript an Rabén & Sjögren geschickt.

Ich schickte ein Manuskript mit dem Titel Micky Sammetspäls (Micky Samtpelz) an Rabén & Sjögren, weil ich wusste, dass Astrid Lindgren dort war. Die Geschichte hatte auffallende Ähnlichkeit mit Bambi. Ich erhielt einen freundlichen Antwortbrief von Astrid Lindgren, in dem sie mir schrieb, dass alle Autoren ihr erstes Werk zurückbekämen, darüber solle die junge Autorin also nicht traurig sein. Ich solle einfach weiterschreiben. Der Brief kam in einem großen versiegelten Umschlag.
Das fand ich großartig, einen Brief von Astrid Lindgren zu bekommen, genügte mir schon.[29]

Viele Jahre vergingen. Barbro Lindgren besuchte die Kunsthochschule, kehrte aber schließlich zum Schreiben zurück:

Der nächste Brief von Astrid Lindgren kam 1964, nachdem ich erneut ein Manuskript an Rabén & Sjögren geschickt hatte. Es enthielt ein paar Kapitel über meine eigene Kindheit, nur dass die Hauptfigur Mats hieß. Daraufhin kam der berühmte Brief.[30]

Astrid Lindgren schrieb Folgendes:

Beste Barbro Lindgren
Mats ist ein netter kleiner Junge, der einem gleich sympathisch ist, genau wie die Autorin, die so gut über Kinder Bescheid weiß. Darüber, wie man mit einem Text Interesse weckt und es aufrechterhält, weiß sie allerdings nicht ganz so gut Bescheid, und dem liegt dasselbe zugrunde, was schon so manches andere Manuskript zu Fall gebracht hat – die Autorin macht es sich etwas zu einfach und gleitet von einer Episode zur nächsten, ohne im Grunde aus irgendeiner genug herauszuholen. Viele, viele andere Autoren machen das genauso, denn so schreibt es sich sehr leicht. Aber in Ihrem Fall spürt man, dass Sie sich durchaus die Mühe machen könnten, das Buch noch einmal zu überarbeiten und ihm den rechten Schwung zu verleihen.

Dann folgten konkrete Tipps:

> *Das Kapitel »Im Theater« können Sie ruhig weglassen, daran haben nur Erwachsene Spaß, die wissen, was ein Theater ist, aber Sie schreiben ja für Kinder. […] Wenn ich Sie wäre, würde ich Mats in diesem Buch gar nicht erst zu seinen Großeltern reisen, sondern ihn lieber zu Hause im Vanadisvägen mit Lillpelle und Limpan herumtollen lassen. Er braucht überhaupt nichts Außergewöhnliches zu erleben, aber was er erlebt, muss ordentlich aufgebaut werden.*[31]

Barbro Lindgren überarbeitete den Text und reichte ihn bei Rabén & Sjögrens Schreibwettbewerb ein. Das Buch erhielt zwar keinen Preis, erschien aber 1965 unter dem Titel *Mattias sommar* (*Ole, Pelle und Brötchen*, Oetinger 1966).

Barbro erzählt, dass Astrid mit ihren Ratschlägen genau den Nagel auf den Kopf getroffen hatte:

> *Das war das erste Mal, dass ich mich auf den Hosenboden setzte. Bis dahin hatte ich immer nur so vor mich hin geschrieben, aber ich hatte nie gelernt, mich zu konzentrieren. Ich schrieb zu lang und zu weitschweifig. Auf einmal merkte ich, dass man gewisse Regeln einhalten muss, um gern gelesen zu werden. Ihr Brief vermittelte mir, wie man richtig schreibt. Bisher hatte mir nie jemand etwas beigebracht, niemand hatte meine Texte gelesen. Heutzutage gibt es ja Autorenschulen und so weiter. Aber Astrids Brief war meine ganze Schriftstellerausbildung … Sie verstand sich einfach auf die Musikalität und den Fluss im Text, die den Leser bei der Stange halten. Ich glaube, nur deshalb lesen die Leute meine Bücher.*[32]

Astrid Lindgrens redaktionelle Arbeit war das Fundament für ihre erfolgreiche Karriere als Verlegerin. Sie besaß ein außergewöhnliches Talent dafür, die Schwächen und Möglichkeiten eines Textes auszuloten. Margareta Strömstedt, Autorin und gute Freundin von Astrid Lindgren, schreibt in ihrer Biografie:

Ein Urteil ist allen Autoren gemeinsam, wenn sie von ihr sprechen: Sie war unermüdlich, wenn es darum ging, jemanden, der festgefahren war oder das Gleichgewicht verloren hatte, zu ermuntern und zu stützen. Sie war zartfühlend, aber streng.[33]

Die promovierte Literaturwissenschaftlerin Helene Ehriander hat in jahrelanger Arbeit Briefe von Autoren und Autorinnen gesammelt, deren Texte von Astrid Lindgren geprüft und redigiert wurden. In dem Artikel »Värden och värderingar hos förlagsredaktör Astrid Lindgren och Rabén & Sjögren förlag« (Werte und Bewertungen bei Verlagslektorin Astrid Lindgren und beim Verlag Rabén & Sjögren) fasst sie ihre Beobachtungen zusammen:

Anhand der circa dreihundert Briefe, die aus ihrer Zeit bei Rabén & Sjögren bewahrt sind und die ich über viele Jahre hinweg zwecks einer größeren Studie gesammelt habe, ergibt sich ein Bild von Astrid Lindgrens Arbeitsweise, ihren Ansichten zur Kinderliteratur und ihrem Anspruch an das äußere Erscheinungsbild von Kinderbüchern. Ihre Doppelfunktion stellte für sie kein Problem dar, und mit einer Art selbstverständlichen, wohlwollenden Hilfsbereitschaft fand sie stets auf höchst seriöse Weise ein Gleichgewicht zwischen den Wünschen der jungen Leserschaft und denen der erwachsenen Vermittler, zwischen Wirtschaftlichkeit und Qualität sowie zwischen den unterschiedlichen Bewertungen von Kinder- und Jugendliteratur auf verschiedenen Ebenen, damit möglichst viele Kinder Zugang zu möglichst guten Büchern hatten.[34]

Liest man Astrid Lindgrens Briefe an die Autoren – ganz egal, ob sie einem erfahrenen, bereits veröffentlichten Schriftsteller oder einem unsicheren Nachwuchstalent zum ersten eingesandten Manuskript schrieb –, fällt es schwer, sich nicht von ihrem freundlichen, hilfsbereiten Ton berühren zu lassen.

Eva Ewert war fünfundvierzig Jahre alt und wohnte in Göteborg, als sie 1951 einen Beitrag zu Rabén & Sjögrens Schreibwettbewerb einreichte. Sie hatte noch nichts veröffentlicht und erhielt auch keinen Preis, ihr Text wurde aussortiert, bevor er zu Astrid Lindgren vordringen konnte. Enttäuscht schrieb Ewert direkt an Astrid, die ihr Folgendes antwortete:

> *Liebe Frau Ewert,*
> *wie gut, dass Sie sich noch einmal melden, denn der Gedanke, dass ich jemanden entmutigt habe, missfällt mir zutiefst. Sie sind ja durchaus in der Lage zu schreiben, das können nicht so schrecklich viele von sich behaupten. Und sobald Sie Ihre Form gefunden haben, bin ich die Erste, die Sie dazu beglückwünscht […]. Und Sie haben auch keinen Grund, sich missraten und erniedrigt zu fühlen, nur weil ein Verlag einen Ihrer Texte abgelehnt hat […]. Sie sollen jedenfalls wissen, dass ich es niemals als unnütz betrachten würde, Ihre Arbeiten zu lesen.*[35]

Eva Ewert nahm Astrid beim Wort und sandte bei einem späteren Wettbewerb erneut einen Text ein. Auch dieser wurde weder veröffentlicht noch mit einem Preis ausgezeichnet. Doch Astrid hielt ihr Versprechen, las den Beitrag genau und gab Eva Ewert eine Rückmeldung.

> *Liebe Frau Ewert!*
> *Man bekommt das starke Gefühl, dass der Text unmittelbar auf wirklichen Ereignissen beruht, stimmt das?*
> *Ich möchte Ihnen gern sagen, dass ich das Manuskript mit dem größten Interesse gelesen habe. Nenne, wie auch die Autorin des Buches, der man ein gutes psychologisches Gespür anmerkt, sind einem gleich sympathisch. Der Text enthält so viele schöne, ja ganz entzückende Betrach-*

tungen und so viel Wärme. Er ist zum Teil sehr gut geschrieben. Umso bedauerlicher ist es, dass Sie die Technik des Romanschreibens nicht so recht beherrschen, wo Sie schon so viel und so interessanten Stoff haben. Wenn es Ihnen gelänge, alles Unwesentliche herauszustreichen und das Übrige detaillierter auszuformen und zu beleuchten, so würde daraus eine hübsche Erzählung über das Heranwachsen eines Mädchens in den Zwanzigerjahren oder wann immer die Geschichte spielt.[36]

Zu dieser Zeit befand Astrid Lindgren sich in einer schwierigen Lebensphase, da ihr Mann Sture gerade gestorben war. Doch sie hielt, was sie Eva Ewert versprochen hatte. Ihr Brief umfasst drei eng beschriebene Seiten und enthält eine Fülle konkreter Ratschläge, Abschnitt für Abschnitt, Figur für Figur.

Eva Ewert antwortete sofort.

Meinen allerwärmsten und herzlichsten Dank für die Arbeit, die Sie sich mit der Lektüre meines Manuskripts gemacht haben! Ich verstehe Ihre Anmerkungen und sehe nun auch die Schwächen, die ich schon erahnt hatte, ohne jedoch genau zu wissen, wo die größten Problemstellen waren. […] Ich werde wohl einen weiteren Versuch unternehmen, Frau Lindgren, und hoffe, Sie werden meiner nicht gänzlich überdrüssig, sollte der Text erneut auf Ihrem Schreibtisch landen![37]

Doch es kam kein weiteres Manuskript von Eva Ewert, das Leben hatte anderes mit ihr vor.

Eva Bergold war sechsundzwanzig Jahre alt und Astrid Lindgren noch nie begegnet, als sie ein Manuskript bei Rabén & Sjögren einreichte. Astrid schrieb ihr aus dem Sommerhaus auf Furusund:

Liebe Eva Bergold, Sie talentiertes Mädchen, ich habe hier auf meinem Balkon in Furusund gesessen und mich köstlich über Ihr Hösttermin

(Winterhalbjahr) amüsiert. Sie schreiben geistreich und lustig, und wir möchten das Buch gern herausbringen. Aber so angetan ich von Ihnen und Ihrem Text auch bin, muss ich Sie doch auf ein paar Schönheitsfehler hinweisen, die es meiner Meinung nach zu beheben gibt, und ich hoffe, ich kann Sie davon überzeugen, noch etwas daran zu tun. Mir scheint, als vergäßen Sie in Ihrer Liebe zum Absurden hin und wieder, was für eine Art von Buch Sie eigentlich schreiben. Als schwankten Sie vom einen zum anderen. Im Großen und Ganzen handelt es sich ja trotz allem um eine realistische Erzählung. Sprachlich können Sie sich ruhig austoben, aber die Handlungsebene darf nicht plötzlich mit dem realistischen Rahmen brechen, denn dann weiß man nicht mehr, was man da eigentlich liest.[38]

Der Brief ist lang, er umfasst zwei Seiten voller Tipps und konkreter Änderungsvorschläge. Auch Eva Bergold bekommt am Ende ein paar tröstende Worte:

Sind Sie jetzt traurig und halten mich für eine alte Nörglerin? Dann sehen Sie nur, auf wie wenigen Seiten ich etwas anzumerken hatte. Alle anderen, die mir sehr gut gefallen, können ja nicht einfach unbeachtet bleiben, oder?

Eva Bergold antwortete zwei Monate später:

Das war ein kluger, warmherziger und aufmerksamer Brief, der mich schon vor einiger Zeit erreicht hat. […] Es tut mir leid, dass ich erst jetzt zum Antworten komme, aber mein gebrechlicher Körper hat mir im Sommer einen Strich durch die Rechnung gemacht. Ihre Anmerkungen sind gut. Es ist fast so, als hätte ich einen Kurs in »creative writing« oder »Schönere Alltagswaren« [Kampagne des Schwedischen Kunsthandwerkvereins, A. d. Ü.] bekommen. Ich bin mit allem einverstanden.[39]

Das Buch erschien 1968, aber es blieb Eva Bergolds einzige Veröffentlichung. Sie verstarb ein Jahr später an ihrer schweren Diabeteserkrankung.

Weder Eva Ewert noch Eva Bergold hatten schon etwas veröffentlicht, als Astrid Lindgren mit ihnen korrespondierte.

Man merkt den Briefen an, wie sehr sie sich um ein Gleichgewicht zwischen Ermutigung und Kritik bemüht. Sie sieht das Potenzial der Autorinnen und möchte ihnen nicht die Motivation zum Weiterarbeiten nehmen. Aber sie will ihnen auch ihre ehrliche Meinung mitteilen und nützliche Ratschläge an die Hand geben.

Der warme und herzliche Ton der Briefe verwundert ein wenig angesichts der Tatsache, dass sie den beiden Frauen noch nie begegnet ist. Man kann sich vorstellen, welche Bedeutung solche Briefe für die Empfängerinnen hatten. Astrid Lindgrens sorgfältige Arbeit machte Rabén & Sjögren in Schriftstellerkreisen attraktiv.

Kai Söderhjelm gelang der Durchbruch, als er 1948 bei Rabén & Sjögrens Schreibwettbewerb den ersten Preis gewann. Doch auf das vielversprechende Debüt folgte eine lange schwierige Phase.

Astrid Lindgren war nicht zufrieden mit Söderhjelms Manuskripten, und trotz seines Talents musste er in den kommenden zehn Jahren immer wieder Absagen in Kauf nehmen und seine Texte mehrfach überarbeiten. Dank Helene Ehrianders wissenschaftlicher Arbeit wissen wir, wie aktiv Astrid Lindgren im Fall von Kai Söderhjelm ihrer Aufgabe als Lektorin nachging. Ehriander hat 138 Briefe gesammelt, die Astrid und Kai ausgetauscht hatten – beide hatten ungefähr gleich viele verfasst.

Die Briefe lassen eine eigentümliche Dynamik zwischen Autor und Lektorin erkennen. Kai Söderhjelm schreibt oft sehr aufgebracht. Er beklagt sich über die Änderungsvorschläge des Verlags und darüber, dass ein Buch mit Korrekturen in den Druck gegangen sei, die er nicht abgesegnet habe. Er beschwert sich über einen Umschlag, auf dem ein Junge die falsche Mütze trage, und darüber, dass sein Name falsch geschrieben sei. Und schließlich echauffiert er sich darüber, dass der Verlag zu sehr nach der Pfeife des Marktes tanze. Zum Teil klingen seine Briefe auch resigniert, er gibt Astrid Lindgren recht in ihrer Kritik, kann sich aber trotzdem nicht zu einer Überarbeitung des Textes aufraffen. Astrid Lindgren hingegen schreibt oft sanft und drückt sich behutsam aus. Sie macht nie von ihrer Autorität Gebrauch, bittet zuweilen um Entschuldigung. Einer ihrer Briefe endet mit »Asche auf mein Haupt«. In einem anderen schreibt sie:

> *Nur weil Sie dummerweise an so eine idiotische Prüferin geraten sind, die ein paar dämliche Änderungen vorgenommen hat, bedeuten die Eingriffe keineswegs, dass der ganzheitliche Charakter des Buches verändert oder der Text Ihrer Persönlichkeit beraubt wurde.*[40]

Die erwähnte Prüferin war vermutlich Astrid selbst, denn zu dieser Zeit war sie allein für die Kinderbuchabteilung zuständig. In wichtigen Fragen jedoch rückte sie nicht von ihrem Standpunkt ab, sondern hielt eisern daran fest. Söderhjelms Texte waren ihr nicht lebendig genug, seine Erzählungen waren glaubwürdig, aber es fehlte ihnen an Spannung. Doch Astrid gab nicht auf, sie trieb ihn an und lockte ihn, bot ihm einen Vorschuss von fünfzig Kronen pro Kapitel, wenn er sich an einem Jugendbuch über den finnischen Winterkrieg mit einem von ihr skizzierten Plot versuchen würde. Sie versuchte ihm klarzumachen, dass er sich mehr darum kümmern müsse, was die jungen Leserinnen und Leser spannend und interessant fanden. Doch Söderhjelm hielt dagegen. Schließlich bat sie ihn, sich ein Beispiel an Enid Blyton zu nehmen:

> *Und wenn Dir diese Freizeitbeschäftigung etwas einbringen soll, dann musst Du ein bisschen Rücksicht auf Dein Publikum nehmen. Schau*

Dir mal eine von Kindern auf der ganzen Welt heißgeliebte Autorin an, Enid Blyton. Sie schreibt haarsträubend schlechte Bücher, von denen sich das eine kaum vom anderen geschweige denn vom dritten unterscheidet. Aber sie fängt ihre Leser gekonnt ein. […] Völlig zu Recht hat sie ein Jahreseinkommen von mehreren Millionen Kronen. Bitte versteh mich nicht falsch. Ich würde es Dir zwar von Herzen gönnen, wenn Deine Schriftstellerei etwas mehr abwerfen würde, aber das heißt keineswegs, dass Du in Enid Blytons Fußstapfen treten sollst. Trotzdem muss man als Jugendbuchautor doch auch ein bisschen an seine Zielgruppe denken, oder?[41]

Schließlich, zehn Jahre später, geschah das Wunder. Astrid Lindgren war zufrieden, und Kai Söderhjelm hatte das Gefühl, seinen Stil gefunden zu haben. 1959 ging er erneut als Sieger aus Rabén & Sjögrens Schreibwettbewerb hervor, dieses Mal mit dem Buch *Mikko*. Im folgenden Jahr wurde er mit der Nils-Holgersson-Plakette ausgezeichnet. Solange Astrid beim Verlag war, erschienen fortan regelmäßig Bücher von Kai Söderhjelm bei Rabén & Sjögren, und zwar ohne größere Eingriffe vonseiten der Lektorin. Ehrianders Arbeit zu Kai Söderhjelms schriftstellerischer Laufbahn erzählt die schöne Geschichte einer engagierten Lektorin und eines Autors, der Widerstand brauchte, um richtig gut zu werden. Begegnet sind sich die beiden selten, da Söderhjelm nicht in Stockholm wohnte. Sie telefonierten auch nicht, denn Söderhjelm mochte kein Telefon. Was sie verband, waren die Briefe und die gemeinsame Textarbeit. Einmal, als Astrid wusste, dass Söderhjelm auf eine Rückmeldung wartete, schickte sie ihm ein kurzes Telegramm: »GUT GUT GUT.«

Söderhjelm lernte Astrid Lindgren sehr schätzen. In seiner Autobiografie *Hellre kärlek än krig* (Lieber Liebe als Krieg) schreibt er:

Mehr als zwanzig Jahre lang war sie meine Betreuerin und Beraterin, sie hat sich um meine Bücher gekümmert und war mir stets eine Stütze. Ich wiederhole mich vielleicht, aber bei allem, was sie als Schriftstellerin geleistet hat, darf ihre Leistung als Verlegerin nicht vergessen werden. Sie hat der schwedischen Kinderliteratur in jeglicher Hinsicht zu einem wichtigen Platz innerhalb der Literatur verholfen und hat sie bekannt gemacht.[42]

Astrid Lindgrens erster Brief an Viola Wahlstedt begann ohne große Umschweife:

Beste Frau Wahlstedt!
Hier schreibt Ihnen ein gänzlich unbekannter Mensch. Ich aber kenne Sie – durch Ihre Bücher. Vielleicht kennen Sie mich ein wenig durch meine.[43]

Astrid war neu bei Rabén & Sjögren, und Viola Wahlstedt lebte zu dieser Zeit in Frankreich, was wohl der Grund dafür war, dass Astrid sich erst einmal vorstellte.

Viola Wahlstedt führte ein spannungsreiches Leben voller Dramatik und Veränderungen. Sie war nicht nur Autorin, sondern auch Musikerin, bildende Künstlerin und Journalistin. In den 1920er-Jahren war sie in Italien verheiratet. In den 1930er-Jahren lebte sie mit dem Architekten Sven Markelius in Stockholm und gehörte der Gruppe um die Literaturzeitschrift *Spektrum* an, für die sie über Musik schrieb. Sie verfasste Reportagen aus der Sowjetunion, aus Danzig und dem Spanischen Bürgerkrieg. Später zog sie nach Frankreich, doch in den 1940er-Jahren kam sie zurück nach Schweden, wo sie einen kleinen Hof in der Nähe von Funäsdalen in Härjedalen erwarb.

1945 brachte Rabén & Sjögren Wahlstedts erstes Kinderbuch *En flicka att lita på* (Ein verlässliches Mädchen) heraus, und von da an veröffentlichte sie all die Jahre, die Astrid Lindgren im Verlag als Lektorin tätig war, regelmäßig neue Geschichten. Ihre Motive stammten oft aus der Bergwelt im Norden und dem Leben der Samen. Viola Wahl-

Viola Wahlstedt war eine Glücksritterin. Hübsch, vielseitig begabt, wagemutig. Künstlerin, Musikerin, Frontreporterin im Spanischen Bürgerkrieg. Als Astrid Lindgren 1946 ihre Verlegerin wurde, hatte sich Violas Leben verändert; sie lebte mit geringem Einkommen auf einem kleinen Hof in Härjedalen und schrieb Kinderbücher.

stedt genoss Ansehen und Respekt, doch der große Durchbruch kam für sie nie. Ihre Honorare reichten nie ganz aus für ihren Lebensunterhalt, und so wurde Astrid Lindgren zu einer Art Rettungsboje, an die sie sich in schwierigen Zeiten klammerte.

Keine andere Autorin und kein anderer Autor hat Astrid so viele Briefe geschrieben wie sie. In der Königlichen Bibliothek zu Stockholm sind siebenundneunzig Stück bewahrt, die meisten von beachtlicher Länge. In Rabén & Sjögrens Archiv befinden sich weitere Briefe.

So gut wie alle handeln von Wahlstedts finanziellen Schwierigkeiten. Von ihren Schulden, dem Finanzamt, dem Gerichtsvollzieher und all den Sorgen, die ein chronischer Geldmangel mit sich bringt.

Werde ich denn nie richtigen Erfolg haben, Astrid? Dabei weiß ich doch, dass ich die meisten an Talent und Schaffenskraft übertreffe. […] Wo liegt der Fehler?[44]

Astrids Antwort kam zwei Wochen später:

Nimm doch bitte – Tippe zuliebe – diesen Fünfziger von mir an und wirf ihn dem Kaufmann in den Rachen.[45]

Tippe war Violas Sohn Alf.

Astrid rang der Finanzabteilung so hohe Vorschüsse wie nur irgend möglich für Viola ab, und wenn nichts mehr ging, ließ sie ihr hin und wieder etwas aus eigener Tasche zukommen. Jahr um Jahr hielt sie Viola zu mehr Konzentration an und versuchte sie dazu zu bewegen, jeweils ein Buch am Stück durchzuarbeiten:

Aber ich habe Hasse [Hans Rabén, A. d. Ü.] gesagt, dass das hier was Gutes und quasi Fertiges ist, das nur noch einmal von Dir ins Reine geschrieben werden muss. Morgen bekommst Du das Ganze zurück, und dann musst Du Dich wirklich sofort dransetzen und alles überarbeiten, was Du geändert haben willst. Ich mache ein paar Anmerkungen zu meiner Sicht auf den Text und schicke sie Dir zusammen mit dem Manuskript. Und jetzt darfst Du mich einfach nicht hängen lassen, denn wenn ich nicht in circa drei Wochen die druckfertige Fassung vorliegen habe, dann komme ich in Teufels Küche bei Hasse und werde ihm wohl kaum noch mehr Geld abschwatzen können.[46]

Bei der Lektüre der vielen Briefe aus Viola Wahlstedts Feder kommt man nicht umhin, sich von den Nöten berühren zu lassen, die ihr die halb fertigen Manuskripte, die unbezahlten Rechnungen und all die Unsicherheit in ihrem Leben bereiteten. Ihr schriftstellerisches Werk hätte womöglich andere Höhen erreicht, wenn sie mehr Zeit gehabt hätte, ihre Texte kontinuierlich durchzuarbeiten. Berührend ist auch die Geduld, mit der Astrid Lindgren ihr begegnete. Von ihr stammen nicht ganz so viele Briefe – auf zehn Briefe von Viola Wahlstedt kommt etwa einer von Astrid –, doch sie schrieb nie kritisch oder vorwurfsvoll, sondern versuchte stets, eine Lösung für die finanziellen Probleme zu finden.

Die Korrespondenz beleuchtet das große Problem, vor dem Astrid Lindgren als Lektorin stand. Sie selbst hatte alles, woran es Viola Wahlstedt mangelte: Erfolg, Ruhm, ein gutes finanzielles Auskommen, geordnete Verhältnisse. Das machte es ihr nicht leicht, sich der Hilferufe zu erwehren:

> *Liebe Viola, ich kriege noch graue Haare Deinetwegen. Letzte Nacht habe ich mehrere Stunden wach gelegen und über Dich und Deine Situation nachgedacht, und wenn mich das schon so erschüttert, wie muss es Dir dann erst gehen? Ich habe in der Nacht lange, lange Gespräche mit Dir geführt, wie bedauerlich, dass Du sie nicht hören konntest und dass ich gar nicht alles aufschreiben kann, was ich dazu denke. Ich würde Dir gern so viele tröstende und aufmunternde Worte schicken, aber am Ende würde alles wohl nur wie Ermahnungen klingen.*[47]

Viele von Rabén & Sjögrens Autoren kamen mit ihren Einnahmen nur schlecht über die Runden. Viola Wahlstedt war nicht die Einzige, die sich Hilfe suchend an den Verlag wandte. Astrid war realistisch und wusste, dass sie nicht die Probleme aller lösen konnte, aber sie war auch nicht herzlos. Dass sie wirtschaftlich so viel bessergestellt war als ihre Autorinnen und Autoren, belastete sie, und um dieser Zwickmühle zu entgehen, überließ sie die finanziellen Angelegenheiten Hans Rabén.

Sosehr Viola Wahlstedts und Astrid Lindgrens Lebenswelten sich auch unterschieden, war ihr Verhältnis doch stets von Loyalität geprägt. Viola glitt bei der Schilderung ihrer Probleme nicht in Neid ab, sie klagte Astrid nie an. Und Astrid brachte unbeirrt weiter Violas Bücher heraus, sie machte ihr in den Briefen nie Vorhaltungen, sondern gab nur gute Ratschläge.

Der Nachruf, den Astrid nach Violas Tod im Jahr 1992 verfasste, war ebenso freiheraus wie ihr erster Brief an die Autorin:

> *Die Schriftstellerin Viola Wahlstedt-Guillemaut ist am Ende ihres langen Lebenswegs angelangt, sie wurde 91 Jahre alt, und bis zu ihrer Krankheit in den letzten Jahren war sie unablässig damit beschäftigt, dem Leben sämtliche Möglichkeiten abzuringen.*[48]

Die verlegerische Arbeit besteht zu einem großen Teil darin, aus der Menge eingesandter Texte auszuwählen, Manuskripte abzulehnen und freundlich, aber bestimmt zum Ausdruck zu bringen, dass der Verlag ein Buch nicht herausgeben möchte. Von 1946 bis Ende der 1950er, war Astrid ganz allein für die Kinderbücher zuständig. Sie hatte keine Sekretärin und erledigte die Korrespondenz selbst. Zwischen 1946 und 1970 müssen mehr als tausend Ablehnungsbriefe mit Astrid Lindgrens Unterschrift verschickt worden sein. Naturgemäß sind diese nicht ebenso leicht aufzufinden wie die positiven Antwortbriefe, doch ein paar Kopien sind im Verlagsarchiv erhalten.

Den Abschluss dieses Kapitels soll ein Brief bilden, den Astrid Lindgren auf eine Absage hin von einem Autor bekam:

> *Liebe Astrid Lindgren*
> *Wie oft ich nun schon Ihren Brief und Ihre Karte gelesen habe, ich lese sie immer wieder mit Dankbarkeit und größter Freude!*

Vor allem der Brief hört nicht auf, mich zu erstaunen: die Art und Weise, wie Sie mir mitteilen, dass mein Manuskript nichts taugt, so rücksichtsvoll und freundlich, und die Klarheit, mit der Sie mir Ihre Gründe darlegen. Wenn doch nur alle, die sich als Schriftsteller versuchen, solch eine Kritik bekommen würden, welch ein Glück und welch eine Hilfe das wäre![49]

Astrid erhielt sicher mehrere solcher Briefe, doch ihre Erleichterung, als sie im Mai 1970 in den Ruhestand ging, ist unverkennbar:

Jetzt brauchst du nie wieder einem hoffnungsvollen Menschen mit den Worten »Nein, dein Manuskript ist nicht gut genug« Kummer und Verzweiflung bereiten. Das ist jetzt vorbei! Welch ein wunderbar tröstender Gedanke![50]

Die Lektorin, die es selbst am besten konnte

Die meisten Buchverlage wissen von Fällen zu berichten, in denen eingesandte Manuskripte durch die verbessernden Eingriffe einer Lektorin oder eines Lektors gerettet wurden.

Das Prüfen von Texten und das Einfügen von Änderungsvorschlägen sind selbstverständlicher Teil der redaktionellen Arbeit, darüber wird nicht groß gesprochen. Nur bei besonders umfassenden Eingriffen ist von »geretteten Büchern« die Rede. So etwas ist nicht unproblematisch, ein Text lässt sich nicht unbegrenzt redigieren, ohne dass man der Leserschaft etwas vormacht, doch wo die Grenze verläuft, kann niemand genau sagen. Und alle sind sich einig, dass der individuelle Erzählstil und die Originalität des Textes respektiert werden sollen.

Astrid Lindgrens lange, detaillierte Briefe an die Autorinnen und Autoren zeigen, dass sie zum Teil sehr tief in die Texte einstieg. Manchmal arbeitete sie viele Stunden an einem Manuskript. Siv Widerberg, die nie ein Problem mit Autoritäten hatte, erzählt über ihre erste Begegnung:

> *Mit Astrid Lindgren hatte ich zum ersten Mal in Zusammenhang mit einem Jugendbuchmanuskript* [*Snart 17* (Fast 17)] *zu tun. Das war 1966. Als ich zum Verlag kam, hatte sie den Text gelesen und sagte: »Wenn Sie das und das und das hier ändern, wird es viel besser.« Verärgert*

nahm ich mein Manuskript und ging nach Hause. Nach einer Woche sah ich ein, dass sie recht hatte, und folgte ihren Ratschlägen. Sie war nun mal die Beste.[51]

Es ist nur verständlich, dass Siv Widerberg den Schreibempfehlungen einer der besten Autorinnen des Landes nicht viel entgegenzusetzen hatte, zumal es hier um ihr erstes Buch ging. Siv war klug und nahm Astrids Änderungsvorschläge an, ohne die Lust am Schreiben zu verlieren.

Das war der Anfang einer langen, erfolgreichen Schriftstellerkarriere, und rückblickend hat Siv Widerberg nur Positives über Astrids Arbeit als Lektorin zu sagen.

Das Ungleichgewicht im Verhältnis zwischen Lektorin und Autor zeigt sich sehr deutlich in einer Geschichte, die Helene Ehriander in einem ihrer Artikel wiedergibt. Darin geht es um Leif Krantz, der 1958 ein Manuskript mit dem Titel *Tigern i barnkammaren* (Der Tiger im Kinderzimmer) bei Rabén & Sjögren einreichte. In einem Brief an Ehriander schreibt Leif Krantz 1995:

Die Geschichte schien Astrid zu gefallen, aber nicht mein Text, soweit ich das sehen konnte. […] Deshalb verfasste Astrid selbst (!) einen ganz neuen und viel einfacheren Text. Unter ihrem Namen wollte sie das Buch aber nicht anpreisen, und so wurde mir etwas zugeschrieben, was ich überhaupt nicht bewerkstelligt hatte. Zum Glück gefiel mir ihr Text (und in den folgenden Büchern passte ich mich ihrem recht lapidaren Schreibstil an, so dass es selbst für einen Epigonen wie mich ganz gut lief). […] In Deutschland und Holland, wo das Buch ebenfalls erschien (neben einer Handvoll weiterer Länder), steht übrigens tatsächlich »Text: Astrid Lindgren/Leif Krantz« auf dem Umschlag! Vermutlich bin ich der Einzige, der sich einer solchen literarischen »Zusammenarbeit« mit Astrid Lindgren rühmen kann.[52]

Das Buch erschien 1959 unter dem Titel *Barnen i djungeln*, mit Illustrationen von Ulf Löfgren. In der schwedischen Ausgabe ist Leif Krantz als alleiniger Autor aufgeführt. Die deutsche Übersetzung mit dem Titel *Die Kinder im Dschungel* (Oetinger 1960) ist mit zwei Verfassernamen versehen: Astrid Lindgren und Leif Krantz.

Dem Brief nach zu urteilen, nahm Leif Krantz das Ganze mit Humor. Zusammen mit Ulf Löfgren brachte er noch zwei weitere im von Astrid Lindgren vorgegebenen Stil heraus: *Barnen i luften* (1963; *Die Kinder in der Luft*, Oetinger 1963) und *Barnen i vattnet* (1964; *Spaß im Wasser*, Kinderbuchverlag 1964). Dann wechselte er die Branche und arbeitete fortan als Fernsehproduzent, Drehbuchautor und Regisseur. Unter anderem war er an der Verfilmung von Astrid Lindgrens *Ferien auf der Kräheninsel* beteiligt.

Im Astrid-Lindgren-Archiv der Königlichen Bibliothek zu Stockholm ist ein Briefwechsel bewahrt, der auf ergreifende Weise dokumentiert, wie Astrid immer wieder mit unendlicher Geduld einem Autor zu helfen versuchte, dessen Manuskript bereits mehrfach abgelehnt worden war:

> *Herrje, Du bist meine Nörgelei sicher bald leid. Aber mir kommt da gerade eine Idee: Wie wäre es, wenn ich Dir mal eine Version des ersten Kapitels schicke, wie ich es schreiben würde, wenn ich die Autorin wäre? Das soll weiß Gott keine bindende Vorgabe sein. Ich möchte Dir nur einmal veranschaulichen, was ich mit meinem ständigen Gerede von drei schnellen Federstrichen und so weiter meine. Ein vollendetes Schriftstück wird es nicht, und Du wirst mit Sicherheit lauter Einfältigkeiten darin finden, die Du mir unter die Nase reiben kannst. Es ist nur als kleine Lektion in Sachen Schreibtechnik gemeint, die Du meiner Ansicht nach noch nicht so recht beherrschst.*
> *Ich lege meine Version in einem separaten Umschlag bei, und wenn Du Dich nicht davon beeinflussen lassen willst, dann lies sie einfach nicht.*

Mit den allerbesten Grüßen
Deine sehr ergebene
Astrid

Dieses Manuskript wurde nie veröffentlicht.[53]

Astrid Lindgrens Größe als Lektorin ist unbestritten, sie hatte einen außergewöhnlichen Spürsinn für die Schwächen und Möglichkeiten eines Textes. Doch mitunter überschritt sie die Grenze ihrer rein beratenden Tätigkeit und übernahm stattdessen selbst die Kontrolle über die Erzählung. Man bekommt den Eindruck, als sei es ihr manchmal schwergefallen, ihren guten Willen und all ihr Können im Zaum zu halten. Astrid war sich durchaus bewusst, dass sie in ihrer redaktionellen Tätigkeit weiter ging als gemeinhin üblich:

Ich schrieb wirklich lange Briefe, wenn es um Bücher ging, die ich wirklich haben wollte, aber erst einmal wollte ich erklären, wie der Text noch viel besser werden konnte. Das war aber nicht bei allen Autoren der Fall, nur bei bestimmten Manuskripten.[54]

Und um ihre guten Absichten zusätzlich zu unterstreichen, fügte Astrid hinzu:

Im Allgemeinen teilten sie meine Auffassung!

In den bewahrten Briefwechseln gibt es nur wenige Beispiele dafür, dass ihre Ratschläge von den Autoren infrage gestellt wurden, doch gelegentlich kam das vor. An Katarina Taikon, die 1969 ein Manuskript eingereicht hatte, schrieb Astrid Lindgren:

Katarina, Katitzi, Du bist die schönste Lilie, die je auf Erden geblüht hat, aber versteh doch, ein Buch kann nicht fast ausschließlich aus Dialogen bestehen, jetzt ist es raus, und ich flehe Dich auf Knien an, dass Du meinem Urteil vertraust und uns Deinen fantastischen Stoff noch einmal in einer etwas anderen Form liefern mögest. Ich hoffe, Du bist jetzt nicht traurig, sondern glaubst mir, wenn ich Dir sage, wie oft ich so etwas schon erlebt habe – dass der erste Versuch danebengeht, aber dann plötzlich etwas ganz Neues und zehnmal Besseres kommt, wenn man sich noch einmal daransetzt … Sei nicht traurig, Katarina, ich bitte Dich! Komm und sprich mit mir, sei so gut und ruf mich an![55]

Doch alles Bitten half nichts. Katarina Taikon zog ihr Manuskript zurück. Zu weiteren Kontakten kam es nicht. Das Buch *Katitzi* erschien im Förlag Zigenaren, zum Großteil in Dialogform verfasst. Auch wenn Astrid mit ihrer Einschätzung vielleicht recht hatte, ist es erfrischend zu sehen, dass diese Autorin ihren eigenen Weg ging. Und für Katarina Taikon und *Katitzi* lief es nicht schlecht.

Marianne Eriksson, die in den 1960er-Jahren Astrids engste Mitarbeiterin war und schließlich ihre Nachfolgerin wurde, hat die textlichen Umgestaltungen folgendermaßen kommentiert:

Vielleicht war diese Arbeit an den Texten anderer zu einer Herausforderung, zu einem Spiel für sie geworden. Zu ändern und umzugestalten, was noch verbessert werden konnte, den Inhalt zu verdeutlichen, die Konstruktion und die Glaubwürdigkeit der Figuren auf die Probe zu stellen. Die Wortwahl und einzelne Szenen auf die vorgesehene Zielgruppe abzustimmen. So zu tun, als wäre es ihr eigener Text. Solchen intellektuellen Spielereien konnte sie nicht widerstehen, dazu spielte sie viel zu gern. Und sie hatte ein phänomenales Gespür für die Dissonanzen einer Komposition. Vielleicht war es also ein einziges Spiel. Bei Astrid weiß man nie.[56]

Die Bilder

Wenn man die Augen schließt, sieht man sie vor sich: Pippi, Michel aus Lönneberga, Madita, Karlsson vom Dach und all die anderen Figuren aus Astrid Lindgrens Büchern. Drei begnadete schwedische Künstler prägten ihr visuelles Erscheinungsbild so stark, dass die literarischen Figuren kaum mehr von den Bildern zu trennen sind. Wobei »schwedisch« eigentlich nicht ganz stimmt. Die erste Illustratorin war Dänin, die zweite stammte aus Estland, der Dritte im Bunde war in Bayern zur Welt gekommen und in New York aufgewachsen. Die Erfahrungen und Eindrücke, die sie mitbrachten, bereicherten Rabén & Sjögrens Kinderbuchprogramm. »Ich bin Ingrid Vang Nyman, Ilon Wikland und Björn Berg zu ewigem Dank verpflichtet«, schrieb Astrid Lindgren, als sie sich im Alter aus der Verlagsarbeit zurückzog.[57]

Die Geschichte von Astrid Lindgren als Verlegerin nahm ihren Ausgangspunkt in einer Zeit, als Kinderbücher noch nicht sehr üppig bebildert waren, erst recht nicht mehrfarbig. Farbdrucke waren teuer. Der erste *Pippi-Langstrumpf*-Band enthielt bei seiner Veröffentlichung im Jahr 1945 acht Schwarz-Weiß-Zeichnungen, nur auf dem Umschlag waren Pippis rote Flechtzöpfe zu sehen. Bei den Verlagen standen damals die Autoren und die Texte im Zentrum des Interesses. Illustratoren erfuhren weniger Wertschätzung, sie erhielten ein nach heutigem Maßstab niedriges Pauschalhonorar und hatten kaum die Möglichkeit, über die Verwendung ihrer Bilder zu bestimmen. Das änderte sich im Laufe der Zeit, die Astrid als Verlegerin tätig war, aber nur langsam.

Ingrid Vang Nyman war mit ihren *Pippi-Langstrumpf*-Illustrationen der erste leuchtende Stern unter Astrid Lindgrens Zeichnerinnen und Zeichnern. Sie hatte an der Kunstakademie in Kopenhagen studiert und lebte seit 1942 in Stockholm. Ihr kühner, expressiver Stil kam gut an, sie bot etwas vollkommen Neues. Sie machte sich einen Namen und war eine Zeit lang für mehrere verschiedene Verlage tätig. Sämtliche schwedische Ausgaben der Pippi-Langstrumpf-Bücher wurden von ihr illustriert. Astrid engagierte sie auch für die drei Bücher über Bullerbü und für Polly Patent, doch dann kam die Zusammenarbeit zu einem jähen Ende.

Ingrid Vang Nyman war eine geniale Zeichnerin, die sich zudem mit Drucktechniken auskannte. Diese Fertigkeiten hätten ihr eine einzigartige Karriere als Buchillustratorin bescheren können, doch eine weitere ihrer Eigenschaften schob dem einen Riegel vor. Sie war eigensinnig und hatte einen unerschütterlichen Willen. Heutige Kollegen sehen in ihr eine frühe Vorkämpferin für die Rechte der Zeichner. Bei den Verlagen aber galt sie als unberechenbar und maßlos in ihren Verhandlungen, und schließlich verscherzte sie es sich mit sämtlichen schwedischen Buchverlagen.

In Astrid Lindgrens umfangreicher Korrespondenz findet sich kaum ein Brief, der so wütende Worte enthält wie dieser hier an Ingrid Vang Nyman:

> *[…] meine småländische Gutgläubigkeit ist immer noch so groß, dass ein Wort für mich ein Wort ist, auch wenn ich inzwischen wissen sollte, dass in Deinem Fall am besten die halbe Anwaltschaft als Zeugen danebensteht.*
> *Und wo ich schon dabei bin, will ich Dir auch gleich noch ein paar Dinge sagen, die Dir längst einmal ein guter Freund hätte sagen sollen. Zum gegenwärtigen Zeitpunkt bist Du Schwedens beste Kinderbuchzeichnerin. Aber Schwedens beste Kinderbuchzeichnerin veröffentlicht inzwischen rein gar nichts mehr. Nur in meinen Büchern. Und auch*

wenn Du – völlig zu Recht – ein höheres Honorar für diese Zeichnungen verlangst, als irgendein anderer Zeichner jemals erhalten hat, zumindest bei Rabén & Sjögren, so kann das trotzdem nicht zum Leben reichen, so viel kann ich mir gerade noch an einer Hand ausrechnen. Du könntest deutlich mehr Aufträge gebrauchen, und die könntest Du auch haben, wenn Du nicht in jedem einzelnen Verlag in Stockholm dafür bekannt wärst, dass Du übermäßig hohe Ansprüche stellst und jeden Vorteil, der sich Dir bietet, eiskalt auszunutzen versuchst. […] Ich sehe deutlich, wie zielstrebig Du die ganze Zeit darauf hinarbeitest, Dich mit so vielen Menschen wie nur irgend möglich zu überwerfen. Du würdest nicht im Traum daran denken, zur Abwechslung mal ein bisschen behutsam vorzugehen, oh nein, immer mit dem Kopf durch die Wand, sobald sich eine Gelegenheit bietet, und jeglicher Gedankenaustausch unter Mitmenschen muss am besten unter Hinzuziehung eines Rechtsanwalts stattfinden.[58]

Astrid Lindgrens Zorn ist unverkennbar, ihre Worte kommen direkt aus dem Herzen. Besonders verärgert war sie über Ingrid Vang Nymans Ansprüche, nachdem es bereits Absprachen mit ausländischen Verlagen gab, die Illustratorin nun aber plötzlich ein höheres Honorar verlangte. Daraufhin bekam Vang Nyman jahrelang keine Aufträge mehr von Rabén & Sjögren. Und auch nicht von anderen schwedischen Verlagen.

Ingrid Vang Nyman führte ein unstetes Leben, wohnte abwechselnd in Schweden und in Dänemark. Ihr psychischer Zustand verschlechterte sich mit der Zeit. Trotzdem vollendete sie von 1957 bis 1959 ein letztes sehr komplexes und anspruchsvolles Projekt für Rabén & Sjögren: *Pippi Langstrumpf* sollte zu einer aus dreiunddreißig Abschnitten bestehenden Bildergeschichte umgestaltet werden. Es war eine menschliche Tragödie und ein schwerer Verlust, als sich eins der größten Genies der Kinderbuchwelt 1959 das Leben nahm, im Alter von dreiundvierzig Jahren.

An den Publikationslisten ist zu sehen, dass Astrid Lindgren nach Ingrid Vang Nyman erst einmal auf der Suche war und verschiedene Zeichner ausprobierte, die jedoch immer nur einzelne Bücher bebilderten.

Für die Kalle-Blomquist-Bücher engagierte sie im Laufe einiger Jahre sogar drei verschiedene Illustratoren. Sven Hemmel gehört zu den wenigen Zeichnern aus dieser Zeit, deren Illustrationen auch die heutigen Ausgaben der Bücher noch schmücken. Das ist hauptsächlich auf sein Können zurückzuführen, aber er hatte auch das Glück, dass er Åke Holmbergs Bücher über Teffan Tiegelmann illustrieren durfte (in neueren Übersetzungen Ture Sventon, wie im Schwedischen, A. d. Ü.), die bis heute neu aufgelegt werden. Sein Bild des messerscharfen Privatdetektivs wurde ein echter Klassiker. Neben Åke Holmbergs Büchern illustrierte Sven Hemmel nicht so viel anderes für Rabén & Sjögren. Doch als Astrid Lindgren 1950 Erich Kästners *Emil und die Detektive* auf Schwedisch herausbrachte, fertigte Sven Hemmel die Zeichnungen an.

Nach dem Bruch mit Ingrid Vang Nyman wurde Ulla Sundin-Wickman Astrid Lindgrens erste »Hauszeichnerin«. International orientiert und ausgebildet an den Stockholmer Kunsthochschulen Konstfack und Konsthögskolan, war sie Künstlerin durch und durch. Ab 1952 illustrierte sie die Bücher vieler Autorinnen und Autoren, die bei Rabén & Sjögren erschienen: Edith Unnerstad, Harry Kullman, Viola Wahlstedt, Hans Peterson, Ann Mari Falk, Elsa Nyblom, Gunborg Wildh und Åke Holmberg. Auch für zwei von Astrid Lindgrens älteren Büchern, *Britt-Mari erleichtert ihr Herz* und *Kerstin und ich*, zeichnete sie neue Bilder, doch für Astrid Lindgrens neue Titel wurde sie nie engagiert.

Trotz ihrer fleißigen Arbeit als Buchillustratorin hatte sie Schwierigkeiten, finanziell über die Runden zu kommen. Als die Auftragslage Mitte der 1960er-Jahre schlechter wurde, wandte sie sich Hilfe suchend an Astrid Lindgren:

Am 10. September fange ich als Bühnenbildassistentin am Königlichen Dramatischen Theater an, um möglichst viele praktische Erfahrungen zu sammeln und mich damit zur Dekorateurin weiterzubilden. Währenddessen möchte ich versuchen, mich mit Aufträgen von Dir und eventuell anderen einigermaßen über Wasser zu halten![59]

Doch der Brief half nichts, es kamen keine neuen Aufträge von Astrid.

Eine weitere Zeichnerin, die oft engagiert wurde, war Kerstin Thorvall. Die Zusammenarbeit mit ihr dauerte an, bis sie eines Tages selbst dazu überging, Bücher zu schreiben. Kerstin Thorvall hat erzählt, wie sie 1953 ohne vereinbarten Termin zum Verlag ging und um ein Gespräch mit Astrid Lindgren bat. Zu diesem Zeitpunkt war sie im achten Monat schwanger:

Während ich darauf wartete, in ihr Büro gelassen zu werden, und wieder und wieder den Namen an ihrer Tür las, kam ich mir plötzlich lächerlich vor, hierherzukommen und ihr meine Dienste anzubieten, wo doch jeder sehen konnte, dass ich schon bald etwas ganz anderes zu tun haben würde. Astrid Lindgren hätte sicher das Gefühl, dass ich sie nur unnötig von der Arbeit abhielt. Doch eine Viertelstunde später saß ich vor ihr und fühlte mich, als wäre ich nach einer langen ungewissen Reise endlich nach Hause gekommen. Und als würde sich nun alles regeln. Dass sie mir einen Illustrationsauftrag gab, war wunderbar und fantastisch.[60]

Kerstin Thorvall illustrierte zunächst Astrids eigenes Buch *Kalle Blomquist, Eva-Lotta und Rasmus* und erhielt dann in den kommenden Jahren weitere Aufträge, unter anderem für Bücher von Ann Mari Falk und Hans Peterson. »Für mich ist sie Mutter und beste Freundin zugleich«, sagte Kerstin Thorvall in einem Interview.[61] Das ist auch in ihren Briefen an Astrid spürbar, die sehr persönlich sind und mehr von ihrem Liebeskummer als von den Verlagsaufträgen handeln.

Ilon Wikland kam genau im richtigen Moment zu Astrid Lindgren, nämlich im Herbst 1953. Dem Verlag ging es gut, man war auf der Suche nach Illustratoren, und Ilon war auf der Suche nach Einnahmequellen, um das Gehalt aufzustocken, das sie vom Zeitschriftenverlag Åhlén & Åkerlund bekam. Sie war dreiundzwanzig Jahre alt und hatte eine Ausbildung an der Stockholmer Skola för bok- och reklamkonst (Schule für Buch- und Werbekunst) absolviert, nachdem sie 1944 ganz allein als Flüchtlingskind aus Estland gekommen war. Mit Arbeitsproben unter dem einen Arm und ihrer Tochter Helen auf dem anderen sprach sie beim Verlag vor:

Darf ich etwas für Sie zeichnen? Irgendetwas, ganz egal.

Astrid Lindgren ahnte etwas von Ilons Talent. Nach ein paar Probezeichnungen erhielt sie den Auftrag, *Mio mein Mio* zu illustrieren, das im folgenden Jahr auf Schwedisch erschien. »Seitdem war ich nie wieder ohne Arbeit«, sagte Ilon.[62]

Ihr Arbeitstempo war verblüffend, in der Regel illustrierte sie ein neues Buch pro Jahr, zum Teil auch mehr: *Karlsson vom Dach*, *Die Kinder aus der Krachmacherstraße*, *Madita*, *Klingt meine Linde*, die Bullerbü-Bilderbücher, *Ferien auf Saltkrokan* und etwas später auch *Die Brüder Löwenherz* und *Ronja Räubertochter*. Astrid Lindgren hatte »ihre« Illustratorin gefunden und engagierte Ilon zusätzlich für einige der wichtigsten Autorinnen und Autoren des Verlags: Ann Mari Falk, Hans Peterson und Viola Wahlstedt. Und als Astrid 1962 neue Bilder für Edith Unnerstads Bücher haben wollte, ging der Auftrag ebenfalls an Ilon.

Ilon Wiklands detailreiche Bilder mit den charakteristischen Perspektivverschiebungen und der freundlichen Idylle wurden mit der Zeit zum Markenzeichen von Rabén & Sjögrens Kinderbüchern. Generationen von Kindern und Familien ließen sich davon verzaubern, und Wikland wurde mehrfach für ihre Arbeiten ausgezeichnet. Dass die Kinder in ihren Bildern so niedlich sind, entsprach genau Astrids

Wunsch. Hin und wieder, wenn Ilon Wikland für ihre idealisierende Darstellungsweise kritisiert wurde, holte Astrid Lindgren zur Verteidigung aus, wie in diesem Brief an den Autor und Kritiker Lennart Hellsing:

> *Und Kinder lieben sie nun mal, ja, stell Dir vor, das tun sie nämlich. Nicht nur Tanten und Onkel und Großmütter, sondern Kinder. Und selbst wenn sie nicht Kunst im eigentlichen Sinne sind (inwiefern sie das sind oder nicht, will ich hier gar nicht diskutieren) … was immer sie sind, so haben sie doch einer Vielzahl von Kindern rund um den Globus ganz offensichtlich etwas gegeben, das man trotz allem wohl als Kunsterlebnis bezeichnen muss, denn Kinder haben die Fähigkeit, Schönheit zu finden, wo wir vielleicht etwas ganz anderes sehen. Ist es dann so falsch, sie herauszugeben? […] Müssen denn alle Bilderbücher für Kinder dem künstlerischen Anspruch Erwachsener gerecht werden (und können wir dann nicht auch gleich beschließen, nur noch abstrakte Bilderbücher herauszugeben)?*[63]

Viele von Astrid Lindgrens Büchern haben deutlich traditionalistische Züge, und Ilon Wikland schaffte es wie niemand sonst, eine Bildsprache dafür zu finden. Und als Astrid später die beiden großen Romane *Die Brüder Löwenherz* und *Ronja Räubertochter* schrieb, konnte Wikland mit ihrer Entwicklung Schritt halten.

Der dritte große Astrid-Lindgren-Illustrator ist Björn Berg, der bei der Tageszeitung *Dagens Nyheter* als Reportagen-Zeichner angestellt war. 1962, ein paar Tage vor Heiligabend, erhielt er einen Anruf von Astrid Lindgren, die wissen wollte, ob er sich vorstellen könne, ein noch ungeschriebenes Buch zu illustrieren, das im kommenden Herbst erscheinen sollte. Er zögerte, bei der Zeitung hatte er eigentlich schon genug zu tun, doch schließlich sagte er zu. So bekam Michel seinen Zeichner.

Björn Bergs Tagebuchaufzeichnungen gewähren einen einzigartigen Einblick in die Arbeit eines Buchillustrators:

19. Juni 1963
Habe den Umschlag für Michel von Lönneberga abgeliefert. Einmütiges Lob. 2500 Skr soll es für das Buch geben. Rabén hat Titel verschoben.

26. Juni 1963
Habe die letzten Bilder für Henrikssons Buch abgeliefert. Arbeite wie ein Pferd, seit ich am Mittwoch frei von der Zeitung bekommen habe. Nie vor 2–3 Uhr nachts im Bett.

4. Juli 1963
Bin in Lönneberga und Umgebung. Kopfschmerzen.

6. Juli 1963
Wie herrlich … der Regen prasselt aufs Dach. Ich sitze im Wagen draußen auf dem Hof. Die Kopfschmerzen lassen langsam nach … Ich habe Astrid Lindgrens Manuskript und das Material von Lönneberga um mich ausgebreitet und den Vorhang zur Straße zugezogen. Heute, am Ferienanfang für die Geschäftswelt, beginnt für mich die richtige Arbeit. Ich habe eine Frist von drei Wochen, so lange machen die Druckerei und alle anderen Beteiligten frei. Im August bricht die große Panik aus.

Am 8. August schickt Björn Berg Astrid Lindgren einen Brief mit Probezeichnungen von Michel, Ida, Anton und Alma, Alfred und Lina, Katthult und den Tieren. Trotz des Zeitdrucks fragt er vorsichtig, ob Astrid auch zufrieden mit seinem Michel sei:

Ist das falsch? Dann ändere ich ihn noch mal.[64]

22. August 1963
Verdammt. Muss Astrid Lindgrens Bilder abliefern. Das Kolorieren dauert. Die Zeichnung fürs Tagesgedicht [für Dagens Nyheter], *für die ich nur ein paar Stunden Zeit habe, macht mich fertig. Um 9 Uhr abends rief die Zeitung an. Musste noch Bilder für den nächsten Morgen zeichnen. Bis ½ zwei am Schreibtisch. Habe die letzten Nächte im Schnitt nur 5 bis 6 Stunden geschlafen. Um ½ 7 aufgestanden.*

23. August 1963
Astrids Buch ist abgeliefert. Heeeerrlich. Wir sind Bild für Bild durchgegangen, und ich habe viel Lob bekommen. Ich bin immer wieder aufs Neue unsicher, wenn ich meine Bilder präsentiere, so überzeugt ich auch von ihrer Qualität bin, während ich daran arbeite. Aber sobald ich sie aus den Augen anderer betrachte, verblassen sie und werden zu Asche. Aber Astrid hat nur gelacht und gesagt, dass sie ihr gefallen.

Und nicht nur gefielen sie ihr: Als Astrid viele Jahre später aufgefordert wurde, ein Lieblingsbild aus ihren Büchern auszuwählen, fiel ihre Wahl auf eine der Zeichnungen aus *Michel von Lönneberga.*

Der Wagen, den Björn Berg in seinem Tagebuch erwähnt, war ein VW-Bus, den er als rollendes Atelier benutzte. Damit fuhr er durch Småland und malte rote Häuschen, Kühe, Pferde und Schweine. Auch in seinem Garten zu Hause in Djursholm saß er darin und zeichnete. Wenn jemand für ihn anrief, sagten seine Frau Eva und die Kinder, er sei gerade nicht da.

Im Laufe der 1960er-Jahre kam den Bildern in Kinderbüchern eine immer wichtigere Rolle zu, und die Zeichner wollten ihre Arbeitsbedingungen verbessern. Als Astrid Lindgren den Text für ihr zweites Buch über Michel von Lönneberga fertiggestellt hatte, stand sofort fest, dass es wieder von Björn Berg illustriert werden sollte. Das erste Buch mit seinen Bildern war ein großer Erfolg gewesen. Mittlerweile

Djursholm 8 Aug -63

Hej Astrid.

Jag kan hälsa så mycket ifrån Emil som nästan va uppe före tuppen idag. Han går inte och lägger sig på kvällarna heller.

Så här har jag försökt rita utav honom.

Först å främst mössan

sedan Emil

till vardags

och söndags-hyss

men jag grubblar lite över hans söndagskostym. Hade Du tänkt Dig en sjömans-kostym?

Jag har klätt honom så här

Färgen har jag lagt på på skoj. Ett slags lyxutförande.

Är det fel? I så fall ritar jag om honom.

så har vi mor
å far
å lilla Ida
å Lina å Alfred.
å hunden
å katten
å kon
å hästen
å höns
å tuppa
å får
å så vidare.
å så Katthult förstås.
Hälsningar Björn.

war man jedoch im Jahr 1966 angelangt, und selbst der bescheidene Björn Berg fand nun, er verdiene ein etwas höheres Honorar. Anhand seiner Tagebuchaufzeichnungen über die Verhandlungen mit Verlagschef Hans Rabén wird sehr gut deutlich, welch untergeordnete Rolle den Bildkünstlern in den 1960er-Jahren in der Buchbranche zukam. Rabén & Sjögren war in dieser Hinsicht weder besser noch schlechter als andere Verlage.

20. April 1966
Hatte ein ausgesprochen unangenehmes Gespräch mit Dr. Rabén bei Rabén & Sjögren. Ich habe ihn von der Redaktion aus angerufen, um ein Treffen mit ihm zu vereinbaren. Ich dachte, es sei mal an der Zeit, auf die Frage nach dem Honorar und den Bedingungen für den zweiten Teil von Michel von Lönneberga zurückzukommen, den ich illustrieren soll. Aber ja, Hans Rabén sei durchaus gewillt, über die Bedingungen zu sprechen. »Was haben Sie denn letztes Mal bekommen?«, fragte er. Ich sagte, das wisse ich nicht mehr genau. Aber ich wolle noch einmal ganz neu verhandeln. Und dieses Mal auch über eine Absatzbeteiligung sprechen. Da platzte er los: »Niemals. So etwas machen wir nicht. Das ist nur für die Autoren vorgesehen. Zeichner werden bei uns pauschal vergütet, und damit müssen Sie sich zufriedengeben!! Sonst müssen wir eben jemand anderes beauftragen.«
Aha, sagte ich. Aber das mit der Absatzbeteiligung habe ich schon vor über einem Jahr angesprochen. Im Beisein von u. a. Astrid Lindgren. Und auch bei anderen Verlagen, für die ich arbeite, habe ich das Thema angesprochen, z. B. bei Bonniers.
Rabén: Aber guter Mann, damit würden Sie sich ja auf Kosten der Autorin bereichern. Sagen wir mal, das Buch verkauft sich sechzigtausendmal zu 10 Kr pro Exemplar. Bei einer Beteiligung von 5 % würden Sie ein kleines Vermögen verdienen, 30 000 Kr.
Ich: Von einem Vermögen war gar keine Rede. Ich habe überhaupt keine Prozentsätze genannt. Ich bin nur grundsätzlich der Meinung, dass

man bei Büchern mit vielen Illustrationen, z. B. Bilderbüchern, mit Recht eine Beteiligung verlangen kann.
Rabén: Also, was wir Ihnen anbieten können, ist eine Pauschale, die sich an der Gesamtauflage orientiert. Sagen wir mal dreitausend. Ich weiß nicht genau, was Sie letztes Mal bekommen haben.
Ich: Wie hoch war die Auflage eigentlich letztes Mal?
Er, zögernd: Ungefähr 100 000.
Er, etwas wütend: Aber das hier ist kein Bilderbuch. Michel von Lönneberga ist ein normales Buch, geschrieben von Astrid Lindgren, mit Illustrationen von Björn Berg. Wenn es Erfolg hat, ist das ihr Verdienst und nicht Ihres. Sie sollen ja nicht zum Trittbrettfahrer von Astrid Lindgrens Werk werden.
Hm, eine seltsame Aussage, aber ich habe die Luft angehalten und ihn ausreden lassen, dann habe ich gesagt:
Es käme mir nie in den Sinn, Astrid ihre Ehre streitig zu machen. Sie hat meine Hochachtung, und es ist wunderbar, für ihren Michel zeichnen zu dürfen.
Er: Im Übrigen wissen wir noch gar nicht, ob wir mit diesem Titel nicht sogar Verlust machen. Vielleicht werden gerade mal 4000 Exemplare davon verkauft.
Morgen treffen wir uns wieder. Mal sehen, ob ihm nicht noch mal diese Bemerkung über den »Trittbrettfahrer« entwischt. Finanziell bin ich jedenfalls nicht auf diesen Auftrag angewiesen.

21. April 1966
2 Uhr. Pünktlich auf die Sekunde, wie immer, stand ich da und bat um Audienz bei Hans Rabén. Er war sehr freundlich. Gab mir die Hand und rief Marianne Eriksson herein. Dann hielt er eine lange Rede – fast schon eine Strafpredigt, zum Teil belehrend im Ton oder mit väterlicher Nachsicht – über die Prinzipien des Verlags zur Vergütung von Zeichnern. Diese besagten, dass Zeichner nur dann eine Absatzbeteiligung bekämen, wenn es um Bilderbücher gehe, bei denen die Bilder genauso

wichtig seien wie der Text, wenn nicht sogar wichtiger. Zwischendurch appellierte er immer wieder an meine Vernunft. Ich schwieg. Sagte weder Ja noch Nein.

Nach einigem Hin und Her, bei dem der Ton aber auf einem tolerablen Niveau blieb, haben wir uns jetzt auf 4500 Kr für die Zeichnungen und 500 Kr für den Umschlag geeinigt. Plus eine Beteiligung von 1 %.[65]

Björn Bergs Tagebucheinträge sind jedoch nicht nur als Dokumentation der undankbaren Arbeitsbedingungen damaliger Bildkünstler interessant. Es verwundert, dass Astrid Lindgren bei dem Gespräch nicht anwesend war, obwohl es sie doch in höchstem Maße betraf, nicht nur als Autorin, sondern auch als Programmleiterin für die Kinderbücher. Dies war nicht das einzige Mal, dass sie sich heraushielt. Die schwierigen Diskussionen überließ sie gern Hans Rabén, in diesem Punkt empfinde ich sie gelegentlich als etwas feige. Astrid hätte niemals zugestimmt, Björn Berg gegen einen anderen Michel-Zeichner auszutauschen, und der Entschluss, ihm 1 % Beteiligung anzubieten, war vermutlich in einem ihrer morgendlichen Telefonate mit Hans Rabén gereift. Das Ergebnis war ein kleiner, aber bedeutender Schritt für die schwedischen Zeichner.

Nachdem die lästige Vertragsfrage geklärt war, übernahm Astrid wieder das Kommando und lehnte ein paar Wochen später Björn Bergs Entwurf für die Umschlaggestaltung ab. Nach drei Wochen intensiver Arbeit legte Björn Berg schließlich siebenundsiebzig Innenillustrationen sowie neue Bilder für das Cover und die Rückseite vor. *Nya hyss av Emil i Lönneberga* (*Michel muss mehr Männchen machen*, Oetinger 1966) verkaufte sich allein im ersten Jahr achtzigtausendmal und wurde zum schwedischen Buch des Jahres. Ein Vermögen verdiente Björn Berg damit trotzdem nicht.

Astrid Lindgrens Korrespondenz mit den Zeichnern unterscheidet sich deutlich von ihren Briefen an die Autoren. Sobald feststand, wer das jeweilige Buch illustrieren sollte, gab sie schriftliche Anweisungen zu den Figuren, zum Schauplatz und zur Handlung und ließ den Beauftragten ansonsten freie Hand. Die Bilder wurden nicht der gleichen detaillierten Prüfung unterzogen wie die Texte. Aber wie alle Verleger interessierte sich Astrid Lindgren sehr für den Umschlag. Das bekam auch Björn Berg mehrfach zu spüren, wie hier, bei der Illustration eines der Bücher über Frau Löffelchen von Alf Prøysen:

> *Mein lieber Björn, vielen Dank für Frau Löffelchen, wir sind alle sehr glücklich damit! Und ich hoffe, Du hast Dein Geld inzwischen bekommen und haust es für ein ausschweifendes Leben oder einen Anbau oder dergleichen auf den Kopf.*
> *Dennoch – und jetzt greife ich sanft nach Deinem Handgelenk und frage mit bebender Stimme: Könntest Du den Umschlag eventuell neu machen? Hier fanden nämlich alle, dass er sich nicht so gut verkauft. Wir würden Frau Löffelchen gern in dem roten Ballon dahinschweben sehen, einfach nur das – dann bekommt der Umschlag etwas von der wunderbaren Schlichtheit, die ich auch an den Michel-Umschlägen so schätze und die das Buch im Laden so schön sichtbar macht …*
> *Lieber Björn, sei jetzt bitte nicht geknickt! Eine Frau und ein roter Ballon – das ist doch schnell gemacht, oder?*[66]

Här kommer jag, sa Teskedsgumman (Hier komme ich, sagte Frau Löffelchen) bekam natürlich den von Astrid gewünschten Umschlag. Bis auf ein Detail: Der Ballon war gelb – vielleicht ein diskreter Protest von Björn Berg.

Die Zeichner, die Astrid für ihre eigenen Bücher engagierte, konnten nie genau wissen, ob sie gerade mit der Autorin oder der Programmleiterin kommunizierten. Astrid Lindgren war eine mächtige Auftraggeberin, vor der sie großen Respekt hatten, doch die erhaltene Korrespondenz zeugt von einem guten persönlichen Verhältnis zu den Illustratoren. Mit freundlicher Autorität hielt Astrid den Verlag und die für ihn arbeitenden Urheber zusammen, auch wenn es hier und da Meinungsverschiedenheiten gab. Sie interessierte sich für die grafische Gestaltung der Bücher, respektierte aber auch das fachliche Urteil der Künstler und brachte sich nicht so persönlich ein wie bei den Texten. Mit diesem klugen und professionellen Auftreten sorgte sie für reibungslose Arbeitsabläufe. Zum Vorteil für den Verlag.

Befreiung

Die Stelle bei Rabén & Sjögren ermöglichte es Astrid Lindgren, Einfluss auszuüben. Sie sprach nur ungern darüber, doch mit ihrer Position ging Macht einher, die Macht, Veränderungen herbeizuführen.

Im Laufe ihrer vierundzwanzigjährigen Verlagskarriere erweiterte sie Stück für Stück die Grenzen dessen, wie Kinderbücher aussehen und was sie beinhalten durften. Die Publikationslisten lassen ein deutliches Streben nach Freiheit erkennen. Sie war keine Frau großer Worte und hätte sicher protestiert. Es ging ihr nicht um eine Befreiung im politischen Sinne, sondern um die künstlerische Freiheit. Befreiung von pädagogischen und religiösen Zwängen, Freiheit für die Autoren, Zeichner und Fotografen und das Recht der Kinder, als wichtige und ebenbürtige Leserinnen und Leser betrachtet zu werden. Behutsam, aber entschieden riss sie Mauern ein, die die Kinder- und Jugendliteratur umgaben.

Die Spannweite war enorm. Rabén & Sjögrens Programm ähnelte einem Fächer, der sich in sämtliche Richtungen ausbreitete. Astrid Lindgrens Freiheitsbestrebungen kannten keinerlei ideologische Grenzen. Realistisches und Fantastisches, Ernst und Unterhaltung, Märchen und Sachbücher fanden gleichermaßen Platz darin. Gemeinsamer Nenner war stets der Wunsch, der schriftstellerischen Erzählfreude freien Lauf zu lassen und auch wichtigen und ernsten Themen in der Kinder- und Jugendliteratur Raum zu geben. Und auf keinen Fall durften die Texte langweilig sein. Immer wieder wies Astrid darauf hin, dass Kinder viel strengere Kritiker seien als die Zeitungsrezensenten. Werde es ihnen zu langweilig, legten sie das Buch ganz einfach beiseite. Lesen sollte keine Beschäftigung für eine Elite sein. Astrid Lindgren wollte allen Kindern die Möglichkeit geben, sich von der Magie einer Erzählung mitreißen zu lassen.

Doch der Wandel verlief nicht schmerzfrei. Gelegentlich stieß sie auf Widerstand vonseiten des wohlmeinenden Chores aus Kritikern, Lehrern und Bibliothekaren, die das Kind vor schädlichen Einflüssen schützen wollten. Sie hörte ihnen zu, ließ die Bedenken aber nicht zum Hindernis für die Weiterentwicklung werden. Dank ihrer Autorität als Erfolgsautorin befand sie sich in einer besseren Position als andere Verleger, wenn es um das Ankämpfen gegen Konventionen und Konservatismus ging. Und die Zeit gab ihr recht, das Publikum folgte ihr, Schritt für Schritt.

Möchte man sich einen Eindruck von ihrer Arbeit verschaffen und blättert durch Rabén & Sjögrens Kataloge aus den 1950er-Jahren, ist man zunächst einmal enttäuscht. Auf den ersten Blick sieht alles ziemlich konventionell aus. Viele der Bücher hätten genauso gut bei einem der konkurrierenden Verlage erscheinen können. Das Mutige und Innovative ist lediglich als Einsprengsel in den langen Publikationslisten erkennbar. Nach ein paar Jahren als Programmleiterin kannte Astrid Lindgren die kommerziellen Spielregeln des Buchmarktes. Nischige, schwer verkäufliche Literatur wurde nicht staatlich bezuschusst, für ihre Finanzierung mussten die Verlage selbst eine Lösung finden. Und genau das tat Astrid. Sie sorgte dafür, dass der Verlag über genügend Einnahmen verfügte, um sich auch Risiken leisten zu können und sich in schwierige, bisher unerprobte Bereiche vorzuwagen. So erklärt sich, dass ein guter Teil der Veröffentlichungen aus kommerziellen Titeln bestand. Man muss schon ganz genau hinsehen, um die Widerhaken im Programm zu entdecken, die Bücher, die mit Konventionen brachen und den Weg für Neues bereiteten. Doch sie erschienen jedes Jahr. Einige stammten von schwedischen Verfassern, die Astrid für Rabén & Sjögren gewinnen konnte. Bei anderen handelte es sich um ausländische Titel, die sie mithilfe ihres Netzwerks auftat. Hier folgen ein paar Beispiele:

1949, *Der schwarze Fleck* von Harry Kullman:
Zwei Jahrzehnte vor der politischen Radikalisierung der 1960er-Jahre führte Harry Kullman mit seinen realistischen Darstellungen von Klassenkampf, Gewalt und Kriminalität etwas Neues in die Welt der Jugendliteratur ein. Seine Herkunft aus dem Arbeitermilieu gab den Geschichten das Gewicht des Selbsterlebten:

> *Die sog. Söder-Krawalle von 1948 führten dazu, dass ich die im Grunde idyllischen und romantischen Märchenerzählungen mehr oder weniger aufgab. Ich brauchte nur einen Blick aus dem Fenster auf die Åsögatan zu werfen, um schreiende und fluchende 13–14-Jährige auf der Flucht vor den Degen reitender Polizisten zu sehen.*[67]

Der schwarze Fleck (Sauerländer 1965) handelt von ein paar ereignisreichen Maitagen in Stockholm. Die Hauptfiguren sind drei Jugendliche, die nach einem Autodiebstahl von der Polizei gejagt werden. Sie können flüchten und brechen in ein leer stehendes Haus ein, das sie demolieren. Nach einem weiteren Autodiebstahl und einem Einbruch trennt sich das Trio – von da an gliedert sich die Erzählung in drei Handlungsstränge: Daniel kann mitten in der Nacht auf einem Schiff anheuern und kommt davon, während Stöten, die treibende Kraft der Gruppe, gefasst wird; Barbro geht zur Polizei und gesteht alles, um ihr Leben in Ordnung zu bringen.

Die Kritiken waren gemischt, aber überwiegend negativ. Mehrere Rezensenten fanden, dem Buch fehle es an Moral und der Autor nehme von der dargestellten Gewalt und Kriminalität nicht deutlich genug Abstand. Die Stockholmer Stadtbibliothek beschloss, das Buch nicht zur Ausleihe anzubieten. Astrid Lindgren mischte sich nicht in die Debatte ein, hielt aber unbeirrt zu Harry Kullman, Buch für Buch, von 1949 bis zu ihrer Pensionierung im Jahr 1970.

Egal, welchen Ort und welche Zeit Harry Kullman für seine Geschichten wählte, war die Handlung stets von Konflikten und Gewalt geprägt. Seine Erfahrung mit sozialer Ungerechtigkeit und Klassenunterschieden machte ihn zu einem politischen Autor, ein Propagandist aber war er nicht, er servierte seinem Publikum keine fertigen politischen Lösungen. Die Wahl zwischen Reformismus und Revolution, zwischen Sozialdemokratie und Kommunismus und das Verhältnis zu Gewalt sind wiederkehrende Themen. Die Antworten fallen oft persönlich aus und sind von Figur zu Figur sehr unterschiedlich. Im Laufe seiner gesamten Schriftstellerkarriere griff Kullman auf Methoden und Elemente der Popkultur zurück – aus der Unterhaltungsliteratur, aus Comicheften, Gangsterfilmen und Western – und schuf auf diese Weise literarische Jugendbücher, die genügend Spannung boten, um junge Leser für sich zu gewinnen.

1949, *Tupfi* von Margret und H. A. Rey:
Annika Norlin, die als Frontfrau der Musikgruppen *Säkert!* und *Hello Saferide* zu Schwedens beliebtesten Liedermacherinnen und Sängerinnen gehört, erzählt über ihr erstes großes Leseerlebnis:

> *Ich habe es so sehr geliebt. Mit Tupfi habe ich Lesen gelernt, ich konnte jedes Wort auswendig. Die Werte dieses Buches haben mich mein Leben lang begleitet. Das Bild von der großen Tafel, an der am Ende alle weißen und getupften Häschen beisammensitzen und Mohrrüben essen, treibt mir immer noch Tränen in die Augen, weil es so schön ist.*[68]

Die schwedische Ausgabe von *Tupfi* erschien 1949, lange bevor Annika Norlin geboren wurde. Astrid Lindgren übersetzte den Text selbst aus dem Englischen. Im Jahr zuvor war sie auf Kosten der Zeitschrift *Damernas Värld* (Die Welt der Damen) durch die USA gereist, und die Rassendiskriminierung, die ihr dort begegnet war, hatte einen starken Eindruck bei ihr hinterlassen. Mit *Tupfi* zeigte das Ehepaar Rey – Margret schrieb den Text, und Hans Augusto fertigte die Illustrationen an –, dass man in einem dreißig Seiten umfassenden Bilderbuch eine eindrückliche politische Botschaft vermitteln kann, und zwar ohne belehrende Worte und in einer Sprache, die jedes Kind versteht und der sich selbst Erwachsene nicht entziehen können. Das Buch ist ein wahrer Geniestreich, ein starkes, bezauberndes Plädoyer gegen jegliche Form von Diskriminierung, Exklusion und Gleichmacherei.

Margret und H. A. Rey wussten, wovon sie erzählten. Beide waren deutschstämmige Juden, die ihr Heimatland verlassen hatten und ab 1935 in Paris im Exil lebten. Wenige Stunden bevor die deutschen Panzer dort einrollten, flüchteten sie auf dem Fahrrad aus der Stadt – der Legende zufolge mit dem Originalmaterial für ihr Buch *Curious George* (*Coco, der neugierige Affe*, Carlsen 1966) auf dem Gepäckträger. *Spotty*, wie *Tupfi* im Original hieß, erschien 1945 in den USA. In Schweden wurde das Buch seit seiner Erstveröffentlichung fast ohne Unterbrechung immer wieder neu aufgelegt, bis heute. Auf Deutsch erschien es 1952 bei Waldheim-Eberle.

1951, *Elle Kari* von Anna Riwkin-Brick und Elly James:
Anna Riwkin-Brick war keine einfache Zeitgenossin. Impulsiv, anspruchsvoll, oft in Geldnot. Aber sie war eine fantastische Fotografin. 1908 in Weißrussland geboren, bildete sie sich zunächst zur Tänzerin aus, wechselte jedoch den Beruf, als das Tanzen körperlich zu anstrengend wurde. 1928 eröffnete sie ein eigenes Fotostudio in Stockholm. In Zusammenarbeit mit Elly James, Reporterin bei der Zeitschrift *Vi*, hatte sie bereits mehrere Dokumentarbücher für Erwachsene veröffentlicht, als 1951 ihr Kinderbuch *Elle Kari* bei Rabén & Sjögren erschien (*Elle Kari aus Lappland*, Oetinger 1952).

Elle Kari war ein dreijähriges samisches Mädchen, das im schwedischen Lappland lebte. Das Buch erzählt anhand von Schwarz-Weiß-Fotos eine auf wahren Begebenheiten beruhende Geschichte, die von Elle Karis Alltag handelt, vom Umzug in die Sommerkote, dem Spiel mit anderen Kindern aus der Siedlung, Elle Karis Ziege, dem Hund Tjappo. Leben und Arbeit der Eltern und der anderen erwachsenen Samen spielen ebenfalls eine Rolle, doch eher im Hintergrund, im Fokus steht stets Elle Kari.

Das Buch bringt der samischen Bevölkerung Wärme und Respekt entgegen, eine Seltenheit im Schweden der 1950er-Jahre, wo die heute schambehaftete Forschungsarbeit des Staatlichen Instituts für Rassenbiologie in Uppsala noch betrieben wurde. Anna Riwkin-Bricks Bilder ergänzte ein leiser, sachlicher Text von Elly James. Anna war damals vor allem als Porträtfotografin in Stockholmer Künstlerkreisen bekannt, aber in *Elle Kari* zeigte sie sich von einer ganz anderen Seite, mit einer Demut und Achtsamkeit, durch die Elle Kari und ihre Familie die Kamera völlig zu vergessen schienen. Das Buch war wegen der enhaltenen Fotografien teuer in der Herstellung. Entsprechend betrug der Ladenpreis 6,50 Kronen, was vergleichsweise viel war, Kinderbücher kosteten zu der Zeit selten mehr als fünf Kronen. Doch der Einsatz lohnte sich, *Elle Kari* wurde ein riesiger Erfolg, auch über die schwedischen Grenzen hinaus. Das Buch erschien in neun Ländern.

Nachdem sich *Elle Kari* so gut verkauft hatte, wollten sowohl Anna Riwkin-Brick als auch der Verlag mit ähnlichen Büchern an den Erfolg anknüpfen. Doch dieses Mal verlangte Anna, dass Astrid Lindgren die Texte schrieb. Astrid hätte lieber darauf verzichtet, willigte aber dennoch ein. So entstanden neun Bücher über das Leben von Kindern aus verschiedenen Ländern in Afrika, Asien und Europa, von *Eva möter Noriko-San* im Jahr 1956 (*Noriko-San*, Oetinger 1956) bis *Matti bor i Finland* im Jahr 1968 (*Matti aus Finnland*, Oetinger 1969). Der Band *Sia bor på Kilimanjaro* (*Sia wohnt am Kilimandscharo*, Oetinger 1958) wurde 1958 mit dem New York Herald Tribunes Spring Festival Award ausgezeichnet. Für Kinder in Schweden und in vielen anderen Ländern war die Serie wie ein Fenster zur Welt.

Alle, die damals bei Rabén & Sjögren arbeiteten, erinnern sich an Anna Riwkin-Brick und ihr extrovertiertes Auftreten. Für den sparsamen Hans Rabén stellte sie eine Herausforderung dar. Fotobücher herauszugeben, war kein billiges Unterfangen, und Anna hatte nicht gerade bescheidene Ansprüche. Ihre Besprechungen mit Rabén endeten zuweilen in lautstarken Wortgefechten und Türenknallen. »Mehrmals kam sie unter Tränen aus Rabéns Büro gestürmt und rief: Bei diesem Verlag werde ich nie wieder ein Buch veröffentlichen!«, erzählt Kerstin Kvint, die bei Rabén & Sjögren für die Auslandslizenzen zuständig war.[69] Astrid Lindgren, deren Arbeitszimmer sich in unmittelbarer Nähe zum Ausgang befand, musste gelegentlich im letzten Moment auf den Korridor eilen und die Situation entschärfen.

Hin und wieder reisten Astrid und Anna gemeinsam. Davon erzählt sie in ihrem Nachruf für die Fotografin:

> *Ich begleitete sie auf einigen ihrer Reisen und werde das nie vergessen. Sie war wie eine Naturgewalt, wo immer sie auftrat, ob sie auf den Felsen der Lofoten herumkletterte oder mit hoch erhobener Kamera kilometerweit einem Schwein in Jugoslawien hinterherjagte, stets steckte derselbe ungeheuerliche Anspruch dahinter – hier kommt Anna, und das hier wird das Bild des Jahrhunderts!*[70]

Die Zusammenarbeit mit Anna Riwkin-Brick ist ein gutes Beispiel für Astrid Lindgrens Professionalität. Sie wollte, dass die Bücher erschienen, und das erreichte sie nur, indem sie Annas Wünschen weit genug entgegenkam. Sie schrieb die Texte, wenn Anna es verlangte, kam mit auf Reisen, wenn Anna es verlangte, und sie rettete die Kalkulation, indem sie sich mit weniger Honorar zufriedengab. In den Anzeigen stand Anna Riwkin-Bricks Name stets an erster Stelle. So handelt eine Verlegerin.

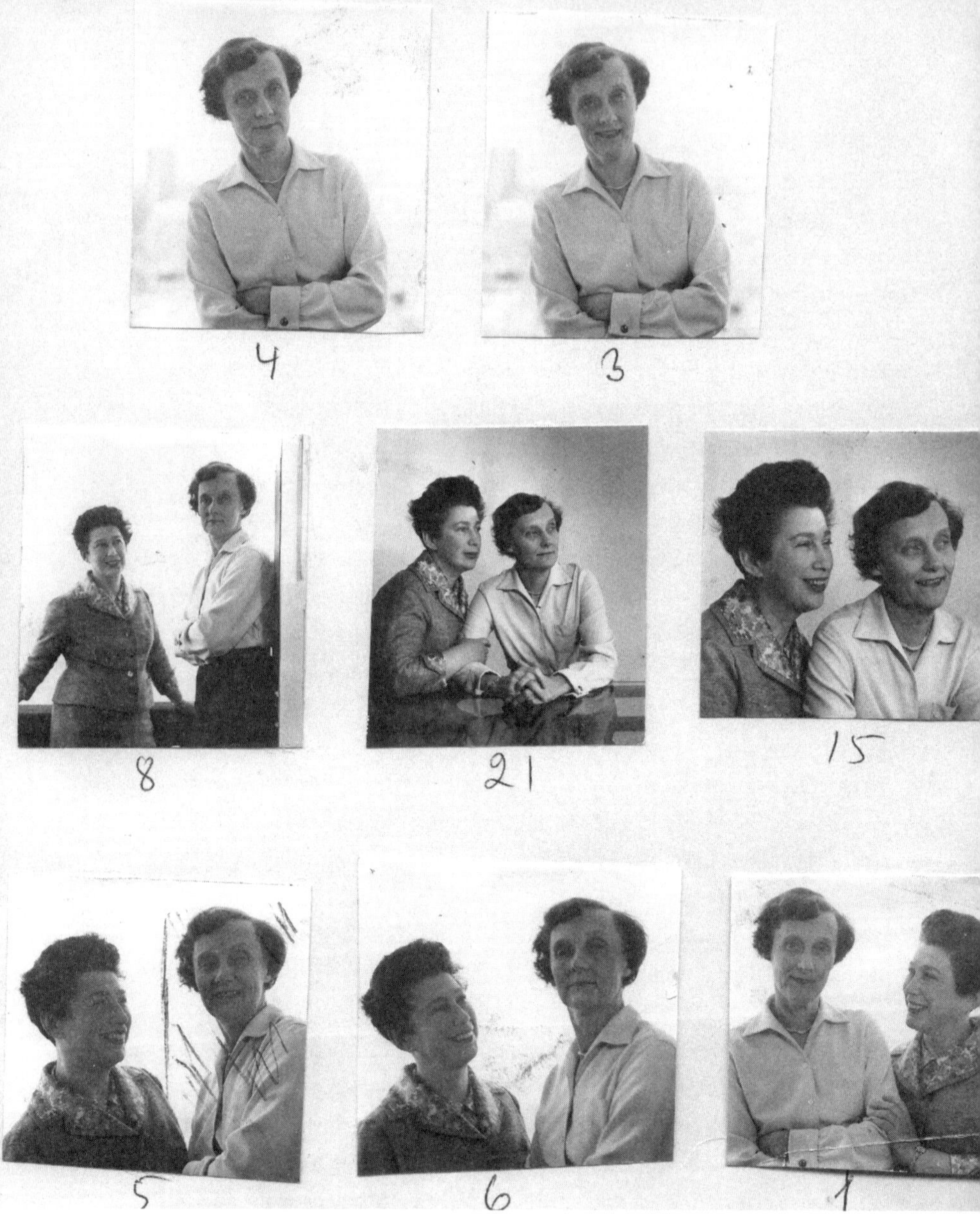

Die Fotografin Anna Riwkin-Brick veröffentlichte zusammen mit Astrid Lindgren neun Bücher über Kinder in fremden Ländern. Viele Autoren und Künstler ließen sich in ihrem Atelier fotografieren.

1952, *Der kleine Prinz* von Antoine de Saint-Exupéry:
Als *Der kleine Prinz* 1952 in Schweden erschien, war sein Autor und Illustrator, der französische Flieger Antoine de Saint-Exupéry, längst gestorben, er war 1944 im Zweiten Weltkrieg mit seinem Flugzeug über dem Mittelmeer verschollen. In Anbetracht des Kultstatus, den das Buch heute hat, ist es interessant, sich die damaligen Pressestimmen dazu anzusehen.

Olof Lagercrantz, leitender Rezensent bei der Tageszeitung *Dagens Nyheter*, fand die Lektüre unterhaltsam, hatte jedoch auch Einwände:

> *Das Einzige, was mich an dem Buch stört, sind die Gedanken, die sich der Junge zur Dummheit der Erwachsenen und den Vorteilen der kindlichen Unschuld macht. Kindern so ein philosophisches Gefasel zu präsentieren, ist meines Erachtens bedenklicher, als ihnen von Hunden mit Augen so groß wie Mühlräder zu erzählen* [Anspielung auf das Märchen »Das Feuerzeug« von H. C. Andersen].[71]

Olof Lagercrantz war nicht als Einziger skeptisch. »Wohl kaum etwas für schwedische Kinder«, schrieb die Tageszeitung *Expressen*.[72] Åke Nordins Urteil für die *Morgon-Tidningen* fiel eindeutig negativ aus: »Ich muss sagen, dass es mich seltsam kaltlässt. Unter seinem oberflächlichen Charme wirkt es konstruiert und verkopft.«[73]

Das Buch ist schwierig einzuordnen, es ist kein typisches Kinderbuch. In den Bibliothekskatalogen findet man den Hinweis »für Kinder und Jugendliche«, aber auf die Frage, ob es tatsächlich ein Kinderbuch sei, schütteln Bibliothekare mit dem Kopf. Diese Unschlüssigkeit kommt nicht von ungefähr. Das Gespräch, das der kleine Junge vom Planeten B 612 mit dem notgelandeten Piloten in der Sahara führt, ist ein philosophisches Gespräch zwischen einem Kind und einem Erwachsenen, bei dem der Erwachsene durch die Fragen und Erzählungen des Kindes zum Nachdenken gezwungen wird. Kinder, die das Buch auf eigene Faust lesen, müssen schon einiges an Leseerfahrung mitbringen, um etwas davon zu haben. Das passt nicht so ganz zu Astrid Lindgrens immer wieder postuliertem Anspruch an die Kinderbuchautoren, sie sollten für Kinder schreiben, nicht für erwachsene Rezensenten.

Das Buch war in Schweden kein unmittelbarer Erfolg. Mit der Zeit wurde es aber immer populärer und schließlich zum Klassiker. Heute ist *Der kleine Prinz* auf der ganzen Welt in so vielen Sprachen erhältlich, dass die genaue Anzahl, die sich ohnehin fortlaufend ändert, kaum im Blick zu behalten ist. Und der Stoff wurde unzählige Male auf verschiedene Weise dramatisiert, fast immer für Kinder. Auf lange Sicht behielt Astrid also recht. Die meisten Leser dieses Buches sind mit Sicherheit Erwachsene. Zum Teil lesen sie es einem Kind vor, zum Teil aber auch dem Kind in sich, dem Kind, das sie einst waren. Astrid Lindgren hatte einen guten Blick für das innere Kind.

1954, *Die rote Zora und ihre Bande* von Kurt Held:
In einem der Regale in Astrid Lindgrens Arbeitszimmer in der Dalagatan, links vom Schreibtisch, steht ein deutsches Buch mit einer persönlichen Widmung des Autors:

> *Für Frau Astrid Lindgren zum Willkommen 27. September 1953*

Der Titel des Buches lautet *Die rote Zora und ihre Bande*, verfasst von Kurt Held alias Kurt Kläber. Astrid erhielt es im Herbst 1953, als sie mit Elsa Olenius in der Schweiz war, um an der Gründung des *International Board of Books for Young People*, kurz *IBBY*, teilzunehmen. Wie immer bekamen Vater und Mutter zu Hause auf Näs einen detaillierten Reisebericht:

> *Unsere Reise war sehr gelungen. Zuerst haben wir ein paar wunderschöne Tage in Lugano verbracht, das liegt in der Schweiz, südlich der Alpen. Dort war es so warm, dass wir abends draußen sitzen konnten,*

ohne zu frieren. An einem Tag sind wir mit dem Bus in ein Bergdorf etwas außerhalb von Lugano gefahren, Carona heißt das Örtchen, und haben Lisa Tetzner getroffen, die in Deutschland und der Schweiz eine sehr bekannte Kinderbuchautorin ist und auch bei uns in Schweden herausgegeben wird. Die nächsten vier Tage standen dann der Kongress und Termine mit Jugendbuchleuten aus allen möglichen Ländern auf dem Programm.

Brief an die Eltern, 28. Oktober 1953

Tetzner hatte bereits einen schwedischen Verlag, ihr Mann Kurt Held jedoch nicht. Nach der Machtübernahme durch die Nazis waren die beiden in die Schweiz geflüchtet, und dort blieben sie auch nach Kriegsende. *Die rote Zora und ihre Bande* wurde 1941 im Sauerländer Verlag erstmals veröffentlicht und spielt in der Zeit zwischen dem Ersten und dem Zweiten Weltkrieg. Im Mittelpunkt steht eine Gruppe Straßenkinder in dem kroatischen Ort Senj, deren Anführerin das albanische Waisenmädchen Zora mit dem symbolisch roten Haar ist.

Auf dem Rückweg von der Konferenz reiste Astrid über Berlin und traf dort Louise Hartung, die zu einer engen Freundin wurde. Hartung, die sehr belesen war und sich gut mit der deutschen Kinder- und Jugendliteratur auskannte, trug möglicherweise dazu bei, dass Astrid Lindgren *Die rote Zora und ihre Bande* schließlich auch in Schweden herausgab. Die Entscheidung war ihr nicht leichtgefallen. Astrid mochte das Buch, doch sie zögerte lange. Ein Buch über eine Bande Jugendlicher, die allein auf einer Burg über der Stadt wohnen und vom Stehlen leben, entsprach nicht gerade den damaligen Leitlinien für Jugendliteratur. Noch dazu war der Autor ein bekannter Kommunist. Zu dieser Zeit drohte der Kalte Krieg gerade heiß zu werden, und Astrid hegte keinerlei Sympathien für den Kommunismus. Aber es gab etwas, was schwerer wog. *Die rote Zora und ihre Bande* ist eine lebhafte, spannend erzählte Geschichte über Freundschaft und Solidarität unter Kindern in Not. Was die Erzählung vorantreibt, ist die Bedeutung persönlicher Verantwortung und Moral.

Mit der Herausgabe dieses Buches forderte Astrid Lindgren die öffentliche Meinung heraus. *Dagens Nyheter* begegnete dem Roman mit eisigem Schweigen, und im *Svenska Dagbladet* begann Greta Bohlin ihre negative Kritik mit der Feststellung, das Buch habe bei der Rezensentin ambivalente Gefühle hervorgerufen:

> *Die Atmosphäre ist nicht angenehm – der Ton hat etwas Feindseliges –, auch wenn das Ganze auf ein harmonisches Ende hinausläuft.*[74]

Die rote Zora und ihre Bande wurde in Schweden wirtschaftlich kein Erfolg. Rabén & Sjögren ließ nur eine Auflage davon drucken, doch das Buch hat trotzdem Spuren hinterlassen. Der Stoff wurde mehrfach als Theaterstück für Kinder inszeniert, und als die Kritiker von *Dagens Nyheter* 2008 die hundert wichtigsten Kinder- und Jugendbücher kürten, stand *Die rote Zora und ihre Bande* mit auf der Liste.

1956, *Kanaljen i seraljen* (Der Schurke im Serail) von Lennart Hellsing: Lennart Hellsing war Sprachkünstler, ein Meister des geschriebenen Wortes. Seine literarische Form waren Lieder, Kinderreime und Nonsens-Gedichte. Bei Rabén & Sjögren verfügte er von 1950 bis in die 2000er-Jahre über eine eigene »Fahrbahn«, auf der gesonderte Verkehrsregeln galten. Von den Gestaltungsfreiräumen, die man ihm gewährte, konnten die übrigen Autoren des Verlags nur träumen. Seine handverlesenen Illustratoren waren Künstler aus verschiedenen Bereichen – Glasbläser, Keramiker, Cartoonisten, zum Teil bekannt, zum Teil auch unbekannt. Lennart Hellsing und Astrid Lindgren vertraten zwar grundverschiedene Ansichten zur Bebilderung von Kinderbüchern, aber trotz aller wirtschaftlicher Bedenken und einiger persönlicher Spannungen stand Astrid bedingungslos hinter dem Autor und seinen fantastischen Bilderbüchern.

Als er dem Verlag jedoch seine Idee zu *Kanaljen i seraljen* (Der Schurke im Serail) präsentierte, wäre es beinahe zum Bruch gekommen. Dieses Kinderbuch gehört zu den merkwürdigsten, die jemals in Schweden erschienen sind. Mit insgesamt dreizehn »orientalischen Gedichten«, die Hellsing zufolge in einer Oase in der Sahara entstanden waren, handelte es sich um eine wahre Explosion aus Reimen und Farben. Dreizehn bekannte schwedische Künstlerinnen und Künstler, die er eigens für das Projekt ausgewählt hatte, sollten jeweils ein Gedicht illustrieren, und das Ganze sollte in zehn Farben gedruckt werden. Wirtschaftlich betrachtet war es der reine Wahnsinn, aber Astrid brachte es trotzdem heraus. Das Buch war große Kunst für kleine Kinder.

Bis zum Erscheinen der zweiten Auflage, die mit einer einfacheren Produktionstechnik gedruckt wurde, vergingen dreiunddreißig Jahre. Die erste Auflage ist heute ein Sammlerobjekt und wird zu hohen Preisen gehandelt.

1959, *Crictor, die gute Schlange* von Tomi Ungerer:
Eines Tages erhält Madame Bodot ein großes Paket mit der Post. Als sie es öffnet, kommt darin eine Schlange zum Vorschein, eine Boa constrictor. Das Thema ist etwas ungewöhnlich für ein Bilderbuch, aber Astrid Lindgren war entzückt, sie hat zeit ihres Lebens warm von dem Buch gesprochen. Crictor, wie die Schlange getauft wird, ist zum Glück freundlich und hilfsbereit. Er hat genauso menschliche Züge wie Babar, der Elefant, und in einem Punkt schlägt er Babar um Schlangenlängen – in der Schule kann er mit seinem langen Körper Zahlen und Buchstaben formen. Er fängt einen Dieb, erhält eine Medaille und lebt fortan glücklich bei Madame Bodot.

Das Buch ist ein grafisches Meisterwerk. Tomi Ungerer, der es geschrieben hat, fertigte auch die zweifarbigen Zeichnungen in Rosa und Grün an. In seine Bildsprache hat er die vielfältigen Möglichkeiten, die sich durch die Schlangenform bieten, meisterlich ausgeschöpft, und so wurde Crictor zu einem wahren Longseller, der Generationen begeisterte. Die Übersetzung ins Schwedische hat Astrid Lindgren selbst angefertigt. Auf Deutsch erschien das Buch 1959 beim Lentz Verlag.

1964, Inger und Lasse Sandbergs Susi-Reihe:
Die kleine Susi in ihrem rot-weiß gestreiften Kleid tauchte erstmals 1964 im Programm von Rabén & Sjögren auf. Und dort findet man sie noch heute. Inger und Lasse Sandberg waren keine Anfänger, damals veröffentlichten sie bereits seit zehn Jahren gemeinsam Bücher. Doch erst mit Astrid Lindgren als Verlegerin und den Geschichten von Susi kam der große Durchbruch. Die Sandbergs, wie man sie der Kürze halber nannte, repräsentierten etwas Neues – Humor, spielerische Pädagogik und einen originellen Illustrationsstil. Lasse Sandbergs geniale Zeichnungen im Stil naiver Kunst machten die Bücher universell, sodass sich Kinder verschiedenster Herkunft mit Susi identifizieren konnten.

Die Reihe wurde unmittelbar zum Erfolg, jedes Jahr erschien ein neuer Band, und bald war Susi eine der gefragtesten Figuren im Lizenzgeschäft des Verlags. Insgesamt achtzehn Bücher erschienen über das kleine Mädchen.

Mit ihren Figuren prägten Inger und Lasse Sandberg das Profil von Rabén & Sjögren: das Gespenst Laban, Däumchen, Häuptling Schwarze Zehe und viele mehr. Die Sandbergs wurden zum beliebten Selbstläufer und brachten in über sechzig Jahren mehr als hundert Bücher heraus. Aber Susi oder Lilla Anna, wie sie auf Schwedisch heißt, kommt den meisten wohl als Erstes in den Sinn.

1969, *Loranga – Der beste Papa der Welt* von Barbro Lindgren
Zu einer Zeit, als in der Literatur vor allem Realismus gefordert war, schrieb Astrid Lindgren folgenden Brief an sämtliche Buchhändler in Schweden:

Hier kommt ein kleiner Brief an unsere Freunde vom Buchhandel, vor allem jene, die mit Kinderbüchern zu tun haben. Ich lege Ihnen ein Buch bei – würden Sie es lesen, wenn ich Sie recht freundlich darum bitte?
Der Titel lautet LORANGA, MASARIN OCH DARTANJANG, *geschrieben hat es Barbro Lindgren, und es ist der reinste Irrsinn. Das war zumindest mein unmittelbarer Gedanke, als ich das Manuskript bekam und die erste Seite gelesen hatte. »Was fällt Barbro Lindgren nur ein?«, dachte ich. Da ich gerade keine Zeit zum Weiterlesen hatte, überließ ich das Manuskript einem mir nahestehenden achtjährigen Jungen. Er legte sich bäuchlings auf den Boden und begann zu lesen, während ich einer anderen Arbeitsaufgabe nachging. Es war eine Aufgabe, die meine volle Konzentration erforderte, und ich gab mir auch wirklich Mühe. Doch immer wieder wurde ich gestört. Vom Boden ertönten nämlich ununterbrochen glucksendes Gelächter und verzücktes Gekicher und andere Laute des Wohlbefindens, tatsächlich ist es noch nie vorgekommen, dass ich den erwähnten jungen Mann so herzlich über einen Text habe lachen hören. »Das Buch hier ist prima«, sagte er, als er fertig war, »aber warum ist es nicht fünfzig Seiten länger?«*
Da las ich sie selbst, die fantasievolle Erzählung über Papa Loranga, seinen Sohn Masarin und Opa Dartanjang, der im Holzschuppen haust, über die Tiger draußen in der Scheune und den Uropa, der auf einer Tannenspitze sitzt und »Kuckuck« ruft. Und als ich fertig gelesen hatte, musste ich erstaunt feststellen, wie herrlich es doch war, bei all den streng realistischen Kinderbüchern mit lauter ganz normalen Jungen und Mädchen zur Abwechslung auch mal etwas komplett Unsinniges vorgesetzt zu bekommen.
Würden Sie mir den Gefallen tun und dieses Buch lesen? Entweder gluckst es dann auch in Ihnen, oder aber Sie werfen es in die Ecke. Ich tippe auf Ersteres.
Mit herzlichen Grüßen
Astrid Lindgren[75]

Der Rest ist, wie es so schön heißt, Geschichte. Auch heute bringt *Loranga – Der beste Papa der Welt* (ursprünglicher Titel *Loranga, Lollipop und lauter Tiger*, Oetinger 1972) Achtjährige noch zum Lachen. Genau wie Neunjährige, Zehnjährige und viele, viele andere.

Astrid Lindgrens Größe als Verlegerin wird in der Langzeitperspektive am deutlichsten. Folgt man der Zeitachse, kann man sehen, wie sie mit ihrer Neugier und Offenheit dazu beitrug, dass sich der Kinderbuchmarkt weiterentwickelte, Schritt für Schritt, Jahr für Jahr. Sie hörte nie auf. Manche der Bücher waren sofort erfolgreich, wurden immer wieder neu aufgelegt und sind bis heute Teil der Backlist. Andere wurden nur ein einziges Mal gedruckt und waren ein Verlustgeschäft. Bedeutungsvoll aber waren sie alle.

Familienangelegenheiten

Wer sich am Vormittag des 26. Mai 1950 zufällig vor dem Pressehaus in Hamburg, dem heutigen Helmut-Schmidt-Haus, befand, konnte eine merkwürdige Szene beobachten: Im Speersort fuhr ein Auto mit ausländischem Kennzeichen vor, ein geöffnetes Cabriolet. Darin saß eine Frau, die von einer Dame auf dem Bürgersteig ein Bündel Geldscheine überreicht bekam, bevor der Wagen auch schon wieder auf und davon brauste. Ihr Schal flatterte im Wind. Es war Astrid Lindgren, die sich ihr erstes deutsches Honorar für *Pippi Langstrumpf* abholte.

Heidi Oetinger erzählte über diese erste Begegnung:

Es war im Sommer. Hamburg war immer noch sehr mitgenommen. Und vom Pressehaus, in dessen vierter Etage sich der Verlag damals befand, hatte man Aussicht auf die Ruinen des Pferdemarkts [heute Gerhart-Hauptmann-Platz, A. d. Ü.] und der Mönckebergstraße. Astrid Lindgren und ihr Mann waren auf dem Heimweg von einer Urlaubsreise in Frankreich. Als wir uns vor dem Pressehaus trafen, saß sie mit ihrem Mann in einem geöffneten Cabriolet, sportlich gekleidet. Wir waren damals beide jung, gerade erst vierzig. Ich habe ihr das vereinbarte Honorar überreicht, und wir wechselten ein paar Sätze miteinander. Die Lindgrens sprachen beide Deutsch, aber ehe ich es mich versah, waren sie auch schon wieder weg. Ich war ein wenig enttäuscht, dass das Treffen nur so kurz gewesen war, aber ich hatte Astrid Lindgren sofort ins Herz geschlossen.[76]

Astrid und Sture Lindgren waren im Urlaub und benötigten Geld für die Reisekasse. In Astrids Version der Geschichte befanden sie sich gerade auf dem Weg nach Paris, nicht auf der Rückreise. Sie hatte dem Verlag im Vorfeld geschrieben und um einen Vorschuss von achthundert D-Mark gebeten. Da sie sich unsicher war, ob sie einen Parkplatz in der Nähe finden würden, hatte sie gefragt, ob nicht jemand vom Verlag mit dem Geld zur Straße kommen könne. Mit dieser Aufgabe wurde Heidi betraut, die damals noch von Hacht hieß. Zwei Jahre später heiratete sie Friedrich Oetinger, den Gründer des Verlags.

Ein Jahr zuvor, im Oktober 1949, war *Pippi Langstrumpf* im Verlag Friedrich Oetinger erschienen. Das Buch hatte sich sensationell gut verkauft, dreitausend Exemplare waren bis Weihnachten über den Ladentisch gegangen. Aufgrund der geltenden Währungsbestimmungen waren internationale Überweisungen damals kompliziert, und Astrid Lindgren mit ihrem Sinn für finanzielle Angelegenheiten fand es sicher praktisch, sich das Geld einfach direkt beim Verlag abholen zu können, als sie es benötigte.

Der Weg zur ersten deutschen Ausgabe war nicht so leicht gewesen. Die Geschichte, wie Astrid Lindgren nach mehreren erfolglosen Versuchen schließlich doch noch einen deutschen Verlag fand, enthält so viele eigenartige Zufälle, dass sie sich zu erzählen lohnt. Es ist eine verwickelte Geschichte, die uns ins Berlin der Dreißigerjahre und zur Machtübernahme der Nazis zurückführt.

Am 23. März 1933 nahm der Reichstag das sogenannte Ermächtigungsgesetz an, das die Hitlerregierung befähigte, ohne Anhörung im Reichstag Gesetze zu verabschieden und Verträge mit dem Ausland abzuschließen. 444 Abgeordnete stimmten dafür, nur die 94 anwesenden Sozialdemokraten waren dagegen. Die übrigen 26 Sozialdemokraten und die 81 kommunistischen Abgeordneten konnten nicht an der Sitzung teilnehmen, da sie sich bereits in Haft oder auf der Flucht ins Ausland befanden. Das Gesetz diente der Festigung von

Hitlers Diktatur und gilt als endgültiger Schlusspunkt der Weimarer Republik. Die 94 Sozialdemokraten ahnten, was auf sie zukommen würde. Auch von ihnen flüchteten viele ins Ausland, andere, die es nicht mehr rechtzeitig schafften, wurden ermordet.

Einer der 94 Abgeordneten, die gegen das Gesetz stimmten, war Kurt Heinig, Sohn eines Schuhmachers aus Leipzig. Der gelernte Lithograf bildete sich autodidaktisch zum Volkswirt weiter und war als Journalist und Autor tätig. Seit 1927 war er Reichstagsabgeordneter für die SPD. Ein paar Wochen nach der Abstimmung, als er sich gerade auf dem Heimweg nach Lichterfelde im Süden Berlins befand, kam ihm sein Sohn Peter an der Straßenbahnhaltestelle entgegen und erzählte, dass sich im Garten vor dem Haus SA-Soldaten versteckt hielten. Kurt Heinig machte kehrt. Er ging nicht nach Hause, sondern nahm den nächsten Zug nach Kopenhagen. Seine Frau Cäcilie, eine polnische Jüdin, und die Kinder Peter und Marianne, die damals fünfzehn und elf Jahre alt waren, wurden zunächst in »Schutzhaft« genommen, konnten ihm aber einige Wochen später nach Dänemark folgen. Als das Land 1940 von Deutschland besetzt wurde, flüchtete die Familie erneut, dieses Mal nach Schweden. Wir kommen bald auf sie zurück, doch zuerst geht es noch einmal ins Deutschland der 1930er-Jahre.

Zu Kurt Heinigs jüngeren Freunden gehörte unter anderem Friedrich Oetinger, der zukünftige Verleger von *Pippi Langstrumpf*. Oetinger war 1907 in Braunschweig geboren und in Hamburg aufgewachsen. Nach dem Ende des Ersten Weltkriegs lebte er eine Zeit lang bei einer Gastfamilie in Dänemark, vermittelt durch ein Hilfsprogramm für bedürftige Kinder aus den kriegsversehrten Ländern. Zurück in Deutschland, schloss er im Alter von fünfzehn Jahren die Aufbauschule ab. Sein weiterer Lebenslauf ist von den Turbulenzen der Weimarer Zeit und ihrem tragischen Ende geprägt.

Ein langer Fragebogen, den Oetinger 1946 ausfüllen musste, um bei der britischen Besatzungsmacht die Genehmigung zur Gründung seines Verlags zu beantragen, liefert Einblicke in sein Leben während der Zwanziger- und Dreißigerjahre. Aus dem Formular geht hervor, dass er im Alter von 16 Jahren der SPD und mit 18 Jahren einer Schutzformation des Reichsbanners beigetreten war. Außerdem war er Mitglied in den radikalen Weltanschauungsgemeinschaften Vereinigung Republik und Deutscher Freidenkerverband, die beide der Arbeiterbewegung nahestanden.

Setzt man die Fragmente seines Werdegangs zusammen, ergibt sich das Bild eines jungen Mannes, der sich brennend für Politik interessierte. Die Liebe zur Literatur begründete seine Berufswahl und wurde mit der Zeit zu seiner größten Leidenschaft. Nach abgeschlossener Buchhändlerlehre begann Oetinger Ende der 1920er-Jahre in einer Hamburger Buchhandlung zu arbeiten. 1933 kam jedoch alles zu einem jähen Ende. Die Organisationen, denen er angehörte, wurden verboten, und aus politischen Gründen verlor er auch seine Stelle in der Buchhandlung. Er reiste nach Dänemark, seine zweite Heimat, wo er sowohl aus politischen Kreisen als auch aus Kindertagen Freunde hatte. Im Laufe der Dreißiger- und Vierzigerjahre war er immer wieder dort, jedoch nie für längere Zeit, er kehrte stets nach Deutschland zurück.

Wie für andere Nazigegner beinhaltete das Leben im Heimatland auch für Oetinger große Einschränkungen. Er musste der »Reichsschrifttumskammer« beitreten, einer von Goebbels eingerichteten Kontrollinstitution für die Buchbranche. Die Mitgliedschaft war Voraussetzung für alle, die im Buchhandel, im Verlags- oder Bibliothekswesen arbeiten oder eigene Bücher veröffentlichen wollten. Sie wurden auf ihre »Eignung« hin geprüft, wobei es hauptsächlich um die Bestätigung ihrer arischen Abstammung ging. Als aufgenommenes Mitglied konnte Oetinger seinen Beruf wieder ausüben, aber nun in einer anderen Buchhandlung.

Für politische Arbeit – sein großes Interesse seit mehr als einem Jahrzehnt – war jetzt so gut wie kein Raum mehr. Ab 1933 engagierte sich Oetinger in der illegalen Organisation »Neu Beginnen«, die die Linke für die Zeit nach dem Nazismus zu einen versuchte. Nach ein paar Jahren löste sich die Gruppe aber mehr oder weniger auf, nachdem viele ihrer Mitglieder verhaftet oder hingerichtet worden waren. Oetinger entging diesem Schicksal. Bei der Überprüfung seines Hintergrundes nach dem Krieg gab er an, dass er weder öffentliche Reden gehalten noch Artikel publiziert hatte, und in den politischen Organisationen, denen er angehörte, hatte er nie eine leitende Position innegehabt.

Aufgrund einer chronischen Magenkrankheit wurde er vom Wehrdienst befreit und konnte stellvertretend die Geschäftsführung des Ellermann Verlags übernehmen, als dessen Besitzer Heinrich Ellermann zum Kriegsdienst einberufen wurde. In dieser Zeit sammelte Oetinger seine ersten Verlagserfahrungen. Ellermann gab auch Kinderbücher heraus, galt jedoch in erster Linie als Lyrikverlag.

1940 heiratete Oetinger die Pianistin Addy Morgenstern. Der dürftige Inhalt der Gerichtsakten zur Ehescheidung nach dem Krieg erweckt den Eindruck, dass es sich um eine Scheinehe zu Addy Morgensterns Schutz gehandelt hatte. Die Pianistin überlebte den Krieg.

Als Heinrich Ellermann nach Kriegsende in seinen Verlag zurückkehrte, beantragte Oetinger bei der britischen Besatzungsmacht die Genehmigung, einen eigenen Verlag zu gründen. Die gerichtliche Prüfung ergab, dass er »sauber« war, er hatte nichts mit den Nazis zu tun gehabt und sich nicht am Kriegsgeschehen beteiligt. Als einer der Ersten erhielt er die Lizenz, verlegerisch tätig zu werden, und so gründete er 1946 den Verlag Friedrich Oetinger.

Mit der Wiederzulassung der SPD wurde auch Oetingers Parteimitgliedschaft wieder aktiv. Sein politisches Interesse ist den Veröffentlichungen der ersten Jahre deutlich anzumerken. Darunter waren Bücher über Rosa Luxemburg und Karl Marx, Bücher von Anna Siemsen und Upton Sinclair. Und ein Buch mit dem Titel *Nationalökonomie des Alltags*, geschrieben von Kurt Heinig.

1946 in Deutschland einen Verlag zu gründen, war kein leichtes Unterfangen. Der Buchmarkt war ebenso zerstört wie das Land, und Oetinger hatte kein Startkapital. Es mangelte an vielem, sowohl an Papier als auch an der Nachfrage. Autoren fehlten ebenfalls, denn viele waren ums Leben gekommen oder geflüchtet. Somit ist es nicht verwunderlich, dass die Geschäfte in den ersten Jahren nicht besonders einträglich waren, anhand von Briefen und Interviews kann man erahnen, wie prekär die Lage damals war.

Um finanziell auf die Beine zu kommen, hatte Oetinger zugestimmt, etwa zwanzig deutsche Verlage im Kontakt mit Buchhandelsvertretern der nordischen Länder zu repräsentieren. Für die Ausreise benötigte er die Genehmigung der Besatzungsmacht, die nicht so leicht zu bekommen war. Sie erforderte eine Einladung aus dem Ausland, doch damit konnte sein Parteigenosse, Autor und Freund Kurt Heinig weiterhelfen, der sich mittlerweile in Stockholm niedergelassen hatte. Nach einem Jahr Wartezeit erhielt Oetinger schließlich die Ausreisegenehmigung.

In Stockholm besuchte Friedrich Oetinger verschiedene Buchhändler, um ihnen deutsche Neuerscheinungen vorzustellen. In der Buchhandlung Kungsbokhandeln auf der zentral gelegenen Kungsgatan traf er Gustaf Lind, einen sprachkundigen Mitarbeiter, der bereits in Paris und London gearbeitet hatte. Als Oetinger zufällig die Bücher über Pippi Langstrumpf sah, erzählte Lind von Astrid Lindgrens großen Erfolgen.

Oetinger wurde neugierig und erkundigte sich, wie man mit ihr in Kontakt kommen könne. »Nichts leichter als das«, antwortete Lind, »sie arbeitet gleich hier um die Ecke.« Ein Telefonat später saß Friedrich Oetinger in Astrid Lindgrens Büro bei Rabén & Sjögren. Dort erst wurde ihm klar, dass Astrid nicht nur Autorin, sondern auch Programmleiterin für den Kinderbuchbereich des Verlags war, bei dem sie nachmittags arbeitete. Über diese erste Begegnung hat Astrid Folgendes erzählt:

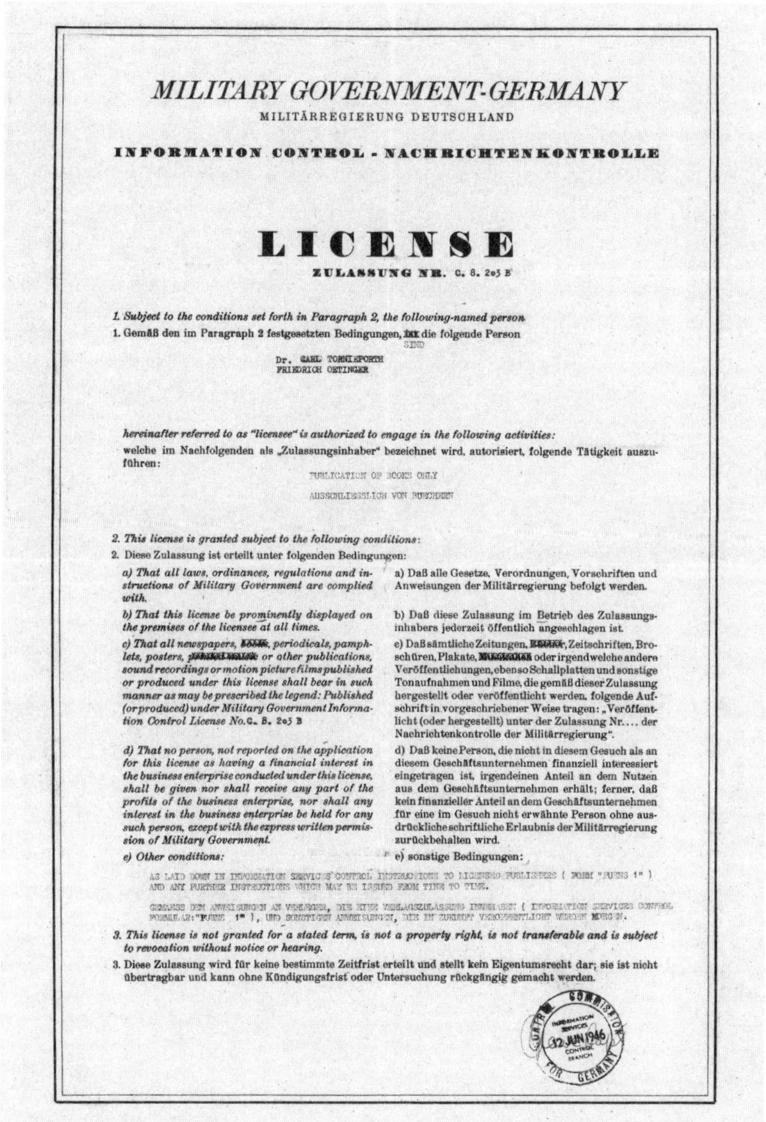

MILITARY GOVERNMENT-GERMANY

MILITÄRREGIERUNG DEUTSCHLAND

INFORMATION CONTROL - NACHRICHTENKONTROLLE

LICENSE

ZULASSUNG NR. C. 8. 203 B

1. Subject to the conditions set forth in Paragraph 2, the following-named person

1. Gemäß den im Paragraph 2 festgesetzten Bedingungen, [redacted] SIND die folgende Person

Dr. CARL TORNIEPORTH
FRIEDRICH OETINGER

hereinafter referred to as "licensee" is authorized to engage in the following activities:

welche im Nachfolgenden als „Zulassungsinhaber" bezeichnet wird, autorisiert, folgende Tätigkeit auszuführen:

PUBLICATION OF BOOKS ONLY

AUSSCHLIESSLICH VON BUECHERN

2. This license is granted subject to the following conditions:

2. Diese Zulassung ist erteilt unter folgenden Bedingungen:

a) That all laws, ordinances, regulations and instructions of Military Government are complied with.

b) That this license be prominently displayed on the premises of the licensee at all times.

c) That all newspapers, [redacted], periodicals, pamphlets, posters, [redacted] or other publications, sound recordings or motion picture films published or produced under this license shall bear in such manner as may be prescribed the legend: Published (or produced) under Military Government Information Control License No. C. B. 203 B

d) That no person, not reported on the application for this license as having a financial interest in the business enterprise conducted under this license, shall be given nor shall receive any part of the profits of the business enterprise, nor shall any interest in the business enterprise be held for any such person, except with the express written permission of Military Government.

e) Other conditions:

a) Daß alle Gesetze, Verordnungen, Vorschriften und Anweisungen der Militärregierung befolgt werden.

b) Daß diese Zulassung im Betrieb des Zulassungsinhabers jederzeit öffentlich angeschlagen ist.

c) Daß sämtliche Zeitungen, [redacted], Zeitschriften, Broschüren, Plakate, [redacted] oder irgendwelche andere Veröffentlichungen, ebenso Schallplatten und sonstige Tonaufnahmen und Filme, die gemäß dieser Zulassung hergestellt oder veröffentlicht werden, folgende Aufschrift in vorgeschriebener Weise tragen: „Veröffentlicht (oder hergestellt) unter der Zulassung Nr.... der Nachrichtenkontrolle der Militärregierung".

d) Daß keine Person, die nicht in diesem Gesuch als an diesem Geschäftsunternehmen finanziell interessiert eingetragen ist, irgendeinen Anteil an dem Nutzen aus dem Geschäftsunternehmen erhält; ferner, daß kein finanzieller Anteil an dem Geschäftsunternehmen für eine im Gesuch nicht erwähnte Person ohne ausdrückliche schriftliche Erlaubnis der Militärregierung zurückbehalten wird.

e) sonstige Bedingungen:

AS LAID DOWN IN INFORMATION SERVICES CONTROL INSTRUCTIONS TO LICENSED PUBLISHERS (FORM "PUBS 1") AND ANY FURTHER INSTRUCTIONS WHICH MAY BE ISSUED FROM TIME TO TIME.

GEMAESS DEN ANWEISUNGEN AN VERLEGER, DIE EINE VERLAGSZULASSUNG INNEHABEN (INFORMATION SERVICES CONTROL FORMULAR: "PUBS 1"), UND SONSTIGEN ANWEISUNGEN, DIE IN ZUKUNFT VEROEFFENTLICHT WERDEN MOEGEN.

3. This license is not granted for a stated term, is not a property right, is not transferable and is subject to revocation without notice or hearing.

3. Diese Zulassung wird für keine bestimmte Zeitfrist erteilt und stellt kein Eigentumsrecht dar; sie ist nicht übertragbar und kann ohne Kündigungsfrist oder Untersuchung rückgängig gemacht werden.

Am 12. Juni 1946 erhielt Friedrich Oetinger von der britischen Militärregierung die Erlaubnis zur Verlagsgründung.

Herein trat ein sehr bescheidener Herr; ein sanftmütiger, braunäugiger, freundlich lächelnder Mann, der Franz Schubert auffällig ähnlich sah. Nach einem besonders erfolgreichen Verleger sah er nicht gerade aus. Er war in der Tat sehr dürftig gekleidet, aber während dieser ersten Nachkriegsjahre war es wohl in Deutschland nicht so leicht, elegant gekleidet zu sein.[77]

Oetinger bat um das Vorkaufsrecht für die drei Bücher über Pippi Langstrumpf. Da diese bereits von fünf deutschen Verlagen abgelehnt worden waren, hatte Astrid Lindgren nicht viel zu verlieren:

Von mir aus gern, sagte ich.[78]

Während seines Stockholm-Aufenthalts wohnte Oetinger bei Familie Heinig im Stadtteil Midsommarkransen, und am Abend lieferte Cäcilie Heinig ihm eine Stegreifübersetzung von Pippi. Ab dann ging alles sehr schnell. Noch vor seiner Abreise aus Stockholm hatte er mit Cäcilie Heinig vereinbart, dass sie die Bücher übersetzen sollte. Wenige Tage nachdem er zurück in Hamburg war, schrieb er an Astrid:

Wir haben uns einige Abschnitte in einem kleinen Freundeskreis vorlesen lassen und sind zu derselben Beurteilung gekommen wie unsere schwedische Übersetzerin, Frau Cäcilie Heinig. Nach der Einsichtnahme in die abenteuerlichen Geschichten der kleinen Pippi haben wir uns nunmehr entschlossen, einen Vertrag vorzulegen, den wir Ihnen in den nächsten Tagen übermitteln werden.[79]

Dies war ein Brief von großer Bedeutung, nicht nur für Astrid Lindgren und Friedrich Oetinger. Es ist erstaunlich und beeindruckend, wie viel Wertschätzung der ärmlich gekleidete Verleger aus dem zerbombten Hamburg für *Pippi Langstrumpf* aufbrachte und wie gut er das Buch verstand, so gut, dass er die wirtschaftlich-politische Ausrichtung seines Verlagsprogramms aufgab und stattdessen auf Kinderliteratur setzte. Woher nahm er nur den Mut, denke ich beim Lesen seiner Briefe.

Doch Oetingers Kurswechsel war vielleicht nicht ganz so impulsiv, wie es den Anschein haben mag. Seine bisherige thematische Ausrichtung war nicht rentabel, der Verlag musste also neue Wege einschlagen, um zu überleben. In seiner Zeit beim Ellermann Verlag hatte Friedrich Oetinger auch schon Kinderbücher herausgegeben, sodass er über ein entsprechendes Netzwerk verfügte. Er war nicht konservativ und teilte Astrid Lindgrens moderne gesellschaftliche Ansichten. Und er besaß den Blick eines Verlegers und damit die seltene Fähigkeit, Potenzial zu erkennen, wo andere es nie vermuten würden.

Dass *Pippi Langstrumpf* sowohl in Deutschland als auch in Schweden bei einem Außenseiterverlag erschien, war wohl kaum ein Zufall. Es gehört zum Charme der Buchbranche, dass Bücher, die sich in hohen Auflagen verkaufen, oft etwas ganz Neues repräsentieren, etwas außer der Reihe. Und das Neue und Unerwartete gedeiht oft am besten in kleinen Verlagen, die sich nicht darauf verlassen können, dass die etablierten Autorinnen und Autoren jedes Jahr neue Bücher schreiben.

Der Erwerb der Rechte für die drei Pippi-Bücher, das Übersetzungshonorar und die Druckkosten – all das bedeutete ein hohes Risiko für den Oetinger Verlag, der nach den ersten Betriebsjahren bereits verschuldet war. Doch es gab eine Mitarbeiterin, die seine Begeisterung teilte: Heidi von Hacht hatte im Vorjahr als seine Assistentin angefangen und bot nun an, auf einen Teil ihres Gehalts zu verzichten, um die Publikation zu ermöglichen. Dank ihrer Witwenrente komme sie über die Runden, sagte sie.

Heidi war genau wie Friedrich in einfachen Hamburger Verhältnissen groß geworden. Ihr Vater war im Ersten Weltkrieg gefallen, woraufhin die Mutter die beiden Kinder allein versorgte. Nach der Volksschule und der Berufsschule absolvierte Heidi eine Ausbildung zur Anwaltssekretärin und arbeitete während der 1930er-Jahre in einer Hamburger Anwaltskanzlei. Sie heiratete im selben Monat, in dem erneut Krieg ausbrach.

Der Zweite Weltkrieg war für Heidi wie eine Wiederholung des Ersten. Damals starb ihr Vater, nun ihr Mann, der im Jahr 1943 fiel. Wenig später folgten die großen britischen Bombenangriffe auf Hamburg. Heidi verlor so gut wie alles, auf der Flucht aus der Stadt fanden ihre Habseligkeiten Platz in einem Kinderwagen. Die zweijährige Tochter Silke musste nebenherlaufen. Die restlichen Kriegsjahre verbrachte sie bei Verwandten in Österreich und Mecklenburg.

Die Arbeit im Verlag war genau das Richtige für Heidi, die sich mit Feuereifer einbrachte. Ihre Belastbarkeit und ihr Organisationstalent gaben dem Unternehmen Stabilität. Das Interesse für Literatur begleitete sie seit der Volksschule, wo es von einer geliebten Lehrerin geweckt und genährt worden war, und sie verfügte über eine solide literarische Bildung, die sie sich auf eigene Faust verschafft hatte. Sie interessierte sich mehr fürs Bergsteigen als für Politik und trat trotz Friedrichs Überredungsversuchen nie der SPD bei, wie ihre Tochter Silke erzählt:

> *Nein, meinte sie, das wollte sie nie tun, auch wenn sie ein Leben lang die SPD gewählt habe, denn die Zeiten des Dritten Reichs haben ihr gezeigt, wohin es schlimmstenfalls mit einer Mitgliedschaft bei einer politischen Partei führen kann.*[80]

Astrid Lindgren war sich bewusst, dass der Oetinger Verlag finanziell nicht gut dastand. Ihr deutscher Verleger hatte zwar einen guten Eindruck auf sie gemacht, doch nach allem, was sie in der Anfangszeit bei Rabén & Sjögren erlebt hatte, wollte sie auf weitere Abenteuer lieber verzichten. Ein paar Tage vor ihrer Urlaubsreise 1950 schrieb sie ihrer dänischen Agentin Yrsa Bang und bat sie, für ihr neues Buch *Nils Karls-*

son-Däumling doch vielleicht einen anderen deutschen Verlag zu suchen:

> *Der Oetinger Verlag fängt ja jetzt erst einmal mit allen drei Pippi-Büchern und Meisterdetektiv Blomquist an. Das wird ein paar Jahre dauern. Und ich bin mir sicher, dass der Verlag nicht besonders stabil ist, auf meine Bitte um einen bescheidenen Vorschuss für die Pippi-Bücher, den ich mir gern auf meiner Deutschlandreise abholen würde, habe ich immer noch keine Antwort. Wenn ihr es also mit dem Däumling mal versuchen wollt, dann tut das. Glänzende Besprechungen habe ich ja zur Genüge, falls so etwas gebraucht wird.*[81]

Doch Oetinger bewältigte die finanziellen Schwierigkeiten, heiratete Heidi, und mit der Zeit erschienen auch *Nils Karlsson-Däumling* und alle anderen Bücher von Astrid Lindgren bei den beiden.

Pippi Langstrumpf kam in Deutschland gut an. Für viele bedeutete das Buch eine willkommene Erneuerung der Kinderliteratur, doch es gab auch einige konservative Stimmen, denen das unerzogene Mädchen mit den Schuhen auf dem Kopfkissen ein Dorn im Auge war. Vor allem im katholischen Süddeutschland dauerte es eine Weile, bis Astrid Lindgren und Pippi Langstrumpf akzeptiert waren. Die deutschen Kinder aber liebten Pippi, genau wie die schwedischen, und das war das Wichtigste.

Heidi Oetinger sagte zusammenfassend:

> *In einem Land, dessen Kinder noch immer durch den Zwang und die Verlogenheit der nationalsozialistischen Erziehung, die Gewalt des Krieges und den Drill konservativer Eltern geprägt waren, verkündete ihre Pippi in einem ganz und gar neuen, klaren Ton ihre Freiheit, die Freiheit aller Kinder, und das war eine Freiheit mit moralischem Anspruch.*[82]

Astrid Lindgren auf der Frankfurter Buchmesse 1959 am Stand des Oetinger Verlags.

Die Zusammenarbeit zwischen Astrid Lindgren und dem Verlag Friedrich Oetinger entwickelte sich nicht nur zur publizistischen und wirtschaftlichen Erfolgsgeschichte, sondern führte auch zu einer lebenslangen Freundschaft. An dem regen Briefwechsel zwischen Astrid und den Oetingers fällt besonders die enge Verwobenheit privater und beruflicher Angelegenheiten auf. Hier schreiben sich professionelle Verleger, sachlich und vertraut. Und zugleich tauschen sie sich als Freunde über Kinder, Enkel und Krankheiten aus. Die Briefe sind voller persönlicher Fürsorge. Friedrich Oetingers Gesundheitszustand war für Astrid ein ständiger Anlass zur Besorgnis:

> *Mein deutscher Verleger und seine Frau waren in der Stadt, und ich habe sie und Elsa Olenius zum Essen eingeladen. Er setzt sich kolossal für meine Bücher in Deutschland ein, und wenn er nur am Leben und gesund bleibt, wird er sie sicher genauso gut verkaufen wie R & S in Schweden. Leider lässt seine Gesundheit zu wünschen übrig, hin und wieder überkommt ihn eine Art Schwindel, und er wird leichenblass im Gesicht und fängt an zu schwitzen – er weiß auch nicht, was mit ihm los ist.*
>
> Brief an die Eltern, 28. März 1954

Glücklicherweise waren die Frauen, Heidi und Astrid, etwas robuster, doch die persönliche Fürsorge beruhte auf Gegenseitigkeit. War Astrid einmal krank, kam sofort ein besorgter und aufmunternder Brief aus Hamburg:

> *Liebe gute Frau Lindgren*
> *Mit Besorgnis haben wir Ihrem Brief entnommen, dass Sie sehr krank gewesen sind, und wir wollen nur hoffen und wünschen, dass Sie recht bald wieder ganz gesund sind. Mögen Sie daher ein paar recht erholsame Urlaubswochen genießen, um so auch die letzten Reste der Krankheit zu überwinden.*[83]

Die Entwicklung des Oetinger Verlags weist viele Parallelen zu Rabén & Sjögrens Werdegang auf. Beide Verlage waren neu und hatten sich auf Kinderliteratur spezialisiert, was zu dieser Zeit ungewöhnlich war. Und beide mussten zunächst eine finanzielle Krise überwinden, bevor die ersten Erfolge kamen. In kommerzieller Hinsicht verlief die Zusammenarbeit nur in eine Richtung: Astrid war die Verkäuferin und Friedrich der Käufer. Nichtsdestotrotz hatten beide Seiten großen Nutzen von der Geschäftsbeziehung:

> *Apropos Neuigkeiten, ich lege hier noch ein Fotobilderbuch bei, das uns von Hasse Peterson angeboten wurde, die Fotos stammen von seiner Frau Anne-Marie. Für uns sieht das Ganze … ein bisschen nach Familienalbum aus, aber ich würde sehr gern Ihre Meinung dazu hören.*[84]

Die Antwort aus Hamburg kam prompt:

> *Natürlich haben wir uns mit diesem Buch, weil es Hans Peterson war, sehr ernsthaft befasst und die Bilder genau betrachtet … Wir können also nicht zuraten, und gleichzeitig möchten wir sagen, dass wir von einer Übernahme Abstand nehmen werden.*[85]

Ein Beispiel für die enge Zusammenarbeit der beiden Verlage ist die Tatsache, dass Ilon Wikland, Astrid Lindgrens bevorzugte Illustratorin seit 1954, noch vor ihrer ersten Veröffentlichung bei Rabén & Sjögren ein Buch für Oetinger illustrierte. Astrid führte die Verhandlungen:

> *Ich habe mit Ilon Wikland gesprochen, und sie würde die Bullerbü-Bücher gern illustrieren, verlangt aber 500 Kr für die Arbeit. Für schwedische Verhältnisse ist das wirklich nicht viel.*[86]

Friedrich Oetinger fand das zu teuer und bot stattdessen 350 Kr an. Doch Astrid ließ nicht locker:

> *Das ist immerhin eine Neuillustration. Es ist etwas anderes, wenn man schon für eine schwedische Ausgabe bezahlt wurde und dieselben Zeichnungen dann anderweitig verkauft. Meinen Sie nicht, sie könnte die 500 bekommen? Schreiben Sie mir doch bitte, bevor sie mit der Arbeit beginnt.*[87]

Ilon Wikland bekam die gewünschten fünfhundert Kronen, und *Wir Kinder aus Bullerbü* erschien in Deutschland mit ihren Zeichnungen.

Doch als *Karlsson vom Dach* folgen sollte, hatte Oetinger Zweifel, ob Ilon Wikland die richtige Illustratorin war:

> *Haben Sie für dieses Buch Illustrationen vorliegen? Wenn ja, dann bitte seien Sie so gut und schicken Sie mir recht bald einige Abzüge, damit ich mich entscheiden kann, ob ich die gleichen Illustrationen für die deutsche Ausgabe übernehmen kann. Vielleicht haben Sie Frau Wikland die Aufgabe übertragen, ich fürchte nur, sie hat zu wenig Humor. Ich glaube, die Illustrationen zu den beiden »Bullerbü-Büchern« haben gezeigt, dass ihre Fähigkeit zur Illustration einer Begrenzung unterliegt. So fein und zart ihr Strich, und bei dem »Mio« außerordentlich gelungen ist, so zeigt sie doch in den »Bullerbü-Büchern«, dass in diesen Bildern oftmals zu wenig Bewegung steckt. Ich lasse mich doch gern angenehm überraschen.*[88]

Die Kritik war Astrid nicht neu, auch in Schweden sahen das manche so. Doch *Karlsson vom Dach* erschien schließlich auch in Deutschland mit Ilon Wiklands Bildern.

In der aufbewahrten Korrespondenz ist an kaum einer Stelle von Astrids eigenen Geschäftsbedingungen die Rede. Das war schlicht und einfach nicht nötig. Ihre Einnahmen waren deutlich höher als ihre Ausgaben, und sie lebte recht anspruchslos. Beispiele für Geiz sind in ihrer Lebensgeschichte nur schwer auffindbar, im Gegenteil. Doch sie hatte Respekt vor finanziellen Angelegenheiten und nahm die Dinge genau:

> *Vielen Dank für das Geld, das ich erhalten habe. Vielleicht können Sie mir bei Gelegenheit noch einen Beleg schicken, damit ich sehe, wie sich die Einnahmen auf die verschiedenen Bücher verteilen. Sind die 1000 Mark von vergangenem Jahr in der Summe von 5070,58 DM bereits enthalten?*[89]

Wie eng Privates und Geschäftliches miteinander verknüpft war, sieht man sehr gut an folgendem Brief, den Astrid fast zwanzig Jahre nach ihrer ersten Begegnung mit Friedrich Oetinger schrieb:

> *Lieber Friedrich, liebe Heidi, was war ich traurig, als ich hörte, dass es Friedrich nicht gut ging und er ins Krankenhaus musste, anstatt zur Frankfurter Buchmesse zu fahren! Ich habe mir solche Sorgen gemacht, und als ich gerade schon schreiben wollte, kam heute Heidis langer Brief mit der Abrechnung. Dem Himmel sei Dank, dass es Friedrich jetzt besser geht, aber dass Sie jetzt erst einmal eine richtige »Kur« machen müssen, steht wohl fest! Sie müssen schnell wieder gesund werden, ja, ganz gesund wäre vielleicht etwas zu viel gehofft, aber zumindest einigermaßen gesund.*
> *Danke für die Abrechnung, die ist wirklich hervorragend! Und so schön übersichtlich! Ich kenne keinen Verlag, der so ausgezeichnete Aufstellungen macht. Wer hätte gedacht, dass »Pippi« sich so enorm verkauft – das Mädel hat wirklich Ausdauer! Damit hätten wohl weder Sie noch ich gerechnet, Friedrich, als wir uns damals in der Oxtorgsgatan trafen!*[90]

Astrid Lindgren schrieb ihre Briefe an Friedrich und Heidi stets in ihrer Muttersprache, denn sie wusste, dass im Verlag immer jemand Schwedisch lesen konnte. Anfangs war das eine sprachkundige Mitarbeiterin aus der Werbeabteilung, Margot Franke, später Heidis Tochter Silke. Gelegentlich entschuldigte Astrid sich damit, dass ihr Deutsch so schlecht sei, doch das war nicht ganz richtig. Die Realschule in Vimmerby bescheinigte ihr auf dem Abschlusszeugnis Bestnoten in Englisch und Deutsch. Reden und Interviews, bei denen sie Deutsch sprechen musste, meisterte sie stets einwandfrei. Vielleicht wollte sie einfach Zeit sparen und schrieb deshalb lieber auf Schwedisch. Doch ich glaube, es gab noch einen weiteren Grund: Sie wollte keine Fehler machen. Auf Deutsch wäre in ihren Briefen vielleicht nicht alles ganz korrekt gewesen, und Astrid machte nicht gern Fehler, sie war Perfektionistin. Und auch ein wenig eitel.

Wenn es um die Übersetzungen ihrer Bücher ging, war von der bescheidenen Zurückhaltung jedoch keine Spur. Astrid prüfte die Texte sehr genau, wägte Stil, Wortwahl und Nuancen und verlangte oft Änderungen. Nachdem sie die erste Version der deutschen Übersetzung der *Brüder Löwenherz* gelesen hatte, bekam Silke Weitendorf einen vierseitigen Brief mit klaren und sehr entschiedenen Änderungswünschen:

Frau Kornitsky [eig. Kornitzky, A. d. Ü.] ist ohne Zweifel ein echtes Sprachtalent und hat eine Übersetzung angefertigt, die auf ihre Art sehr elegant ist. Und dennoch – wenn ich den deutschen Text lese, erkenne ich meinen kleinen kindlichen Krümel als Erzähler nicht wieder, vielmehr kommt es mir so vor, als würde hier ein Erwachsener sprechen.
Schau nur mal auf Seite 144. Wo sie Orwar im Verließ entdecken. Auf Schwedisch steht da: »Det var eländigt.« Übersetzt wurde das mit »es war ein erbarmungswürdiger Anblick«. Gott bewahre, so würde sich doch ein deutscher 10-Jähriger nicht ausdrücken, oder? Würde er nicht eher »es war schrecklich« oder so etwas Ähnliches sagen?
Dass ein deutsches Kind so vornehme Wörter verwendet, kann nicht sein. Ich habe eine ganze Reihe Stellen markiert, die meiner Meinung nach einfacher und kindlicher klingen müssten. Meine Änderungsvor-

schläge sind in den meisten Fällen sicher etwas einfältig, sie sollen nur andeuten, wie einfach ich es gern hätte. Das ist ungeheuer wichtig, Silke, und deshalb bitte ich darum, dass Du (oder jemand anderes, der das beurteilen kann, möglicherweise Frau Kornitsky selbst) die ganze Übersetzung noch einmal durchgehst, Satz für Satz, und dabei die ganze Zeit denkst: Würde ein 10-Jähriger das so sagen? Denn sonst wird das ganze Buch falsch.[91]

Liest man die Korrespondenz, die im Astrid-Lindgren-Archiv der Königlichen Bibliothek zu Stockholm bewahrt ist, so fällt auf, mit welcher Sorgfalt Friedrich und Heidi sich der Kontaktpflege mit Astrid widmeten. Da sind Unmengen an Briefen mit Informationen zu neuen Auflagen, Verkaufszahlen, Werbekampagnen, Rezensionen, Telegramme zu jedem Geburtstag, Ansichtskarten aus jedem Urlaub, Jahr für Jahr ein Gruß zu Ostern und Weihnachten. Astrid hob alles auf. In regelmäßigen Abständen erhielt sie einen Karton Spätburgunder und zu jedem Geburtstag einen Strauß rosa Rosen.

Heidi Oetingers Beitrag zu einer Festschrift anlässlich Astrid Lindgrens neunzigstem Geburtstag fängt das besondere Verhältnis sehr gut ein:

Zudem nahm Astrid Lindgren stets Anteil an den Geschicken unserer Familie und unseres Verlags. Sie hat immer zwischen Arbeit und Freizeit unterschieden, umschloss aber beide Bereiche mit interessierter Herzlichkeit. Wenn sie sich an jemanden aus unserer Familie wandte und über alles genau Bescheid wissen wollte, so hatte man für einen Moment das Gefühl, man sei der einzige Mensch auf Erden für sie.[92]

So gut, wie sich alles gefügt hat, kann man sich fragen, was wohl geschehen wäre, wenn Kurt Heinig an jenem Tag im Mai 1933 seinen Heimweg fortgesetzt hätte und von der SA verhaftet worden wäre oder wenn Friedrich Oetinger nicht durch Zufall Astrid Lindgren begegnet wäre, als er 1949 in Stockholm war. Wäre Astrid derselbe große Erfolg in Deutschland und der Welt beschieden gewesen? Vielleicht. Aber mit Sicherheit weiß man es nicht.

Friedrich und Heidi Oetinger bauten ihren Verlag zu einem der führenden deutschen Kinderbuchverlage aus. In den ersten zehn Jahren veröffentlichten sie hauptsächlich nordische Titel, vor allem schwedische. Dann kamen auch Übersetzungen aus anderen Sprachen und viele erfolgreiche deutsche Autoren hinzu, und das Programm wurde vielfältiger.

Friedrich zog sich 1973 aus dem Verlagsgeschäft zurück. In einem emotionalen Brief an Astrid Lindgren betrachtete er den Garten auf dem Verlagsgelände, den er so liebte:

> *Der Sturm und der Regen haben in wenigen Tagen die Bäume leergefegt, und wie immer stehen sie jetzt für einige Monate kahl vor unseren Augen. Aber wie hübsch ist doch so ein kahler Baum, und ich muss gestehen, dass meine Blicke manchmal lange, lange Zeit an diesen teils zarten, teils kurios geformten Ästen und Zweigen hängenbleiben. Der Garten ist für den Winter vorbereitet, und die Vögel bekommen schon seit 14 Tagen ihr tägliches Futter, neue Nistkästen sind aufgehängt, ein neues Naturbecken (Eigenarbeit) ist gebaut und hat 20 schöne, große Goldfische aufgenommen. Die Weihnachtstanne wartet auf ihre Kerzen, und wenn alles so geht, wie wir es uns wünschen, wird der Baum für Wochen wieder einige 100 Kerzen leuchten lassen. … Und dann steht man am Fenster und fragt sich manches Mal, wie lange wirst du all dieses Schöne noch betrachten können.*[93]

Es war ein wehmütiger Brief, dessen von Krankheit gezeichneter Verfasser bereits insgeheim Abschied von seiner Ehefrau, seinem Verlag und seinem alten Leben nahm. Der Schwiegersohn Uwe Weitendorf trat an die Stelle des Verlagschefs. Heidi arbeitete bis Mitte der 1980er-Jahre weiter im Verlag, dann übernahm Uwe Weitendorf

1971 feierte der Oetinger Verlag sein 25-jähriges Jubiläum im vornehmen Übersee-Club an der Binnenalster in Hamburg. Als wichtige Autorin, aber auch als Freundin der Familie war Astrid Lindgren natürlich eingeladen. Astrid Lindgren, Heidi und Friedrich Oetinger.

auch ihren Posten. Friedrich verstarb 1986. Heidi konnte noch ihren hundertsten Geburtstag feiern, bevor sie 2009 ebenfalls verstarb.

Familie Heinig kehrte nie nach Deutschland zurück, sondern blieb in Schweden. 1941 hatte man Kurt, Cäcilie und den Kindern die deutsche Staatsbürgerschaft entzogen sowie ihren sämtlichen Besitz in Deutschland enteignet. Neben den drei Pippi-Langstrumpf-Büchern übersetzte Cäcilie Heinig bis zu ihrem Tod im Jahr 1951 noch zwei Bände über den Meisterdetektiv Kalle Blomquist. Kurt Heinig konnte dank seiner sozialdemokratischen Freunde an der Universität Stockholm auf seinem Spezialgebiet Budgetierung forschen und wurde 1950 zum Ehrendoktor ernannt. Er starb 1956. Die Enkelin Karin Heinig gehört heute zu den Guides, die deutsche Besucher in Stockholm durch die Wohnung von Astrid Lindgren in der Dalagatan 46 führen.[94]

Aufbruch in die Welt

Bei der Verleihung des Deutschen Jugendbuchpreises 1959 wurde unter anderem der bis dahin unbekannte schwedische Autor Hans Peterson für sein Buch *Matthias und das Eichhörnchen* ausgezeichnet. Sofort erhielten Friedrich und Heidi Oetinger, die den Titel in Deutschland herausgegeben hatten, einen Brief von Astrid Lindgren:

> *Außerdem darf ich zu dem Erfolg von »Matthias« gratulieren, das ist wirklich toll, ich freue mich sowohl für Hans Peterson als auch für Sie. In Deutschland wird Friedrich jetzt bestimmt dafür bewundert, dass er so gute Autoren in Schweden aufstöbert. »Matthias und das Eichhörnchen« ist wirklich ein bezauberndes Buch, und Hans Peterson konnte die Ermutigung gerade sehr gut gebrauchen. Ach, da freue ich mich.*[95]

Astrid Lindgrens Freude war mit Sicherheit so groß, als hätte sie den Preis selbst erhalten. Sie war Hans Petersons Verlegerin und er ihr fleißigster Autor und ein guter Freund. Die beiden hatten etwa zur selben Zeit debütiert. Bei Rabén & Sjögrens Schreibwettbewerb, den Astrid mit *Pippi Langstrumpf* gewonnen hatte, war Peterson auf Platz zwei gelandet. Seitdem hatte er in ihrem Schatten gestanden, worüber er sich gelegentlich beklagte. Doch nun war er der Sieger. Im folgenden Jahr erschien sein Buch auch in England, Norwegen, Finnland und Island, ein weiteres Jahr später in den Niederlanden.

Der damalige Deutsche Jugendbuchpreis ist heute der Deutsche Jugendliteraturpreis, die bedeutendste Auszeichnung für Kinder- und

Jugendbücher, die in Deutschland vergeben wird. Astrid selbst hat ihn seltsamerweise nie bekommen, auch wenn sie sechzehn Mal nominiert war. Bei der ersten Verleihung im Jahr 1956 erhielt sie allerdings einen Sonderpreis für *Mio, mein Mio*.

Alle Autoren träumen davon, in andere Sprachen übersetzt zu werden. Das bringt neue Einkünfte für bereits erschienene Bücher und zeigt, dass die Geschichten gemocht werden. Für das schriftstellerische Selbstbewusstsein wirkt das wahre Wunder. Auch Verlage hoffen auf internationale Veröffentlichungen. Sie sind ein Beweis für die Kompetenz und den Erfolg des Unternehmens und ziehen Autoren an. Geld bringen sie den Verlagen ebenfalls ein, auch wenn vor allem die Urheber daran verdienen. Doch Bücher im Ausland zu veröffentlichen, ist schwierig, es herrscht harte Konkurrenz.

Nach dem Ende des Zweiten Weltkriegs debütierte in Schweden eine Gruppe Autorinnen und Autoren, die den schwedischen Kinderbuchmarkt von da an jahrzehntelang dominierten und in den 1950ern große internationale Bekanntheit erlangten. Die meisten von ihnen erschienen bei Rabén & Sjögren, wo sie von Astrid Lindgren betreut wurden. Diese immense Freisetzung kreativer Energie bildete den Beginn einer Ära, die in Schweden mit einem gewissen Nationalstolz als »das goldene Zeitalter der Kinderliteratur« bezeichnet wird. Es war eine breite Bewegung, die viele Autorinnen und Autoren umfasste, aber sie brauchte ein Sprachrohr, jemanden, der als Fahnenträger voranging, und diese Rolle übernahm Astrid Lindgren. Vermutlich hätte sie protestiert und gesagt, sie habe nie darum gebeten, die Rolle sei ihr von anderen auferlegt worden. Aber sie spielte sie gut.

Die internationale Verbreitung schwedischer Kinderbücher folgte einem bestimmten Muster. Innerhalb der nordischen Länder hatten es gute Autoren leicht, dort gab es persönliche Kontakte zwischen den Verlagshäusern, und die Bücher konnten auf Schwedisch gelesen und geprüft werden. Doch darüber hinaus wurde es schwierig. Außerhalb Skandinaviens mangelte es den Verlagen oft an Lektoren, die kleinere

Sprachen wie Schwedisch beherrschten. Erst ab 1949, als Astrid Lindgrens Bücher auf Deutsch erschienen und dadurch mit einem Mal für die Verlage und Medien vieler Länder lesbar waren, wurde Pippi zu einer echten Ikone der Kinderliteratur. Das öffnete ein Fenster zur Welt, was für die Entwicklung der schwedischen Kinder- und Jugendliteratur von unermesslichem Wert war.

1949 erschien das erste Buch über Pippi Langstrumpf in Deutschland. Von da an dauerte es nicht lange, bis Astrid einen ausländischen Vertrag nach dem nächsten vorgelegt bekam: USA 1950, Frankreich 1951, die Niederlande 1952, England 1954. So ging es immer weiter. Dieses Muster wiederholte sich auch bei anderen Autoren. Wenn Astrid Lindgren und Rabén & Sjögren ausländische Verlage für ein schwedisches Buch gewinnen wollten, schickten sie zur Ansicht oft ein Exemplar auf Deutsch, das sie beim Oetinger Verlag in Hamburg bestellt hatten.

Deutschland und die nordischen Länder standen sich kulturell schon immer nah, was sich in den 1950er-Jahren im Bereich der Kinderliteratur erneut bemerkbar machte. Der Austausch fand jedoch vor allem mit Westdeutschland statt, die Kontakte zur DDR hingegen waren begrenzt. Aber in der Bundesrepublik gab es eine entsprechende Offenheit und einen Hunger nach neuen Impulsen, als das Land nach dem Krieg wiederaufgebaut werden sollte. Irgendetwas an den schwedischen Kinderbüchern sprach die deutschen Leserinnen und Leser an, vor allem die Kinder. Was genau das war, haben sowohl Wissenschaftler als auch Verleger zu ergründen versucht. Oft wird auf die verlockende Wirkung der nordischen Idylle verwiesen, man sprach von sogenannten »Bullerbü-Büchern«. Doch idyllisch waren bei Weitem nicht alle schwedischen Kinderbücher. Als weiterer Faktor wird der Umstand angeführt, dass sich schwedische Kinderbuchautoren von der Forderung nach pädagogischer Kinderliteratur freigemacht hatten, dass sie Kindern mehr Eigenständigkeit im Verhältnis zur Welt der Erwachsenen einräumten. Pippi Langstrumpf war so eine Einzelgängerin, ein extrem unabhängiges Kind. Doch es wurden auch andere, realistische Bücher über Kinder geschrieben, die sich freiwillig oder unfreiwillig in schwachen Eltern-Kind-Beziehungen und in Distanz zur Erwachsenenwelt befanden. Zum Teil kann der Erfolg mancher Bücher wohl auch in Zusammenhang mit der Außenseiterrolle Schwedens im Krieg gesehen werden, infolge derer das Land über eine intakte Buchbranche und unversehrte wirtschaftliche Strukturen verfügte.

Mit der Zeit wurden auch andere deutsche Verlage auf Astrid Lindgrens Erfolge aufmerksam. An ihre Bücher kamen sie aber nicht heran, die Loyalität zu Oetinger war absolut. Und so geschah etwas für die Buchbranche sehr Typisches: Die Verlage begannen, andere schwedische Autoren herauszugeben, in der Hoffnung, Astrid Lindgrens Erfolg würde auf sie abfärben. 1949 wurde neben *Pippi Langstrumpf* nur ein weiteres schwedisches Kinderbuch ins Deutsche übersetzt, der Jugendroman *Draußen weht der Sommerwind*, geschrieben 1935 von der Lehrerin und Quäkerin Jeanna Oterdahl. Von da an erhöhte sich die Anzahl aber stetig, bis Schweden schließlich neben England und den USA das drittwichtigste Ursprungsland übersetzter Kinder- und Jugendbücher in Deutschland war.

Ein Problem, mit dem Astrid Lindgren sich in ihrer Verlagsarbeit durchgehend konfrontiert sah, war die schlechte finanzielle Lage der Autoren. Alle wussten, dass Astrid mit ihren Büchern reich geworden war, doch von den Schriftstellern, die sie im Verlag betreute, hatte es niemand zu Wohlstand, geschweige denn Reichtum gebracht. Viele konnten nur mit Mühe vom Schreiben leben. Hatte der schwedische Buchmarkt nicht genug zu bieten, so lag die Rettung vielleicht im Ausland. Mit dieser Strategie versuchte Astrid Lindgren, ihren Autorinnen und Autoren aus der Klemme zu helfen, und ihre Korrespondenz zeigt, wie sehr sie sich zum Teil ins Zeug legte, um einen Autor bei einem ausländischen Verlag unterzubringen. So beispielsweise in dem folgenden Brief an die dänische Agentin Yrsa Bang:

Liebe Frau Bang, nehmen Sie noch einmal Kontakt mit Maj-Stina Borg, Sveagatan, Tranås, auf und lassen Sie sich das Vorkaufsrecht für »Tveksam upptakt« [Zaghafter Auftakt] *geben. Das Buch ist großartig, und Doktor Rabéns Versuche, einen Verlag dafür zu finden, sind offensichtlich gescheitert. Ich glaube, Sie haben da mehr Glück. Und das Buch ist es ohne jeden Zweifel wert, möglichst breit veröffentlicht zu werden.*[96]

In der Regel wandte sich Astrid jedoch nach Deutschland und an Friedrich Oetinger, wenn es um den Verkauf von Büchern ins Ausland ging, wie zum Beispiel in diesem Brief:

Wir haben in den letzten Tagen über die Beiträge zu unserem Schreibwettbewerb entschieden, der so viel meiner Arbeitszeit in Anspruch genommen hat. Sieger wurde Harry Kullman mit seinem Manuskript »Hemlig resa« [Heimliche Reise]. *Das Buch richtet sich an Kinder mittleren Alters und spielt in Stockholm, glauben Sie, das könnte etwas für Sie sein? Es geht ganz einfach um einen Jungen aus den »feinen« Östermalmvierteln, der sich eines Tages auf eine lang ersehnte, heimliche Reise mit dem Bus nach Söder begibt, wo hauptsächlich Arbeiterfamilien wohnen. Dort trifft er ein paar Kinder, mit denen er sich anfreundet und in eine Fehde gegen eine Bande anderer Kinder gerät. Das Ganze spielt sich an einem einzigen Tag ab, und am Ende dieses Tages nimmt er den Bus zurück nach Östermalm. Wenn Sie Interesse haben, lasse ich Ihnen zu gegebener Zeit gern eine korrigierte Fassung zukommen. Geben Sie mir dann einfach Bescheid.*[97]

Astrid versuchte energisch, Friedrich Oetinger zu überzeugen, sie wusste, dass er wie sie Sozialdemokrat war, und hoffte, er würde sich für Kullmans sozialrealistische Kinderbücher interessieren. Doch aus einer Veröffentlichung in Deutschland wurde nichts, zumindest nicht sofort. Erst gegen Ende der 1960er-Jahre kam bei deutschen Verlagen

Interesse für sozialistische Kinderbücher auf. Kullmans Buch *Henry und die Rächer* erschien 1973 bei Oetinger.

Zu Hause in Schweden war Astrids Doppelrolle als Autorin und Verlegerin nicht ganz unproblematisch, doch im Kontakt mit dem Ausland verschaffte ihr das Vorteile, die sie gut zu nutzen wusste, nicht nur für ihre eigenen Bücher. Sie wurde zu einer glaubwürdigen Repräsentantin der schwedischen Kinderliteratur, und das kam vielen Schriftstellern aus Schweden zugute. Ein Blick auf die Liste der zwanzig meistübersetzten schwedischen Autorinnen und Autoren in den Jahren 1965 bis 1969 zeigt, wie erfolgreich Astrid war. Wenig verwunderlich führt sie die Liste selbst an. Doch darüber hinaus finden sich unter den zwanzig Namen insgesamt sechs Autorinnen und Autoren, die sie bei Rabén & Sjögren betreute: Hans Peterson, Inger & Lasse Sandberg, Ann-Mari Falk, Åke Holmberg, Viola Wahlstedt und Edith Unnerstad. Streng genommen sind es sogar sieben, wenn man Inger und Lasse Sandberg einzeln zählt.[98]

Die Liste ist ein klarer Beweis für Astrid Lindgrens große Bedeutung als Verlegerin. Wie wichtig Deutschland für die Entwicklung der schwedischen Kinderliteratur war, zeigt ein Ereignis an Heidi Oetingers achtzigstem Geburtstag am 19. November 1988. Der Tag wurde feierlich mit Autoren, Zeichnern und Verlagsleuten aus verschiedenen Ländern begangen. Astrid Lindgren war als Ehrengast dabei, doch für die große Überraschung sorgte ein anderer schwedischer Gast, nämlich Generalkonsul Arne Lundquist:

> *Es hat Seiner Majestät, König Carl dem 16. Gustav, gefallen, Sie in Zusammenhang mit Ihrem achtzigsten Geburtstag zu ehren, indem er Sie heute zum Ritter der Ersten Klasse des Königlich Schwedischen Nordsternordens ernennt.*

Heidi Oetinger wurde für ihren Einsatz für die Verbreitung schwedischer Kinderbücher in Westdeutschland mit dem zweithöchsten

Zur Feier von Heidi Oetingers 80. Geburtstag war auch Astrid Lindgren eingeladen. Hier sitzen sie bei Heidi Oetinger zu Hause an der großen Kaffeetafel. (v. l.) Astrid Lindgren, Heidi Oetinger und ihre Tochter Silke Weitendorf. An Heidi Oetingers Brust funkelt der Nordsternorden.

Verdienstorden des Schwedischen Königreichs geehrt, der seit 1748 in Schweden verliehen wird.

Das goldene Zeitalter der schwedischen Kinderliteratur begann 1945, darüber sind sich alle einig. Ob und wann es endete, ist jedoch schwieriger zu beantworten. Noch immer erscheinen in Schweden viele gute Kinderbücher. Aber sie sind nicht mehr einzigartig, inzwischen entsteht rund um den Globus gute Kinderliteratur. Ein Blick auf die Liste der Autoren und Zeichner, die mit dem Astrid-Lindgren-Gedächtnis-Preis geehrt wurden, bestätigt das. Sie kommen aus Brasilien, Japan, Australien, Österreich, Belgien, den Niederlanden, Argentinien, England, den USA, Südkorea, Frankreich. Und aus Deutschland. Schwedische Verleger blicken heute vielleicht etwas wehmütig auf die alten Zeiten zurück. Aber wenn Astrid Lindgren aus dem Himmel zu uns herunterschauen könnte, wäre sie sicher zufrieden. Gute Bücher für Kinder in allen Ländern der Welt – genau so wollte sie es haben.

Die schwierige Doppelrolle

Astrid Lindgren hatte keine Angst davor, mit Konventionen zu brechen. Das zeigte sich auf unterschiedliche Weise. Beginnen wir zunächst im Kleinen: Sie hatte Spaß daran, auf Bäume zu klettern, schon seit ihrer Kindheit, und erzählte auch gern davon.

Viele kennen das Foto, auf dem Astrid zusammen mit ihrer engen Freundin Elsa Olenius in der Krone eines Baumes zu sehen ist. Die Filmemacherin Margareta Krantz, die das Bild arrangiert hat, erzählt, wie es zustande gekommen ist:

> *Elsa ging auf die 82 zu, als ich sie und ihre 71-jährige Freundin Astrid Lindgren 1978 für den Film »Tuffa Gumman«* [Alte Dame mit Schneid] *bat, doch mal einen Beweis für ihre behauptete Rüstigkeit und Verspieltheit zu liefern und auf einen Baum zu klettern. Die Kletterei wurde ganz und gar glänzend gemeistert, und Astrid wandte sich dabei bewusst in die Kamera und zum Team – und dachte vermutlich auch an das zukünftige Publikum:*
> *»Ich finde, man kann zwei alten Weibern nicht verbieten, auf Bäume zu klettern, wenn ihnen danach ist; keins der zehn Gebote spricht dagegen!« Und Elsa stimmte zu: »Genau!«*[99]

In Interviews und Gesprächen war Astrid immer freundlich und zuvorkommend. Ruhig, besonnen, niemals rechthaberisch. Sie mochte keinen Streit und ging oft Kompromisse ein, um Konflikte zu vermeiden. Doch als Autorin und Verlegerin wäre sie nie so weit gekommen,

Circa 1981 – Die Kinderbuchautorin Astrid Lindgren und ihre Freundin und Mentorin Elsa Olenius hoch oben in einem Baum.

hätte sie es nicht gewagt, gegen Regeln und Konventionen zu verstoßen, auch auf die Gefahr hin, sich Probleme einzuhandeln. »Dann hätte ich den Erfolg nicht verdient«, wären ihre Worte gewesen.

Ihr erster bekannter Regelbruch, mal abgesehen von der jugendlichen Rebellion zu Hause in Vimmerby, war natürlich *Pippi Langstrumpf*. Astrid war siebenunddreißig Jahre alt und noch völlig unbekannt. Sie wollte gern schreiben, das war ein wichtiger Teil ihres Lebens, doch mit einem Verlag hatte sie nie auch nur im Entferntesten zu tun gehabt. Ein so eigentümliches Manuskript bei Bonniers, Schwedens prestigereichstem Buchverlag, einzureichen, muss Mut und Selbstüberwindung gekostet haben. Aber genau dorthin schickte sie Pippi, nicht etwa an einen kleinen Verlag, bei dem die Schwelle vielleicht nicht ganz so hoch gewesen wäre. In ihrem Anschreiben heißt es entschuldigend:

In der Hoffnung, dass Sie nicht das Jugendamt alarmieren.

Dem Jugendamt wurde Astrid Lindgren zwar nicht gemeldet, aber herausbringen wollte Bonniers ihre Pippi trotzdem nicht. Stattdessen erschien das Buch ein Jahr später bei Rabén & Sjögren.

Mit dem Pippi-Erfolg im Rücken ging es für Astrid Lindgren nun schnell zum großen Regelbruch ihres Lebens weiter. 1946 begann sie als Kinderbuchlektorin bei Rabén & Sjögren, demselben Verlag, der *Pippi Langstrumpf* veröffentlicht hatte. In Schweden und den meisten anderen Ländern gilt unter Verlagen die Konvention, dass man keine Bücher herausgibt, die von eigenen Mitarbeitern verfasst wurden. Das ist eine Art ungeschriebenes Gesetz, das heute wie damals Gültigkeit hat. Der Grund dafür ist leicht nachvollziehbar: Es soll keinen Anlass für den Verdacht geben, eine Angestellte oder ein Angestellter würde die eigenen Texte auf Kosten anderer bevorzugen. Für leitende Angestellte gilt das erst recht. In einem Radiointerview viele Jahre später kommentierte Astrid Lindgren das Dilemma ihrer Doppelrolle:

Ich war so naiv, dass ich gar nicht darüber nachdachte, aber oft muss es schon etwas heikel gewesen sein, denn argwöhnische Menschen konnten durchaus denken, es sei mir nur um meine eigenen Bücher gegangen. Das kann ich aber auf Ehre und Gewissen verneinen. Es hat mir die größte Freude bereitet, Manuskripte anzunehmen und zu sagen: »Das ist ein gutes Manuskript.« Ich weiß, dass gelegentlich angedeutet wurde, aus Angst vor Konkurrenz hätte ich womöglich bestimmte Manuskripte abgelehnt, aber dieser Vorwurf ist so einfältig, dass ich gar nicht erst darauf eingehen will.[100]

Astrid Lindgren war scharfsinnig und realistisch, daher ist es nur schwer vorstellbar, dass sie sich der Problematik nicht bewusst war. Vielmehr war es wohl ihre Entscheidung, der Konvention zu trotzen, überzeugt davon, dass sie den Balanceakt schon meistern würde. Sie war sich sicher, als Kinderbuchlektorin von Nutzen zu sein, und sah, dass sie gebraucht wurde. Das war zwar richtig, doch diese Entscheidung hatte auch einen Preis, den sie im Laufe ihrer vierundzwanzig Jahre beim Verlag zahlen musste.

Trotz wochenlanger Recherchen im Archiv und unzähliger Interviews ist es mir nicht gelungen, ein Beispiel dafür zu finden, dass Astrid ihre Position im Verlag zugunsten ihrer eigenen Bücher ausnutzte. Mitarbeitern zufolge kam es in den internen Diskussionen mehrfach vor, dass sie angedachte Aktionen für ihre Bücher ausbremste, da sie sich des schwelenden Neides sehr wohl bewusst war. Auf der Vorderseite der Verlagskataloge waren oft andere Neuerscheinungen zu sehen, wer Astrids neues Buch suchte, musste ein wenig blättern.

Doch ihre Zurückhaltung beschränkte sich nur auf die nachmittägliche Arbeit im Verlag. Den Rest der Zeit war sie freie Schriftstellerin, und als solche ließ sie sich nicht lange bitten, wenn es um Anfragen für Medienauftritte ging. Im heutigen Marketingjargon könnte man sagen, dass sie sich äußerst geschickt und erfolgreich ein Markenimage aufbaute. Mit der Zeit wurde sie zu einer der bekanntesten Radiostimmen von Schweden. Aus *Kalle Blomquist – Meisterdetektiv* machte sie ein Fortsetzungshörspiel, das einen Großteil des Landes samstagabends vor den Radioapparaten versammelte, und sie nahm an Wettbewerben und Quizsendungen teil. Sie schrieb Theaterstücke, und wenn ihre Bücher verfilmt wurden, verfasste sie sowohl die Drehbücher als auch die Liedtexte. Sie arbeitete bewusst und mit großer Sorgfalt an ihrer eigenen Popularität. Die Medien liebten Astrid Lindgren, und Astrid stand ihnen gern zur Verfügung. Jahr für Jahr mussten Rabén & Sjögrens Autoren in Kauf nehmen, dass Presse und Rundfunk sich am meisten für die Bücher ihrer eigenen Cheflektorin interessierten. Die Autoren, ihre Familien, Verwandten und Nachbarn, sie alle konnten es sehen, lesen und hören. Das schmerzte. Der Einfluss, den der Verlag auf die Popularität seiner Autoren hat, wird oft überschätzt. Und von außen war es unmöglich zu beurteilen, in welcher Rolle Astrid Lindgren eigentlich agierte, als Schriftstellerin oder als Verlegerin.

Hält man sich all das vor Augen, ist es im Grunde kaum zu begreifen, dass Astrids Arbeitsmodell im Großen und Ganzen dennoch funktionierte. Das kann wohl in erster Linie ihrem klugen und bescheidenen Umgang mit der eigenen Berühmtheit zugeschrieben werden. Und ihrer gelassenen Haltung allen Verdächtigungen gegenüber.

Rückblickend ist leicht erkennbar, dass Astrid Lindgrens Doppelrolle nicht so sehr ihr selbst, sondern vor allem dem Verlag zugutekam. Ohne ihre Bücher hätte Rabén & Sjögren nicht die schwedische Kinderbuchrevolution anführen können, und es deutet einiges darauf hin, dass die meisten Autoren im Grunde ihres Herzens auch Vorteile darin sahen, dass Astrid Lindgren als Repräsentantin der Bewegung voranging. Am deutlichsten beweist das die Tatsache, dass sie bei Rabén & Sjögren blieben. Schriftsteller sind nicht an einen bestimmten Verlag gebunden, sondern können sich jederzeit einen anderen Herausgeber für ihr nächstes Buch suchen, wenn sie unzufrieden sind. In Astrid Lindgrens Zeit bei Rabén & Sjögren verließ jedoch niemand den Verlag. Ihre Arbeit als Verlegerin ist von einer Art mythischen Aura umgeben: Sie war professionell, arbeitete hart und hatte Erfolg.

Die meisten Autoren kamen gut mit ihr aus, aber nicht alle. Ein nahezu unlösbares Problem in Astrid Lindgrens Zeit beim Verlag stellte der Konflikt mit Edith Unnerstad, der anderen großen Dame der schwedischen Kinderliteratur der 1950er-Jahre, dar. Edith Unnerstads Bücher waren sehr beliebt und wurden in viele Sprachen übersetzt, auch ins Deutsche. Sie wollte ihre Texte bei Rabén & Sjögren herausbringen, doch mit Astrid Lindgren wollte sie nach ein paar Jahren nichts mehr zu tun haben. Die pragmatische, aber auch etwas umständliche Lösung dieses Problems bestand darin, dass Edith nur dann in den Verlag kam, wenn Astrid nicht da war, oder Astrid sich fernhielt, wenn sie wusste, dass Edith erwartet wurde. Zwanzig Jahre ging das so, ohne Versöhnung.

Trotz großer Bemühungen konnte ich nicht herausfinden, was dem Konflikt zugrunde lag. Diejenigen, die möglicherweise etwas darüber wussten, waren loyal und behielten das Geheimnis für sich. Zu Edith Unnerstads Sicht der Dinge finden sich keinerlei Hinweise. Astrid Lindgren schwieg in der Öffentlichkeit ebenfalls, doch in privaten Briefen kam hin und wieder ihre Wut und auch Verzweiflung zum Vorschein. Am 18. November 1959 schrieb sie an ihre deutsche Freundin Louise Hartung:

> *Schreib mir, schreib mir und mach mich froh. Ich sitze in einer tiefen Grube und denke an den Tod. So ist es schon einige Zeit gewesen, doch an meinem Geburtstag wurde es ganz schwarz, obwohl Du so nett warst, an mich zu denken. Aber es gab noch eine Person, die an mich gedacht hat, und die wollte mich verletzen, sie hat mir ein infames Telegramm geschickt. Nicht dass weder sie noch das Telegramm mich das Geringste angehen, aber Infamie macht mich krank, buchstäblich krank. Von aller »jalousie« auf der Welt ist »jalousie de métier« wahrscheinlich die schlimmste.*[101]

Edith Unnerstad wurde im Jahr 1900 in Finnland geboren, kam jedoch als Kind mit ihrer Familie nach Schweden. Sie gehört zu den wichtigsten Vertreterinnen der schwedischen Kinder- und Jugendliteratur. Ihre Bücher über Pfeif-Larsson erreichten in den 1950er-Jahren hohe Auflagen. Von Rabén & Sjögrens schwedischen Autorinnen und Autoren brachte es nur Astrid Lindgren zu besseren Verkaufszahlen.

Das Telegramm, das Astrid hier erwähnt, stammte von Edith Unnerstad und war ein paar Tage zuvor zu Astrids zweiundfünfzigstem Geburtstag am 14. November 1959 gekommen:

Danke. Bedaure, dass Du so leidest. Bin nächste Woche leider beschäftigt. Edith Unnerstad

Die Nachricht lässt erahnen, dass Astrid um ein Treffen gebeten hatte, vielleicht, um sich auszusprechen, doch Edith wollte nicht. Ihre Waffe war das Schweigen.

Der Konflikt zwischen Astrid Lindgren und Edith Unnerstad war also »stumm«, und in der bewahrten Korrespondenz gibt es nichts, was ihn erklären könnte. Bei einem anderen angestrengten Arbeitsverhältnis ist das anders, Astrids Verhältnis zu Lennart Hellsing.

Wenn Astrid Lindgren die Königin der schwedischen Kinder- und Jugendliteratur ist, kann Lennart Hellsing als deren König bezeichnet werden. Als er 2015 im Alter von sechsundneunzig Jahren verstarb, war das ganze Land in Trauer. Seit 1945 hatten seine Bücher Kindern und Eltern Freude bereitet, er war tätig bis zuletzt. Seine Lieder, Kinderreime und Nonsens-Gedichte sind schwer zu übersetzen und deshalb im Ausland nicht sehr verbreitet. In Schweden aber liebt man sie.

Astrid Lindgren war Lennart Hellsings Verlegerin. Er war nicht nur Autor, sondern auch Literaturkritiker und rezensierte sowohl Astrids eigene Bücher als auch Bücher, die sie im Verlag betreute. Astrid schätzte Lennarts schriftstellerische Arbeit und war daran interessiert, seine Texte herauszugeben. Lennart hingegen fand nicht alles gut, was Astrid schrieb. Außerdem stand er dem kommerziellen Kurs, den Rabén & Sjögren im Laufe der 1950er-Jahre eingeschlagen hatte und für den Astrid mit verantwortlich war, kritisch gegenüber. Im *Aftonbladet*, einer der größten schwedischen Abendzeitungen, für die er regelmäßig über Kinderbücher schrieb, führte er seine Kritik genauer aus. Dabei nahm er kein Blatt vor den Mund.

Der Verlag Rabén & Sjögren scheint eine neue Reihe internationaler Bücher herauszugeben, in denen es ähnlich sentimental und altmodisch zugeht wie auf den bedruckten Papierwandteppichen der Versandhäuser und Weihnachtskarten simplerer Herstellung. Schellengeläut, schneebedeckte Tannen, Großvater im Schaukelstuhl, von Dompfaffen umschwirrte Korngarben usw. »Weihnachten in Bullerbü« heißt das Buch, und die Zeichnungen hat Ilon Wikland auf dem Gewissen, wie schon so manch anderes. Astrid Lindgren muss in diesem Zusammenhang wohl als Beispiel für eine Sorte Schriftsteller betrachtet werden, die der amerikanische Kinderbuchprofessor David C. Davis als »minus falsettoglottos« bezeichnet, also solche, die ihren guten Ruf für künstlerisch minderwertige Projekte hergeben. Ein Buch für das ganze schwedische Volk – im denkbar schlechtesten Sinne.
In etwa das Gleiche kann man wohl über Edith Unnerstads dürftige, langatmige Verse in »Der große Ausflug« (hoffentlich einer auf Nimmerwiedersehen) sagen, illustriert von Ylva Källström. Hier muss der schwedische Sommer dran glauben.[102]

Astrid Lindgren war gekränkt und sagte das auch, was dazu führte, dass Lennart sie zum Essen einlud. Yvonne Lombard, Lennart Hellsings Frau und eine der bekanntesten Schauspielerinnen von Schweden, wunderte sich darüber, dass Astrid Lindgren bei diesem Essen in Tränen ausbrach:

[Sie] wurde doch überall nur gelobt, und trotzdem war es ihr so wichtig, was Lennart Hellsing dachte.[103]

Die Differenzen konnten bei diesem Treffen nicht ausgeräumt werden, sondern setzten sich in einem hitzigen Briefwechsel fort. Den Anfang machte Lennart Hellsing:

Liebe Astrid,
schön, dass Du neulich Abend vorbeigekommen bist, so dass wir reden konnten. Ich weiß nicht, ob wir uns jetzt besser verstehen – aber ich hoffe es. Zumindest möchte ich hoffen, dass Du nicht glaubst, ich hätte es auf irgendwen persönlich abgesehen. Wer was schreibt, muss ein jeder mit sich selbst und seinem Gewissen vereinbaren. […] Ich habe hier fünf Bilderbücher liegen, mit denen ich noch nicht ganz zufrieden bin oder für die mir noch der richtige Illustrator fehlt. Wenn der Verlag, wie Du sagst, Interesse an meinen Büchern hat und sie neben diesen verlässlicheren, leichter verständlichen und leichter verkäuflichen anderen Texten herausgeben will, so würde ich einwilligen, vorausgesetzt, es gibt eine längerfristige Vergütung, z. B. einen Fünfjahresvertrag mit einem Bilderbuch pro Jahr, 8% vom Ladenpreis und Übernahme der Illustrationskosten durch den Verlag sowie einem Mindesthonorar von 5000 Kr pro Buch für den Autor. […]
War die Zeit in den 40er Jahren, als wir anfingen, noch nicht reif, so sollte sie es inzwischen doch sein – meiner Ansicht nach jedenfalls hat ein Verlag, der sich als Wegbereiter und Qualitätsverlag bezeichnet, die Pflicht, in allen Bereichen – auch wenn es nur um »kleine einfache Kinderbücher« geht – zu prüfen, inwiefern man neben dem streng wirtschaftlichen Programm auch etwas Neues ausprobieren und Autoren mit neuen Ideen eine Chance geben kann.
Mit vielen Grüßen
Dein ergebenster
Lennart H.[104]

Astrids Antwort kam zehn Tage später.

Lieber Lennart!
Danke noch einmal für die Einladung und Danke für Deinen Brief und für alles Mögliche andere. Ich hoffe, Du kommst noch im Verlag vorbei, damit wir weiterreden können, aber bis dahin möchte ich schon einmal

Astrid Lindgren und Lennart Hellsing tanzten beide gern, fanden aber nicht immer einen gemeinsamen Rhythmus. Im Hintergrund Hans Rabéns Nachfolger Per A. Sjögren.

ein paar »Gedanken und Fragmente« als Kommentar zu Deinem Brief loswerden.

Du stellst unsere »verlässlicheren, leichter verständlichen und leichter verkäuflichen Texte« einer anderen Art von Literatur gegenüber, die einem Qualitätsverlag besser zu Gesicht steht. »Leicht verständlich« und »leicht verkäuflich« verwendest Du in herabsetzendem Sinne – das muss wohl bedeuten, dass ein Buch umso besser und hochwertiger ist, je »un-

verständlicher« und »schwerer verkäuflich« es ist. Doch so einfach lässt sich die Spreu nicht vom Weizen trennen. Ein leicht verständliches und leicht verkäufliches Buch kann außerordentlich schlecht sein, aber es kann auch von Elsa Beskow sein und sich ein halbes Jahrhundert halten und vom ersten Erscheinungstag bis in alle Ewigkeit leicht verständlich und leicht verkäuflich sein. Ein schwer verkäufliches Buch kann ebenso gelungen und ein wichtiger Beitrag auf dem Buchmarkt sein. (Ich hoffe bei Gott, dass bei Rabén & Sjögren niemals ein wichtiges Buch abgelehnt wird, nur weil es schwer verkäuflich ist.)
Ist es jedoch so schwer verständlich, dass sich kaum ein Kind auftreiben lässt, das Interesse daran hat, so ist es kein gutes Kinderbuch, und dann halte ich eine Veröffentlichung für keine besonders gute Idee. Es ist ja nicht so, als würden Bücher, mit denen zum Erscheinungszeitpunkt kein Kind etwas zu tun haben will, reifen und eine Generation später plötzlich hoch im Kurs stehen. Ein Kinderbuch, das für seine eigene Generation tot ist, bleibt tot. Auf die Zukunft zu hoffen, lohnt sich nicht, denn dann gibt es das Buch nicht mehr, in dem einen oder anderen Regal höchstens, aber nicht in den Buchläden.
Deine ergebenste
Astrid[105]

Lennart antwortete gleich am nächsten Tag.

Liebe Astrid!
Du schreibst so schwierige Briefe – und ich muss mich sehr schlecht ausgedrückt haben, als ich das letzte Mal schrieb.
Es ist ein katastrophales Missverständnis, dass ich schwer verständliche und schwer verkäufliche Bücher machen will – der Autor, der solche Ambitionen hegt, muss erst noch erfunden werden. Keiner möchte nur für ein paar wenige Leser schreiben – alle wollen für die ganze Welt schreiben, doch in gewissen Fällen bleibt die große Respons nun mal aus, und der Autor erreicht zu seinem Bedauern nur ein paar wenige. Ich

kann mich nicht über ausbleibende Respons beklagen, meine Lieder werden weitaus mehr gesungen, als der Verlag ahnt. Ich beklage mich darüber, dass der Verlag mich für schwer verkäuflich und schwer verständlich und exklusiv hält. Im Gegensatz zu Dir bin ich allerdings nicht der Ansicht, dass ich gut bin, nur weil ich gelesen werde – im Gegenteil, es ist wohl eher so, dass die schlechteren Texte, die man zustande gebracht hat, ein größeres Publikum finden als die besseren.
[…]
Du weist darauf hin, dass Kinder mögen, was Du schreibst – also muss es gut und richtig sein. In Deinem Fall stimmt das sicher – Du bist eine geniale Autorin –, doch es wäre falsch, allgemeingültige Schlüsse daraus zu ziehen. Blyton ist auch beliebt. Hitler hat es in den 30ern weit gebracht in Deutschland – das ist kein Argument für seine Vortrefflichkeit. […] Was uns unterscheidet, ist die Tatsache, dass ich Autor bin und Du darüber hinaus als Verlegerin arbeitest, mit allem, was an wirtschaftlichen Überlegungen dazugehört. Du betrachtest die Welt als statisch und ewig und einfach – das ist Deine Stärke und zugleich Deine Schwäche –, ich hingegen sehe ihre Entwicklung und Bewegung – das ist meine Schwäche und auf lange Sicht vielleicht auch eine Stärke, Letzteres jedoch unter Zweifel. Zu einer Stärke wird es nur, wenn ich die Richtung der Bewegung korrekt vorhergesehen habe – und das kann niemand wissen. […] Das alles sind so schwierige Fragen, die so viel Raum für Missverständnisse verschiedenster Art geben – versuch, mich nicht misszuverstehen! Davon abgesehen untersage ich es Dir, Dich zu rechtfertigen und zu entschuldigen! Du bist auf Deine Art göttlich, und eine Göttin braucht ihre Taten nun wirklich nicht zu rechtfertigen. Das wäre so, als würde Gott sich dafür entschuldigen, dass es einen Sommer zu viel Regen oder Sonne gegeben hat. Eigentlich müsste er alle Bauern mit ihren verschiedenen Wetterwünschen unter einen Hut bekommen. Auch Götter können selbstverständlich fehlen, aber Du sollst Dich nicht entschuldigen – das ist die Aufgabe von uns Sterblichen. Ich wünschte, ich wäre selbst ein Gott und könnte auf Entschuldigungen verzichten – aber so ist es nun

mal nicht. Doch das niedere Menschengewürm hat sich ja zu allen Zeiten über die Götter beklagt – das ist nur menschlich.

Untertänigst
Dein ergebenster
Lennart[106]

All die vordergründige Höflichkeit kann nicht einmal ansatzweise verbergen, dass die beiden, die sich hier schreiben, sehr aufgebracht sind. Astrid Lindgrens sonst so freundliche und sanfte Briefstimme weicht einem scharfen Ton, wo die Wut bei ihr hervorbricht. Lennart Hellsing lenkt nicht ein, auch wenn er merkt, dass Astrid verärgert ist, sondern verschärft seinerseits den Ton.

Die Briefe sind persönlich, handeln jedoch von etwas Größerem, das über die persönliche Ebene hinausgeht, nämlich von den Bedingungen und Möglichkeiten literarischen Schaffens. Lennart Hellsing ist der Utopist, der verändern und erneuern möchte. Er will Grenzen sprengen und verlangt von seinem Verlag mehr Mut zum Risiko. Astrid Lindgren hingegen ist die Realistin, die Pragmatikerin. Sie verfügt über fast zwanzig Jahre Verlagserfahrung und weiß, wie der schwedische Buchmarkt funktioniert. Sie hat eine Führungsposition in dem Verlag, der wie kein anderer zur qualitativen Verbesserung der schwedischen Kinderliteratur beigetragen hat. Beide wissen, dass Astrid in ihrer Rolle als Verlegerin Kompromisse zugunsten der Wirtschaftlichkeit einging. Für sie war das eine notwendige Anpassung an die Realität, doch Lennart Hellsing will das nicht anerkennen. Astrid Lindgren stand für ihren Pragmatismus ein, legte aber trotzdem großen Wert auf Lennart Hellsings Meinung und Worte. In einer Schublade zu Hause in der Dalagatan kamen nach ihrem Tod vergilbte Zeitungsausschnitte mit seinen Rezensionen zum Vorschein, die sie entgegen ihrer sonstigen Gewohnheit nicht an das Archiv in der Königlichen Bibliothek zu Stockholm geschickt hatte.

Nicht jeder Kritik maß sie so viel Bedeutung bei wie Lennart Hellsings. In den Archiven von Rabén & Sjögren und des Sveriges Författarförbund, dem Verband schwedischer Schriftstellerinnen und Schriftsteller, sind viele Briefe bewahrt, deren Verfasser sich im Nachhinein vielleicht lieber anders ausgedrückt hätten. Wer immerzu die zweite Geige spielt, kann seine Gefühle nicht immer im Zaum halten, das ist nur verständlich. Kinderbuchautoren sind auch nicht besser als andere Menschen. Hin und wieder kam Astrid zu Ohren, was über sie geredet wurde. Das war der Preis, den sie für die Missachtung des ungeschriebenen Branchengesetzes zahlte.

Die Chefin

Astrid kam jeden Tag um ein Uhr mittags ins Büro.

> *Wenn nicht gerade eine Autorin oder ein Zeichner auf sie wartete, ging sie den Flur hinunter, begrüßte uns und sprach ansonsten wenig. Von Stress keine Spur. Sie war immer gut gekleidet, vielleicht eher leger als elegant. Kostüm und Bluse, manchmal auch ein Kleid. Ich glaube, sie trug im Alltag nie besonders viel Schmuck.*

Das erzählt Ella Lindgren, die Astrid in deren letzten Jahren ab 1968 beim Verlag als Sekretärin unterstützte. Damals hieß sie noch Ella Berghök, die beiden waren nicht miteinander verwandt.

> *Wir waren sofort beim Du. Zu dieser Zeit war es nicht üblich, eine Vorgesetzte zu duzen. Und dann tätschelte sie mir die Wange und sagte, ich würde mich sicher wohlfühlen.*

Und das tat Ella. »*Es war eine Wonne*«, sagt sie in unserem Gespräch über die Jahre mit Astrid. »*Sie war immer freundlich und hatte so einen subtilen Humor. Ich glaube, sie war nie schlecht gelaunt.*«[107]

Kerstin Kvint, die mit der Zeit die Leitung der Lizenzgeschäfte übernahm und schließlich als Literaturagentin und Astrid Lindgrens persönliche Sekretärin arbeitete, fing 1952 im zarten Alter von fünfzehn Jahren als Büromädchen bei Rabén & Sjögren an:

Es war natürlich sehr aufregend für mich, Astrid nun persönlich kennenzulernen – sie war groß und schlank und ganz in Schwarz gekleidet, ein paar Monate vorher hatte sie ihren Mann verloren. Astrid begrüßte mich freundlich und sagte, ich solle sie Astrid nennen, und ich durfte auf keinen Fall gnädige Frau zu ihr sagen.[108]

Nachdem Astrid die Kolleginnen und Kollegen begrüßt hatte, begann in ihrem Zimmer die Schreibmaschine zu klappern. Sie war ihr wichtigstes Arbeitsinstrument, aus ihrer Zeit als Sekretärin in den 1920er-Jahren beherrschte sie das Maschineschreiben perfekt. Oft tippte sie Briefe an Autoren, lange, detaillierte Schreiben mit Anmerkungen und Ratschlägen. Hin und wieder waren jedoch auch Werbetexte darunter. Marianne Eriksson erzählt, was sie tat, wenn sie mit einem Klappentext nicht weiterkam:

Ging man zu Astrid und beklagte sich bei ihr, geschah das Unglaubliche. In null Komma nichts hatte sie einen Text aus dem Ärmel geschüttelt, der genau die richtige Länge hatte, die perfekte Mischung aus Information und Andeutungen enthielt und neugierig machte, obwohl es zum Teil Monate her war, dass sie das Buch gelesen hatte. Was für ein Erinnerungsvermögen![109]

Das ist die eine Seite von Astrids Arbeit im Verlag. Die bodenständige Lektorin, die fleißig Manuskripte bearbeitete, Briefe schrieb und mit den anderen Kaffee trank.

Wenn Astrid nicht gerade Besuch hatte, war sie meistens beim Nachmittagskaffee dabei. Ums Kaffeekochen brauchte sie sich nicht zu kümmern, damit wechselten wir anderen uns ab. Aber sie brachte oft Gebäck mit, manchmal auch Torte.[110]

Unterhält man sich jedoch etwas länger mit damaligen Arbeitskollegen und Autoren, kommen auch andere Facetten zum Vorschein. Nach außen hin gab es nie einen Zweifel daran, dass Hans Rabén der Geschäftsführer und höchste Verantwortliche im Verlag war. Doch hinter den Kulissen sah das anders aus. Das Bild ist eindeutig: Astrid traf alle Entscheidungen zur Kinderliteratur, und die machte den Großteil des Verlagsgeschäfts aus. Marianne Eriksson findet deutliche Worte:

> *Im Verlag hatte Astrid das Sagen, so war es einfach. Auf sie hörte man, und nach ihr richtete man sich.*[111]

Lena Fries-Gedin, Übersetzerin und persönliche Freundin von Astrid, sagt:

> *Sie wurde als Chefin wahrgenommen, als diejenige, die in Publikationsfragen das letzte Wort hatte. Sie las alles selbst und traf alle Entscheidungen zum Programm.*[112]

Ganz ähnlich beschreiben das auch Autorinnen des Verlags.

> Siv Widerberg:
> *Mit Astrid Lindgren zu tun zu haben, war immer toll. Sie traf die Entscheidungen im Verlag, in vielerlei Hinsicht war sie die Chefin. Hatte sie etwas beschlossen, gab es keine Diskussion. Sie war wirklich ein begabter Mensch, ich habe eine sehr hohe Meinung von ihr.*[113]

> Barbro Lindgren:
> *Im Verlag hatte Astrid das Sagen. Hans Rabén bestätigte eher formell, was sie entschieden hatte. Ich glaube, sie hatte ziemlich viel Ahnung von den Finanzen.*[114]

Wie schon an anderer Stelle erwähnt, ging Astrid Lindgrens zurückhaltende, bescheidene Art auf bewundernswerte Weise mit einem starken Selbstbewusstsein einher. Ihr Wissen und ihre Erfahrung verliehen ihr eine natürliche Autorität. Ohne offiziell einen Cheftitel anzustreben, verschaffte sie sich dennoch Handlungsfreiheit und Entscheidungsmacht. Fast immer liefen die Dinge nach ihren Vorstellungen.

Wenn sie um dreizehn Uhr in den Verlag kam, hatte sie morgens bereits ein langes Telefonat mit Hans Rabén geführt. So war es jeden Tag, Jahr für Jahr. Er saß im Büro, sie zu Hause in der Dalagatan. Viele wichtige Entscheidungen wurden in diesen morgendlichen Gesprächen getroffen. Alle im Verlag wussten das.

Über die Frage, wie ein Buchverlag am besten zu führen sei, wird seit jeher heiß diskutiert. Oft gibt es Kritik an den »Profitjägern«, denen wirtschaftliche Interessen wichtiger sind als literarische und künstlerische Aspekte. In dieser Hinsicht sind die damaligen Machtverhältnisse bei Rabén & Sjögren nicht uninteressant. Im erfolgreichsten Kinderbuchverlag des Landes hatte eine Autorin das Sagen. Und zwar nicht irgendeine Autorin, sondern eine der weltbekanntesten überhaupt.

In ihrer verlegerischen Tätigkeit löste Astrid Lindgren sich jedoch Schritt für Schritt von ihrer Perspektive als Schriftstellerin. Mit zunehmender Erfahrung gestaltete sie das Verlagsprogramm um und wurde zu einer professionellen Verlegerin, die stets die Leser, die Buchhändler und die Bibliotheken im Blick behielt, also das, was gemeinhin als Markt bezeichnet wird. Dank ihres ausgeprägten Geschäftssinns lernte sie schnell, welche Gesetzmäßigkeiten dort herrschten und welche Probleme, aber auch welche Möglichkeiten der Markt bereithielt. Sie brachte Bücher heraus, zu denen anderen Verlagen der Mut fehlte und die sich nur in niedrigen Auflagen verkauften. Damit genügend Geld für solche besonderen Veröffentlichungen da war, gab sie außerdem kommerzielle Titel heraus, auch wenn sie wusste, dass Kritiker und Schriftstellerkollegen die Nase darüber rümpften. Und nicht zuletzt verfügte sie über den Schlüssel zur Schatzkiste: ihre eigenen Geschichten. Bei Bedarf bediente sie sich daran.

Rabén & Sjögrens Führungsmodell brachte es mit sich, dass literarischen Aspekten intern eine übergeordnete Bedeutung zukam. Astrid legte fest, was im Verlag erscheinen sollte. Wollte sie ein Buch veröffentlichen, wurde es gemacht. Hans Rabéns Größe bestand darin, dass er ihr diese Freiheit ließ. Das bedeutete natürlich mitnichten, dass wirtschaftliche Argumente gar keine Rolle spielten, aber Astrid war diejenige, die darüber befand. Trotzdem wurde auch ihr, wie allen Verlegern, von schriftstellerischer Warte aus vorgeworfen, sie richte sich zu sehr nach dem Markt. Das traf sie zwar, brachte sie jedoch nicht von ihrem Kurs ab.

Astrid Lindgrens Art und Weise, über ihre Arbeit zu sprechen, steht in einem interessanten Kontrast zu den Worten, die Georg Svensson, Schwedens führender belletristischer Verleger damals, für seinen Beruf fand. Er war ein paar Jahre älter als Astrid und stellvertretender Geschäftsführer bei Bonniers. Zur Rolle des Verlegers hatte er eine klare Meinung:

> *Der Verleger, der sich über die kommerziellen Gegebenheiten erhebt, ist entweder ein Snob oder ein Dummkopf. Letzten Endes muss man als Verleger vor allem Geschäftsmann sein. Ansonsten würde man seinen Autoren keinen guten Dienst erweisen. Die Aufgabe eines Verlegers ist die Herstellung und Vermarktung von Büchern, die der Autor zwar schreiben, aber nicht ohne die Anstrengungen, das Risiko und den zeitlichen Aufwand eines entsprechenden Verwaltungsapparats verkaufen kann. Der Verleger ist ein Vermittler zwischen dem geschriebenen Wort und dessen Lesern, dies kann er leisten, und darin liegt sein Verdienst, im wirtschaftlichen wie auch im moralischen Sinne.*[115]

So vollkommen rational hat man Astrid Lindgren nie über ihre Arbeit reden hören. Ihre Verantwortung war sowohl publizistischer als auch wirtschaftlicher Natur. Diesen Spagat müssen alle Verlegerinnen und Verleger bewältigen, das macht ihre Aufgabe so schwierig und führt oft zu Angriffen.

Doch darüber sprach Astrid nicht. In ihren Autorenbriefen berührte sie das Thema gelegentlich, nie aber in Interviews oder eigenen Artikeln über ihre Arbeit. Dort war immer nur von literarischer Qualität und Respekt den Leserinnen und Lesern gegenüber die Rede, und davon, wie wichtig es sei, dass Kinder gute Bücher zu lesen bekommen. In der Regel gelang es ihr in Interviews, das Gespräch in diese Richtung lenken. Die Komplexität der verlegerischen Tätigkeit, zu der nun mal immer auch Kompromisse und wirtschaftliche Überlegungen gehören, wollte sie in der Öffentlichkeit nicht ausbreiten.

Zu verbergen hatte sie nichts, sie war stets redlich und großzügig. Doch den wirklich schwierigen Fragen widmete sie sich lieber hinter verschlossenen Türen, allein oder mit Hans Rabén.

Unter Astrid Lindgrens Leitung warf Rabén & Sjögrens Kinderliteratur jedes Jahr Gewinne ab. Ein Verlag, der Erfolg haben will, ist auf ein solides wirtschaftliches Fundament angewiesen, das war eine Selbstverständlichkeit für Astrid und nichts, wofür man sich entschuldigen musste. Verdiente der Verlag kein Geld, konnte sie nicht die Bücher herausbringen, die ihr am Herzen lagen, ganz einfach. Das war nicht weiter der Rede wert. Sie rechnete gut, aber eben lieber im Stillen.

Neben der Programmgestaltung gehörte die Vermarktung zu Astrids Hauptaufgaben. Ihr Name diente Rabén & Sjögren als Aushängeschild, und mithilfe ihres Ansehens und ihrer Popularität machte sie den Verlag für Autoren und Illustratoren attraktiv, für Kritiker interessant und für Buchhändler, Bibliothekare, Leser und Eltern verlässlich.

Ich war eine ganze Woche mit Elsa Olenius in Norrland, und wir hatten richtig viel Spaß, auch wenn es etwas anstrengend war, so von einem Ort zum nächsten zu reisen. Aber die Buchhändler waren überall nett und haben uns leckeres Essen spendiert. Am 27. bin ich in Värnamo und am 28. in Växjö, danach will ich versuchen, auf dem Heimweg in Vimmerby vorbeizukommen, auch wenn ich wie immer nicht viel Zeit habe, am 1. muss ich zurück in Stockholm sein.

Brief an die Eltern, 20. November 1954

Ihre Doppelrolle als Programmleiterin und Autorin machte Astrid zu einer gefragten Person. Nicht nur die Medien und Buchhändler rangen um ihre Aufmerksamkeit, auch die Autoren, Zeichner, Übersetzer und andere wichtige Verlagspartner richteten Erwartungen an sie. Alldem nachzukommen war bestimmt nicht so leicht.

In privaten Zusammenhängen erwähnte Astrid hin und wieder eine Melancholie, aber im Verlag konnte Astrid Lindgren solche Stimmungen anscheinend gut verbergen. Keiner der befragten Arbeitskollegen und Autoren hat davon gesprochen. Ella Lindgren erinnert sich nur an eine einzige Gelegenheit, bei der sie Astrid einmal niedergeschlagen erlebt hat, und das war nach dem Mord an Robert Kennedy.

Das soziale Spiel ist für einen Buchverlag von großer Bedeutung, und zu Hans Rabéns Stärken gehörte es nicht. Bei Geselligkeiten war stets Astrid Lindgren die Hauptattraktion, und diese Rolle meisterte sie mit Bravour. Siv Widerberg erzählt von den Autorentreffen im Verlag:

Ich weiß noch, dass alle Autorinnen und Autoren einmal im Jahr in den Verlag eingeladen wurden. Dann wurde gefeiert, und dann wollte man möglichst zu Astrid ins Zimmer, denn da war es lustig. Das Lachen war schon von Weitem zu hören, und da musste man zusehen, dass man einen Stuhl ergatterte und sich noch irgendwie dazusetzte. Von ihrem

Schreibtisch aus sorgte Astrid für so viel Spaß, sie war eine begnadete Geschichtenerzählerin.[116]

Dass Astrid Lindgren in den 1950er-Jahren die Kinderbuchredaktion bei Rabén & Sjögren ganz allein verwaltete, mutet etwas seltsam, ja beinahe unglaublich an, wenn man sich vor Augen hält, dass sie nur eine Teilzeitstelle hatte. Außerdem machte sie jedes Jahr drei Monate frei, von Juni bis August, damit genug Zeit für ihre eigenen Bücher und für den Familienurlaub im Ferienhaus auf Furusund blieb. Mit einer knappen halben Stelle betreute Astrid gegen Ende der Fünfzigerjahre etwa vierzig neue Kinder- und Jugendbücher pro Jahr. Hinzu kamen fast noch einmal so viele Neuauflagen älterer Titel. Zusammen machte das über achtzig Publikationen, für die Astrid jedes Jahr zuständig war. Wie das funktionierte, ist nur schwer nachvollziehbar.

An dieser Stelle der Erzählung könnte man nun eine Darstellung der übermenschlichen Qualitäten erwarten, die Astrid Lindgren zu einer wahren Arbeitsmaschine in der schwedischen Verlagsbranche machten. Doch so war es nicht. Sie arbeitete konzentriert und effektiv, aber keineswegs bis spätabends oder gar nachts. Karin Nyman erinnert sich nicht an eine abwesende Mutter, die Überstunden im Verlag machte. Astrid kam stets pünktlich nach Hause und aß mit der Familie. Aber auch Karin kann die Effektivität ihrer Mutter bezeugen:

Mama erledigte alles sehr schnell, sie brauchte nicht sehr lange nachzudenken.[117]

Im Arbeitskollegium erinnert man sich ebenfalls daran, dass Astrid sehr schnell und konzentriert arbeitete. Ihre Schreibmaschine stand nicht still, erst nach vielen Jahren bekam sie eine Sekretärin zur Unterstützung des Tagesgeschäfts. »Sie war ein phänomenaler Arbeitsmensch«, sagt Marianne Eriksson.[118] »Niemand schaffte so viel wie sie, ihre Arbeitskapazität war einfach unglaublich«, erzählt Kerstin Kvint.[119]

Astrid Lindgren im Büro, 1953 oder 1954

Silke Weitendorf, Heidi Oetingers Tochter, hat von dem Praktikum berichtet, das sie als Jugendliche Anfang der 1960er-Jahre bei Rabén & Sjögren absolvierte:

> *Als ich im Rahmen meiner Verlagsausbildung Anfang der 1960er Jahre ein längeres Praktikum bei Rabén & Sjögren in Stockholm absolvierte, lernte ich sie als Kinderbuchlektorin kennen: eine disziplinierte, ruhige, aber energische Person, deren Urteil stets unanfechtbar, treffsicher und präzise war. Die Manuskripte, die sie prüfte, versah sie mit wichtigen Anmerkungen und oft aufmunternden Ratschlägen, und viele der damals jungen Autoren sind ihr heute bestimmt sehr dankbar.*[120]

Den Autorenbriefen ist das hohe Arbeitstempo nicht anzumerken. Sie zeigen, dass Astrid Lindgren sich Zeit für die Manuskriptlektüre und das Verfassen ausführlicher Kommentare mit Änderungsvorschlägen nahm. Eine gestresste Lektorin hätte nie solche Briefe geschrieben. Astrid hatte sich die Arbeit und ihr Leben drumherum so eingerichtet, dass ihr ausreichend Zeit zum Lesen blieb.

Für dieses fast unbegreifliche Maß an Effektivität gibt es mehrere Erklärungen. Zum einen waren die Entscheidungswege im Verlag kurz. Besprechungen und Diskussionen zum Programm waren nicht notwendig. Astrid nahm die Gutachten entgegen, und wenn sie sich unsicher war, sprach sie mit Hans Rabén oder Elsa Olenius. Als sie in den 1960er-Jahren Verstärkung in der Redaktion bekam, beriet sie sich natürlich mit ihren Mitarbeitern. Im Großen und Ganzen traf sie die Entscheidungen jedoch allein.

Darüber hinaus verfügte Astrid Lindgren über ein Netzwerk von Beratern und freien Mitarbeitern, das heißt, ein guter Teil der Arbeit wurde außerhalb des Verlags erledigt. Elsa Olenius stand Astrid seit ihrer Anfangszeit bei Rabén & Sjögren zur Seite, und all die Jahre behielten die beiden ein enges Verhältnis zueinander. Mit der Zeit bekam Elsa jedoch mehr und mehr mit ihrer Arbeit im Kindertheater

Elsa Olenius war all die Jahre eine wichtige Beraterin. Als Astrid und Hans Rabén 1970 in den Ruhestand gingen, bedankten sie sich auch bei Elsa für ihren Einsatz.

zu tun, sodass sie nicht mehr so viele Gutachten für den Verlag übernehmen konnte.

Zu dem Netzwerk, das Astrid rund um die Kinderbuchredaktion aufbaute, zählte auch eine Gruppe alter Bekannter aus Vimmerby. Die wichtigste von ihnen war Anne-Marie Fries, Astrids Freundin aus Kindertagen, die als Vorbild für Madita diente. Die Wege der Mädchen hatten sich getrennt, als Anne-Marie nach dem Realschulabschluss nach Linköping gezogen war, um dort zum Gymnasium zu gehen, während Astrid ein Volontariat bei der Lokalzeitung *Vimmerby Tidning* begonnen hatte. In den Dreißigerjahren, als beide mittlerweile Familie und Kinder hatten, begegneten sie sich in Stockholm wieder und wurden schließlich Arbeitskolleginnen bei der Postüberwachung während des Kriegs. Als Astrid ihre Stelle bei Rabén & Sjögren antrat, wurde Anne-Marie zu ihrer meistengagierten Gutachterin. Die Freundin las viele schwedische Manuskripte, darunter auch solche, die zu den Schreibwettbewerben eingereicht wurden, vor allem aber begutachtete sie ausländische Bücher, die den Verlag erreichten. Anne-Maries Tochter, die Übersetzerin Lena Fries-Gedin, erzählt, dass ihre Mutter dänische, norwegische, deutsche und englische Bücher für Rabén & Sjögren las, oft siebzig bis achtzig Stück im Jahr. Sie hatte keine andere Beschäftigung, diese Aufträge nahmen ihre gesamte Zeit in Anspruch. Ihre Gutachten fielen in der Regel kurz und sehr deutlich aus und waren stets mit einer abschließenden Note in Buchstabenform versehen:

Dianne Doubtfire: »Girl in a gondola« und »Sky lovers«
Zwei außerordentlich törichte kleine Bücher, die es nicht wert sind, bei einem anständigen Verlag zu erscheinen. B

Felice Holman: »The wild children«
Das Buch spielt in Russland nach 1920, als Proletarier und die GPU die Macht übernahmen, und handelt vom Schicksal verwaister Kinder, die in Scharen durchs Land zogen, mehr oder weniger kriminalisiert. Spannendes Jugendbuch. Sollte weitergelesen werden. (Ba) Ab[121]

Heute würde es als unvorteilhaft erachtet, dass eine einzige Gutachterin so viel Einfluss auf das internationale Programm des Verlages hatte, das hätte zulasten der Vielfalt gehen können. Doch Verlässlichkeit war Astrid am wichtigsten, und sie hatte großes Vertrauen zu Anne-Marie, der sie lebenslang innig zugetan war. Als Anne-Marie Ende der 1980er- und Anfang der 1990er-Jahre die letzte Zeit ihres Lebens im Krankenhaus Blackeberg verbringen musste, kam die über achtzigjährige Astrid Lindgren sie jede Woche besuchen, bis zuletzt.

Anne-Marie Fries, Astrids Freundin aus Kindertagen in Vimmerby, diente nicht nur als Vorbild für Madita. Sie war Astrids meistengagierte literarische Gutachterin und Beraterin, vor allem für ausländische Bücher. Astrid Lindgren hatte großes Vertrauen zu Anne-Marie Fries, die in der Geschichte von Rabén & Sjögren eine wichtige Rolle spielt, ohne jemals im Verlag angestellt gewesen zu sein.

Astrids Schwestern Stina und Ingegerd waren ebenfalls Teil des Vimmerby-Netzwerks.

> *Ich lasse sowohl Stina als auch Ingegerd Korrektur lesen, also bald bilden wir wohl ein Familienunternehmen.*
>
> Brief an die Eltern, 10. Juni 1949

Vor allem bei der Vergabe von Übersetzungen bedachte Astrid Lindgren ihren engsten Kreis. Stina, verheiratet mit dem Autor Hans Hergin, erhielt 1947 ihren ersten Auftrag. In den 1950er- und 1960er-Jahren übersetzte sie für Rabén & Sjögren in der Regel mindestens vier Bücher im Jahr, gelegentlich sogar bis zu acht. Insgesamt wurden über zweihundert Bücher von ihr ins Schwedische übertragen, hauptsächlich Kinder- und Jugendliteratur. Astrids andere Schwester Ingegerd Lindström wurde Journalistin, doch auch sie erhielt in den 1950er-Jahren viele Aufträge. Die Übersetzungen der ersten siebzehn *Fünf Freunde*-Bücher stammten aus ihrer Feder, danach übernahm ihre Schwester Stina. Heute würde so etwas als Vetternwirtschaft bezeichnet, und für Rabén & Sjögrens Autorinnen und Autoren, die gern Übersetzungsaufträge bekommen hätten, kann das Anlass zu Ärgernis gegeben haben. Auch innerhalb des Verlags war diese Art der Auftragsvergabe nicht immer gern gesehen, denn in der Redaktion hatte man einiges damit zu tun, Stinas Übersetzungen »ins Reine« zu bringen. Doch wegen Astrids Position wurde nie daran gerüttelt, in Hinblick auf familiäre Befangenheit war man damals längst nicht so streng wie heute. Nachdem Astrid in den Ruhestand gegangen war, ließ ihre Nachfolgerin einige Bücher, die Stina Hergin ins Schwedische übertragen hatte, neu übersetzen, was im Vimmerby-Kreis für Unmut sorgte.

Gegen Ende der 1950er-Jahre gab es bei Rabén & Sjögren so viel zu tun, dass eine Assistentin für Astrid Lindgren eingestellt werden musste. Die Besetzung dieser Position wurde noch von großer Bedeu-

Als Marianne Eriksson 1970 Astrid Lindgrens Nachfolge als Programmleiterin für Kinderliteratur antrat, war sie bestens vorbereitet. Mehr als zehn Jahre lang war sie Astrids engste Mitarbeiterin gewesen. Unter Marianne Erikssons Leitung konnte der Kinderbuchsektor bei Rabén & Sjögren weiterentwickelt und die Führungsposition des Verlags in diesem Bereich zementiert werden.

tung für den Verlag, denn Marianne Eriksson, die die Stelle bekam, wurde zehn Jahre später Astrids Nachfolgerin. Im Laufe der 1960er-Jahre wuchs die Redaktion weiter an, bis sie insgesamt sechs Mitarbeiter umfasste, als Astrid 1970 in den Ruhestand ging.

Dass Astrid Lindgren als Chefin so erfolgreich war, ist wohl vor allem auf ihre vielseitige Begabung zurückzuführen. Sie hatte einen Sinn für finanzielle Angelegenheiten, war ein außerordentliches Kommunikationstalent und verfügte über ein intuitives Gespür für den Zeitgeist. Hinzu kamen ihre enorme Arbeitskapazität und die Fähigkeit, schnell Entscheidungen zu treffen, all das in Kombination mit ihrem Sprachgefühl und ihrer Kompetenz im Umgang mit Texten. Und nicht zuletzt konnte sie andere für sich gewinnen. Die Angestellten der Kinderbuchabteilung schätzten ihre Vorgesetzte auf einer sehr persönlichen Ebene, das ist nur zu deutlich.

> Gallie Eng, Lektorin:
> *Astrid war immer so nett. Ich durfte mit meinen Kindern in ihrem Haus auf Furusund wohnen, wenn sie selbst nicht dort war.*[122]

> Marianne Eriksson:
> *Sie war so klug, sehr diszipliniert in ihrer Arbeit, sie hatte ein unwahrscheinliches Erinnerungsvermögen, und sie hatte Humor. Mit ihr gab es immer was zu lachen. Sie war eine unglaublich gute Freundin. Sie hatte eine ganz besondere Art, mit mir zu reden. Sie war gewitzt, schlau, eine gute Psychologin.*[123]

> Kerstin Kvint:
> *Am bemerkenswertesten ist für mich das Wissen darum, dass all ihre fantastischen Eigenschaften, ihre Empathie und ihre Menschlichkeit so durch und durch echt waren, an ihr gab es nichts Falsches, Heuchlerisches oder Aufgesetztes.*[124]

Auch nach ihrer Pensionierung war Astrid noch oft zu Besuch in der Redaktion, wo sie immer ein gern gesehener Gast war. Ulla Olsson, Sekretärin der Geschäftsführung und später verantwortlich für die Auslandslizenzen, erzählt:

Ihre oft spontanen Besuche in der Kinderbuchabteilung zum Nachmittagskaffee waren immer sehr unterhaltsam. Oft brachte sie einen Hefekranz oder einen Zimtschneckenkuchen aus der Bäckerei in der Norrtullsgatan mit. Das wurde dann eine richtig nette Pause, und manchmal kam es vor, dass Astrid irgendeinen alten Gassenhauer zum Besten gab, während wir anderen andächtig lauschten.[125]

Ella Lindgren bescherten die Jahre als Astrids Sekretärin unvergessliche Erinnerungen. Sie hat alle Karten aufgehoben, die sie im Laufe der Zeit von ihrer Chefin bekam. Als ihr die Arbeitskollegen ein Geschenk zur Hochzeit besorgten, war Astrid gerade verreist. Da erhielt Ella folgenden Gruß:

Ella, meine kleine Ella, was soll denn dieses heimliche Heiraten! Du hast offenbar den Nutzen von Hochzeitsgeschenken nicht begriffen, damit hättest Du ja eine komplette Esszimmerausstattung zusammenbekommen können. Nun ja, that's up to you, aber ich will doch wenigstens meine allerherzlichsten Glückwünsche übermitteln, in erster Linie beglückwünsche ich Deinen Mann, der so eine wunderbare und entzückende Braut bekommen hat. Wenn wir uns wiedersehen, will ich Dir auf jeden Fall noch irgendetwas schenken, das kannst Du mir nicht verwehren.

Herzlichst
Astrid[126]

Rabén & Lindgren

Fast ein Vierteljahrhundert wurde der Verlag Rabén & Sjögren von Hans Rabén und Astrid Lindgren geleitet. In bestem Einvernehmen führten sie das Unternehmen vom Rande des Ruins zur Spitzenreiterposition unter den schwedischen Kinderbuchverlagen. Sie hielten immer zusammen. Nirgendwo ist auch nur das geringste Anzeichen für Streitigkeiten, Machtkämpfe oder Konkurrenz zwischen den beiden belegt. Stattdessen ergibt sich ein harmonisches Bild von Zusammenarbeit und gegenseitiger Loyalität.

Dabei teilten sich hier zwei sehr unterschiedliche Persönlichkeiten die Leitung des Verlags. Hans Rabén war der Geschäftsführer und Verlagschef und wollte mit Dr. Rabén angesprochen werden. Astrid leitete die Kinderbuchabteilung und bezeichnete sich als Lektorin. Sie war allseits beliebt, freundlich und fürsorglich und besaß eine ruhige, vertrauenserweckende Ausstrahlung. Gelegentlich war sie auch zu Späßen aufgelegt. Von Stress keine Spur. Hans Rabén war respektiert, aber nicht beliebt. Viele fürchteten sein aufbrausendes Temperament. Astrid war gebürtige Bauerntochter aus Vimmerby, hatte sich aber während der Jahre in Stockholm von ihrem konservativen Elternhaus distanziert und angefangen, die Sozialdemokraten zu wählen. Hans Rabén war im bürgerlichen Stockholmer Stadtbezirk Östermalm aufgewachsen, sein Vater war Weinhändler. Er hatte in eine sehr vermögende Familie eingeheiratet, seine Frau Haldis war die Tochter des schwedischen Großindustriellen Hans Th. Holm, Geschäftsführer des Unternehmens Telefon AG LM Ericsson, das heute einfach Ericsson genannt wird. Astrid beendete die Schule mit dem Realschulabschluss und begann danach bei der Lokalzeitung *Vimmerby Tidning*. Hans Rabén studierte an der Universität von Stockholm Kunstgeschichte und promovierte über »Die Holzskulptur- und Tischlerkunst der Renaissance und des Barocks«. Während Hans Rabén sich stark in der hochkirchlichen Oxfordbewegung engagierte, war Astrid Lindgren Agnostikerin. Es lassen sich noch weitere Unterschiede in Hinblick auf Persönlichkeit und Hintergrund der beiden anführen. Aber trotz dieser Unterschiede – oder vielleicht gerade ihretwegen – scheinen sie außerordentlich gut zusammengearbeitet zu haben.

Rabén & Sjögrens unkonventionelle interne Organisation war an Astrids Doppelrolle angepasst. Neun Monate im Jahr arbeitete sie halbtags, die restlichen drei hatte sie frei, was ihr Zeit zum Bücherschreiben verschaffte. Im Verlag konnte sie sich in erster Linie auf zwei Aufgabenbereiche konzentrieren: die redaktionellen Arbeiten und die Repräsentation nach außen. Um den Rest – Verkauf, Buchhaltung, Herstellung und Personalfragen – kümmerte sich Hans Rabén. Etwas vereinfacht könnte man sagen, dass er für die gesamte Infrastruktur zuständig war.

Bevor Hans Rabén seine Entscheidungen traf, beriet er sich in der Regel mit Astrid Lindgren. Vieles wurde in den langen morgendlichen Telefonaten beschlossen, die die beiden miteinander führten, bevor Astrid ins Büro kam. Was sie nicht am Telefon besprechen konnten, erledigten sie später im Verlag, hinter verschlossenen Türen. Keine Protokolle, keine Notizen, keine Briefe, keine Zeugen. Sie hinterließen keinerlei Spuren.

Die Verträge mit den Autoren, Zeichnern und Fotografen setzte Hans Rabén auf. An den Rahmenbedingungen für die Autorenvergütung gab es nicht viel zu diskutieren, da folgte der Verlag dem Normvertrag der Branche. Die Vorschüsse aber, die den Schriftstellern bei Ablieferung ihres Manuskripts – oder wann immer sie Geld benötig-

Arbeitsbild vom 31. Oktober 1956. Hans Rabén und Astrid Lindgren. Im Hintergrund ist ein Gemälde von Gösta Adrian Nilsson zu sehen, der zu Rabéns schwedischen Lieblingskünstlern gehörte.

ten – auf ihre Honorare ausbezahlt wurden, waren umkämpft. Hier gab es durchaus Verhandlungsspielraum, und in den Diskussionen darüber prallten Rabéns chronische Sparsamkeit – viele sagen auch Geiz – und der chronische Geldmangel der Autoren aufeinander.

Dass die finanziellen Angelegenheiten in Hans Rabéns Aufgabenbereich fielen, lag nicht etwa daran, dass er einen besonderen Sinn für Zahlen hatte. Er war Verleger und Geisteswissenschaftler und verfügte im Großen und Ganzen über ein ähnliches Interessenprofil wie Astrid Lindgren. Vermutlich war Astrids Verständnis für wirtschaftliche Fragen mindestens genauso groß wie seins, doch die Arbeitsteilung entband sie von Konfrontationen mit den Autoren. In diesem Zusammenhang kommt einem schnell das alte Klischee vom »good cop and bad cop« in den Sinn. Hans Rabén war der Geizkragen und trug die Konflikte aus, vor denen Astrid sich so scheute. Dennoch gab ihr die interne Rollenverteilung auch die Möglichkeit einzugreifen, wenn sie den Autoren entgegenkommen wollte. Das geschah jedoch stets im Rahmen der finanziellen Möglichkeiten, sie ging nie unbedacht mit den Mitteln des Verlags um. Wenn alles Verhandeln nichts half, ging der Schwarze Peter an Hans Rabén. Er zog den Unmut auf sich, und Astrid war fein raus. Die Autoren hatten durchgehend den Eindruck, dass Astrid ihre Interessen vertrat, ihr konnten sie vertrauen. Siv Widerberg hat nur Gutes zu berichten:

> *In finanzieller Hinsicht hatte man das Gefühl, dass sie auf der Seite der Schriftsteller stand. Ganz aufrichtig.*[127]

Ein Brief von Harry Kullman, einem der wichtigsten Autoren des Verlags, an Astrid Lindgren gewährt diesbezüglich interessante Einblicke:

> *Wie viel Vorschuss, glaubst Du, kann ich (wenn überhaupt) dafür bekommen? Kannst Du bei HR* [Hans Rabén] *mal nachhorchen? Falls nötig, kannst Du auf 800 runtergehen, aber Du kannst ja erst mal z. B. bei 1500 anfangen und dann jeweils 100 Kr weniger.*[128]

Wer hier wen hinters Licht führte, ist schwer zu sagen.

1958 war das Zweiergespann an Rabén & Sjögrens Spitze akut bedroht. Im Zuge einer Umstrukturierung hatten die Eigentümer, also die Konsumgenossenschaft Kooperativa Förbundet (KF), beschlossen, Hans Rabéns Stelle neu zu besetzen. Ein neuer Geschäftsführer war gefunden, alles war bereits in trockenen Tüchern, nun sollten nur noch die Mitarbeiter des Verlags informiert werden. Doch da stieß man auf Widerstand. Astrid legte ein Veto ein. Verblüfft musste die Konzernleitung feststellen, dass eine Auseinandersetzung mit Astrid Lindgren aussichtslos war. Nils Thedin, der viele Jahre für den publizistischen Bereich des KF zuständig war, erklärte, warum man hier nur zurückrudern konnte:

> *Die Kinderbuchabteilung mit Astrid Lindgren an der Spitze hielt eisenhart zu Hans Rabén. Und dieser klugen Dame widersetzte man sich nicht.*[129]

Formell besaß Astrid keine übergeordnete Machtposition, doch sie hatte eine klare Auffassung davon, wie der Verlag geführt werden sollte. Und Hans Rabén war der Garant, dass alles nach ihren Vorstellungen lief, ihn wollte sie als Vorgesetzten haben, niemanden sonst. Der KF sah schließlich ein, dass Hans Rabén an Bord bleiben musste, wenn man Astrid Lindgren behalten wollte. Am Neujahrstag 1959 schrieb sie in ihr Tagebuch:

> *Die drei Verlage werden zusammengelegt, mit sofortiger Wirkung, und Rabén wurde zum Geschäftsführer ernannt, vor allem dank meines Einsatzes.*

Astrid sei Dank behielt Hans Rabén also seinen Chefposten. In der allgemeinen Wahrnehmung ging er jedoch als Verlierer hervor, was zum Teil an seiner Persönlichkeit lag. Er war nicht sehr kontaktfreudig, tat sich schwer im sozialen Miteinander. Branchenkollegen, die mit ihm zu tun hatten, berichten nur selten etwas Positives über ihn. Nach seiner Pensionierung verschwand er schnell aus dem Rampenlicht, während Astrid Schweden und den Rest der Welt eroberte. Bei genauerem Hinsehen zeigt sich jedoch, dass Hans Rabén im Grunde die Voraussetzung für das Ganze war. Ohne ihn hätte Astrid Lindgren ihre großartige Doppelarbeit als Verlegerin und Autorin nicht ausführen können. Ohne ihn wäre Rabén & Sjögren als Kinderbuchverlag nicht so groß herausgekommen. Rabén erkannte 1945 als einziger schwedischer Verlagschef das Potenzial der neuen Kinderliteratur, die in den 1950er-Jahren Schweden und ganz Europa eroberte. Er wagte es, die streitbare Elsa Olenius zu engagieren, vor der sich die meisten männlichen Geschäftsführer fürchteten, und er hatte den Mut, Astrid Lindgren freie Hand zu lassen. Hans Rabén war ein hart arbeitender Verlagschef, seine Kinder erzählen von einem Vater, der für sein Unternehmen lebte und oft erst spät von der Arbeit nach Hause kam. Wenn man bedenkt, wie wichtig Rabén & Sjögren für die Entwicklung der schwedischen Kinderliteratur war, hätte er einen Platz in der »Hall of Fame« der Verlagsbranche verdient, doch der wurde ihm nie zuteil.

Im Gegenzug zu der Gestaltungsfreiheit, die Astrid in Publikationsfragen hatte, unterstützte sie Hans Rabén stets loyal in der Führungsarbeit, stand ihm beratend zur Seite und sorgte dafür, dass Fehler diskret korrigiert wurden. In einem vertraulichen Gespräch mit ihrer Freundin Margareta Strömstedt wird die ganze Last der Verantwortung deutlich, die Astrid Lindgren auf ihren Schultern spürte:

> *Ich habe geträumt, dass ich den Obersten Chef vom Zug abholen sollte. Es gab einen großen Menschenauflauf, und alles ging sehr feierlich zu, aber als er dann kam, war er so klein, so klein, wie ein Kind. Ich musste ihn auf dem Arm durch Stockholm tragen.*[130]

Es ist die Nacherzählung eines Traums, nichts weiter, und doch ist es erstaunlich, dass Astrid diese Worte veröffentlichen ließ. Sie hatte großen Respekt vor Hans Rabén, aber sie wusste, dass er auf sie angewiesen war. Sie hatte ihm versprochen, im Verlag zu bleiben, solange er dort Geschäftsführer war, und dieses Versprechen hielt sie, auch wenn die Arbeit sie in den letzten Jahren zunehmend erschöpfte. Am

Am 31. Mai 1970 gingen Astrid Lindgren und Hans Rabén in den Ruhestand, nachdem sie Rabén & Sjögren fünfundzwanzig Jahre lang gemeinsam geleitet hatten.

31. Mai 1970 verabschiedeten sich die beiden gemeinsam in den Ruhestand. Zu diesem Zeitpunkt war Hans Rabén fünfundsechzig und Astrid Lindgren zweiundsechzig Jahre alt.

Danach ging es für die beiden sehr unterschiedlich weiter. Mit *Die Brüder Löwenherz* unternahm Astrid einen großen Schritt in eine neue schriftstellerische Richtung. Sie mischte sich zunehmend in öffentliche Debatten ein und zeigte politisches Engagement. Für Hans Rabén hingegen wurde der Ruhestand zur Katastrophe. Kurz nach seiner Pensionierung erkrankte er an Parkinson, gefolgt von weiteren Leiden, die ihn an der Verwirklichung all seiner Pläne hinderten.

Am ersten Weihnachtstag 1970 schrieb Astrid Lindgren in ihr Tagebuch:

Das Jahr war sehr ereignisreich für mich. Ich habe meine Arbeit bei Rabén & Sjögren beendet und wurde dort zusammen mit Hasse feierlich verabschiedet. Das war in dem Moment zwar wehmütig, aber trotzdem zufriedenstellend für mich, wohingegen Hasse danach in eine ernste Depression stürzte.

Einige Monate später schrieb Astrid an Elsa Olenius:

Hasse wurde in die Psychiatrie von St. Görans eingewiesen, Haldis ist in Oslo, also habe ich ihn gleich am ersten Tag besucht, und da saß er dort und hat geweint, der Arme.[131]

Astrid hatte zugesagt, für die Tageszeitung *Svenska Dagbladet* einen Nachruf auf Hans Rabén zu schreiben, falls er vor ihr sterben würde. Dieses Versprechen hielt sie:

Es war, als wäre er im Ruhestand zerbrochen. Die Arbeit bedeutete ihm so viel. Er war ein kompetenter und ideenreicher Verleger und hat Großes geleistet, insbesondere für die schwedische Kinderliteratur.[132]

Im April 1988 begleitete ich Astrid zu Hans Rabéns Beerdigung in der Kirche von Nacka. Wir kamen zu früh, sodass die Kirche noch fast leer war. Lange saßen wir schweigend in einer der vordersten Reihen. Astrid war niedergeschlagen und sagte mit leiser Stimme, den Blick auf den Sarg gerichtet:

Mein lieber Hasse. Jetzt liegst du da und bist ganz und gar tot.

Aufwind und Gegenwind

1965 wurde *Pippi Langstrumpf* zwanzig Jahre alt, was Rabén & Sjögren mit Torten und Buchhandelskampagnen feierte. Astrid konnte zu diesem Zeitpunkt auf zwei Jahrzehnte kontinuierlichen Erfolgs zurückblicken – sowohl als Verlegerin als auch als Autorin. Inzwischen war sie fast sechzig, aber gesund und voller Elan. Sie hatte Hans Rabén versprochen, die Kinderbuchabteilung weiterzuleiten, solange er Verlagschef war, und bis zu seiner Pensionierung waren es noch fünf Jahre. Astrid wusste, dass er sie an seiner Seite brauchte, und sie hielt ihr Wort. Aber es war kein einfacher Weg, die letzten Jahre beim Verlag sollten für sie die schwierigsten in ihrer Zeit als Verlegerin werden.

Mitte der 1960er-Jahre begann die Veränderung des politischen Klimas mit Protesten gegen den Vietnamkrieg und weitete sich schnell aus. Der einsetzende »Paradigmenwechsel«, wie er heute genannt wird, schloss die meisten Bereiche ein und bezog sich nicht nur auf den Vietnamkrieg, die globale Politik und die Befreiung der »Dritten Welt«, sondern stellte auch die schwedische Innenpolitik, das Bildungssystem, kulturelle Gegebenheiten und Familienkonstellationen infrage. Die Fenster wurden weit geöffnet, Staub wirbelte auf, vieles, was bisher verboten gewesen war, wurde nun erlaubt. Im Kampf um eine Erneuerung der Gesellschaft kam der Literatur eine wichtige Rolle zu. Kerstin Thorvall, eine von Astrid Lindgrens Autorinnen und Zeichnerinnen, führte in einem aufsehenerregenden Artikel in der Tageszeitung *Expressen* die Kinderliteratur in die politische Kampfzone:

Leben alle Kinderbuchautoren im Land der Wichtelkinder?
Seit etwa fünfzehn Jahren lesen wir unseren Kindern von diesen glücklichen Familien vor. Viele Söhne haben Rollenmuster eingeflößt bekommen, wie sie Die Wichtelkinder *und* Den lyckliga familjen (im englischen Original: The Happy Family) *und viele andere reizende Bücher vorführen, mit einem starken, mutigen Vater und einer lieben, hübschen Mutter und Kindern, die immerzu rosig und gesund sind und vor Freude und Harmonie nur so strahlen. So sieht die Standardfamilie in der Kinderliteratur aus. Man denke nur an die Kinder aus Bullerbü, die wir so lieben. […] Auf der Suche nach einer anderen Art von Mutter, einer Mutter, die ein bisschen mehr wie ich ist, habe ich mich im Land der Kindheit auf Entdeckungsreise begeben. Das erschien mir sehr wichtig – denn nur eine andere Art von Mutter konnte mir weiterhelfen. Fünfzig Jahre nach Elsa Beskow muss es noch etwas anderes geben, dachte ich. Die Welt sieht heute anders aus, und das wissen alle, bis auf die Kinderbuchautoren. Sie leben für immer im Land der Wichtelkinder.*[133]

Als der Artikel erschien, hatten Rabén & Sjögrens Kinder- und Jugendbücher zwei Jahrzehnte lang weit über die Grenzen Schwedens hinaus zu den modernsten und richtungsweisendsten ihrer Art gehört. Astrid Lindgren hatte sich in ihrer verlegerischen Tätigkeit darum bemüht, dass Fantasie und Verspieltheit viel Raum in der Kinderliteratur bekamen. Doch Astrid ging es in ihren Liberalisierungsbestrebungen nicht nur ums Spiel. Sie hatte auch den Realismus hereingelassen, hatte gezielt danach gesucht und die Schreibenden dazu ermuntert. Immer wieder hatte sie die etablierten Vorstellungen zu Aussehen und Inhalt von Kinderbüchern hinterfragt. Sie hatte es gewagt, sich Regeln und Traditionen zu widersetzen, und hatte die gesamte Kinderbuchbranche erneuert. Doch mittlerweile war man im Jahr 1965 angekommen, und die alten Verdienste verloren zunehmend an Gewicht. Verleger und Autoren mussten sich der Frage der Kritiker stellen, welchen gesellschaftlichen Nutzen sie eigentlich hatten und was sie taten, um gegen die Ungerechtigkeiten in Schweden und im Rest der Welt vorzugehen. Die Kinderliteratur, die stets jenseits der Politik angesiedelt war, rückte ins Blickfeld der Gesellschaftskritiker. Der Kampf um das Weltbild der Kinder war ein Kampf um die Zukunft.

Viele Autoren engagierten sich in verschiedenen Aktionsgruppen und Fraktionen innerhalb der Linksbewegung, nicht aber Astrid Lindgren. Es sind keinerlei Aufrufe oder Diskussionsbeiträge auffindbar, unter denen ihr Name zu lesen wäre, und man sah sie nie an Demonstrationen teilnehmen. Das lag nicht daran, dass sie die Nachrichten und die öffentliche Debatte nicht verfolgte. Astrid interessierte sich für Politik und war stets informiert. Seit Anfang der 1940er-Jahre wählte sie die Sozialdemokraten. In privaten Gesprächen äußerte sie sich ausgesprochen kritisch über den Krieg der USA in Vietnam, doch solange sie als Verlegerin tätig war, hielt sie sich in politischen Fragen zurück. Ihren eigenen Büchern aus den Sechzigerjahren ist nichts von der politischen Radikalisierung anzumerken, stattdessen baute sie weiter auf ihre erfolgreichen Figuren und schrieb neue Geschichten über Michel, Karlsson vom Dach und Saltkrokan.

So beliebt sie auch war, musste Astrid Lindgren ab 1965 zunehmend erfahren, dass das von ihr geformte Verständnis von Kinderliteratur durch eine stürmische Gegenwart infrage gestellt wurde. Sven Wernström, der sich als Märchenautor einen Namen gemacht hatte, übte Kritik an seinem eigenen literarischen Werk. In einem Artikel von 1967 missbilligte er achtundvierzig seiner insgesamt sechzig Bücher. Nun bezog er engagiert Position für die sozialistische Kinderliteratur:

> *Die Welt ist anders, als unsere Andachtsschulen sie ihren Schülern präsentieren. Sie ist auch anders, als die Zeitschriften und Fernsehserien sie präsentieren. Wenn in der Jugendliteratur nun plötzlich Raum für Ergänzungen, Nuancierungen, Meinungen und Diskussionsstoff ist, so gehört das zum Erfreulichsten, das seit Langem passiert ist.*[134]

Viele Schriftsteller wollten die Kinder- und Jugendliteratur erneuern. Für die Verlage war es nicht leicht, sich diesen Forderungen zu verwehren, und Astrid Lindgren scheint eine Zeit lang unsicher gewesen zu sein, wie sie sich dazu verhalten sollte. Anhand von Briefen wird deutlich, dass sie sich Gedanken machte und verschiedenen Überlegungen versuchsweise nachging. Doch sie ließ sich nie von der Protestwelle mitreißen. Sie hatte gesehen, wie in den Dreißiger- und Vierzigerjahren totalitäre Regime in Europa die Literatur zur Legitimierung ihrer Macht missbrauchten. Eine Fahrt durch das sowjetisch besetzte Ostberlin, die sie an einem Herbstabend 1953, nicht lange nach dem Volksaufstand, zusammen mit Louise Hartung unternahm, hatte sie tief berührt. Diese Erfahrungen begleiteten sie ins Schweden der Sechzigerjahre, wo während ihrer gesamten restlichen Zeit bei Rabén & Sjögren linksgerichtete Winde wehten.

Sven Wernström erteilte seinen Schriftstellerkollegen handfeste Ratschläge fürs Schreiben:

Er sollte möglichst unbemerkt bei jeder sich bietenden Gelegenheit sozialistische Werte einfließen lassen. Selbstverständlich steht er immer auf der Seite des arbeitenden Volks gegenüber den Machthabern. Er zwingt die Leser, Fragen zu stellen, und führt sie damit zu mehr Bewusstsein und kritischem Denken. Unterhält sich die Kinderbuchfamilie am Essenstisch, so erscheint es nur angebracht, dass sie hin und wieder über den Vietnamkrieg spricht. Es wäre sogar seltsam, wenn sie es nicht täte. Auch wenn das nur nebenbei geschieht, so trägt es dazu bei, dem größten Verbrechen aller Zeiten einen Platz in unserem Alltag zu geben und es im Bewusstsein der neuen Generation lebendig zu halten.
Die Kinderbucheltern können am Zahltag routinemäßig eine Spende an die NFB schicken. Ist der Autor Sozialist, wird ihr Ton automatisch negativ, sobald sie über die USA, den Vermieter oder den Arbeitgeber reden. Wenn Mutter oder Vater von der Arbeit nach Hause kommen und gefragt werden, wie der Tag war, ist es nur natürlich, dass sie erst

einmal die stressige Akkordarbeit und ihre Unzufriedenheit am Arbeitsplatz erwähnen, bevor sie auf das eigentliche Thema des Dialogs zu sprechen kommen, die bevorstehende Urlaubsreise oder die Beschäftigungen der Kinder.[135]

Aber solche Bücher wollte Astrid Lindgren nicht herausgeben.

Politik und Weltanschauung waren nicht das Einzige, was in dieser Zeit auf dem Prüfstand stand. Auch Altersgrenzen verschoben sich. 1968 ließ die Tageszeitung *Dagens Nyheter* den erst sechzehnjährigen Ragnvald Hedemann ein paar von Rabén & Sjögrens Jugendbüchern rezensieren:

Sie repräsentieren alle eine gewisse Unreife und den unbeholfenen Versuch, als Wächter der Moral aufzutreten, und da muss man sich fragen, wie bei Rabén & Sjögren eigentlich Jugendromane bewertet werden. Ich persönlich will es jedenfalls scharf kritisieren, dass man diese verlogenen Heile-Welt-Ideale akzeptiert und damit jungen Menschen etwas vormacht.[136]

Astrid Lindgren hatte in den frühen 1950er-Jahren als erste schwedische Verlegerin mit der Veröffentlichung von Jugendbüchern begonnen – »Bücher fürs Übergangsalter« hießen sie damals. Sexszenen waren darin nicht vorgesehen. An dieser Linie hielt sie fest, was im Laufe der 1960er-Jahre jedoch zunehmend schwierig wurde.

Erst als sie 1970 in den Ruhestand gegangen war, bekannte Astrid Lindgren Farbe und schrieb einen oft zitierten Artikel mit der Überschrift *Kleines Gespräch mit einer angehenden Kinderbuchautorin:*

Man nehme 1 geschiedene Mutter, nach Möglichkeit eine Klempnerin, eine Atomphysikerin geht natürlich auch, Hauptsache, sie näht nicht oder »ist reizend«, dann gebe man ein wenig verseuchtes Wasser und etwas Luftverschmutzung hinzu, eine Prise Hungersnot und eine

Handvoll terrorisierender Eltern und Lehrer, rühre alles zusammen und schichte das Ganze sorgfältig mit ein paar Würfeln Rassen- und Geschlechterdiskriminierung und ein bisschen Vietnamkrieg, streue anschließend noch eine gute Portion Geschlechtsverkehr und Drogen darüber, und fertig ist ein deftiger und guter Eintopf.[137]

Wie so oft ging Astrid mit Humor zum Angriff über. Der Artikel liest sich wie ein wütender Verriss sozialrealistischer Literatur, obwohl doch auf ihren Publikationslisten stets auch Bücher mit realistischen Themen Platz gefunden hatten. In ihren letzten Jahren beim Verlag hatte sie jedoch auch viel schlechten Realismus in der Kinderliteratur gesehen, und davon hatte sie nun einfach genug. Sie war von Grund auf davon überzeugt, dass die Literatur frei sein müsse und nie der Politik untergeordnet werden dürfe. Wer politische Anliegen höher bewertete als literarische Qualität, hatte bei Rabén & Sjögren nichts zu suchen. In Zeiten des Paradigmenwechsels war dies kein leicht zu vertretender Standpunkt.

Rabén & Sjögrens Kataloge aus den Jahren 1965–1969 weisen kaum Einflüsse der radikalen gesellschaftlichen Debatte auf, die damals in Schweden vor sich ging. Bücher mit politischen Themen waren zwar durchaus vertreten, aber die hatte es auch während der gesamten 1950er-Jahre gegeben, es wurden weder mehr noch weniger. Oft enthielten sie historische Motive. Astrid verhielt sich wie ein Kapitän bei Nebel, sie verließ sich auf ihren Kompass und folgte weiter ihrem Kurs. Derselbe Kompass, der ihr in den 1940er- und 1950er-Jahren im Umgang mit der konservativen Kritik geholfen hatte, brachte sie nun sicher durch den Wind, der von links her wehte.

Für einen Verlag ist es nicht unproblematisch, sich von einer so starken Zeittendenz zu distanzieren, und man kann sich mit gutem Grund fragen, ob Astrid Lindgren den Ideen und Strömungen der Sechzigerjahre nicht etwas zu negativ gegenüberstand. Aus der Langzeitperspektive ist aber deutlich erkennbar, dass sie recht behielt, die

Welle politischer Kinderbücher war nach ein paar Jahren wieder verebbt.

Auch wenn danach nicht alles wieder beim Alten war, so normalisierte sich der Markt doch spürbar. Astrids unbeirrter Kurs könnte dazu geführt haben, dass Rabén & Sjögren neue Autoren entgingen, deren Manuskripte dann eher von neuen radikalen Verlagen veröffentlicht wurden. Doch die archivierten Ablehnungsschreiben bestätigen das nicht. Für Bücher, die sie ansprachen, stand bei ihr immer die Tür offen. Das zeigt unter anderem ihr Briefwechsel mit Doris Dahlin.

Doris war siebzehn Jahre alt und besuchte das Gymnasium in Härnösand, als sie 1969 ein Manuskript bei Rabén & Sjögren einreichte, das davon handelte, wie die Schüler einer Gymnasialklasse das Schulgebäude besetzen und die Abschaffung der Zeugnisse verlangen. Ihr Anschreiben war von Hand auf einem Schreibblock mit Peanuts-Motiven und dem Spruch »To know me is to love me« verfasst. Astrid schrieb zurück:

> *Yes, Doris Dahlin, to know you is to love you! Wir haben uns* Die Spielzeugokkupation *hier zu mehreren angeschaut – und das dauert immer ein bisschen, weil wir gleichzeitig unter Hochdruck an den Büchern für dieses Jahr arbeiten müssen –, aber wir finden das Manuskript alle gut und möchten es gern veröffentlichen. […] Wir können gleich einen Vertrag aufsetzen und Ihnen ein Garantiehonorar schicken. Sind Sie vielleicht mal in Stockholm? Es wäre nett, wenn wir uns treffen und ein bisschen kennenlernen könnten. To know you better is to love you more and more, I suppose.*
> *Viele Grüße*
> *Astrid Lindgren*[138]

Doch Doris Dahlin kam dieses Mal nicht nach Stockholm:

Stellen Sie sich vor, ich fuhr nicht hin, um sie zu treffen! [...] Da kam wohl zweierlei zusammen: Unter meiner harten Schale war ich doch recht schüchtern und empfindlich, und außerdem fehlte mir das Geld.[139]

Das Buch erschien 1971 unter dem Titel *Ockupationsleken* (Das Okkupationsspiel). Danach war es lange still um Doris Dahlin. 2007 debütierte sie mit einem Roman für Erwachsene, auf den noch weitere aufsehenerregende Bücher von ihr folgten.

In der Kulturdebatte und der öffentlichen Meinungsbildung der Sechzigerjahre herrschte vehementes, lautstarkes und kraftvolles politisches Engagement, aber man überschätzt leicht, welche Auswirkungen das auf das Alltagsleben ringsum in Schweden hatte. Für diejenigen, die Kinderbücher zu politischen Zwecken nutzen wollten, war Astrid Lindgren nicht mehr auf der Höhe der Zeit. Dennoch hatte sie so viele Leser wie keine Autorin und kein Autor jemals zuvor in Schweden. Während der Ruf nach Erneuerung der Kinderliteratur immer lauter wurde, stieg der Verkauf von Astrid Lindgrens doch recht traditionellen Büchern in verblüffendem Tempo an. Ein Blick auf die Zahlen macht das mehr als deutlich: 1960 verkaufte Rabén & Sjögren 100.000 Astrid-Lindgren-Bücher, 1970 lag die Anzahl bereits bei 500.000.[140]

Der enorme Verkauf von Astrid Lindgrens Büchern ließ Rabén & Sjögrens Gewinn in die Höhe schießen. Astrid Lindgren freute das sicher – zu einem Bestseller sagt man schließlich nicht Nein und erst recht nicht zu einer ganzen Reihe von Bestsellern –, aber wichtiger als das Geld war für sie wohl die Wertschätzung ihrer Leserinnen und Leser.

Es gab jedoch ein Problem, das sich gegen Ende der 1960er-Jahre allmählich bemerkbar machte. Rabén & Sjögrens Programm wurde immer vorhersehbarer. Der Umfang der Publikationslisten nahm stetig zu. Immer wieder präsentierte man auch vielversprechende neue

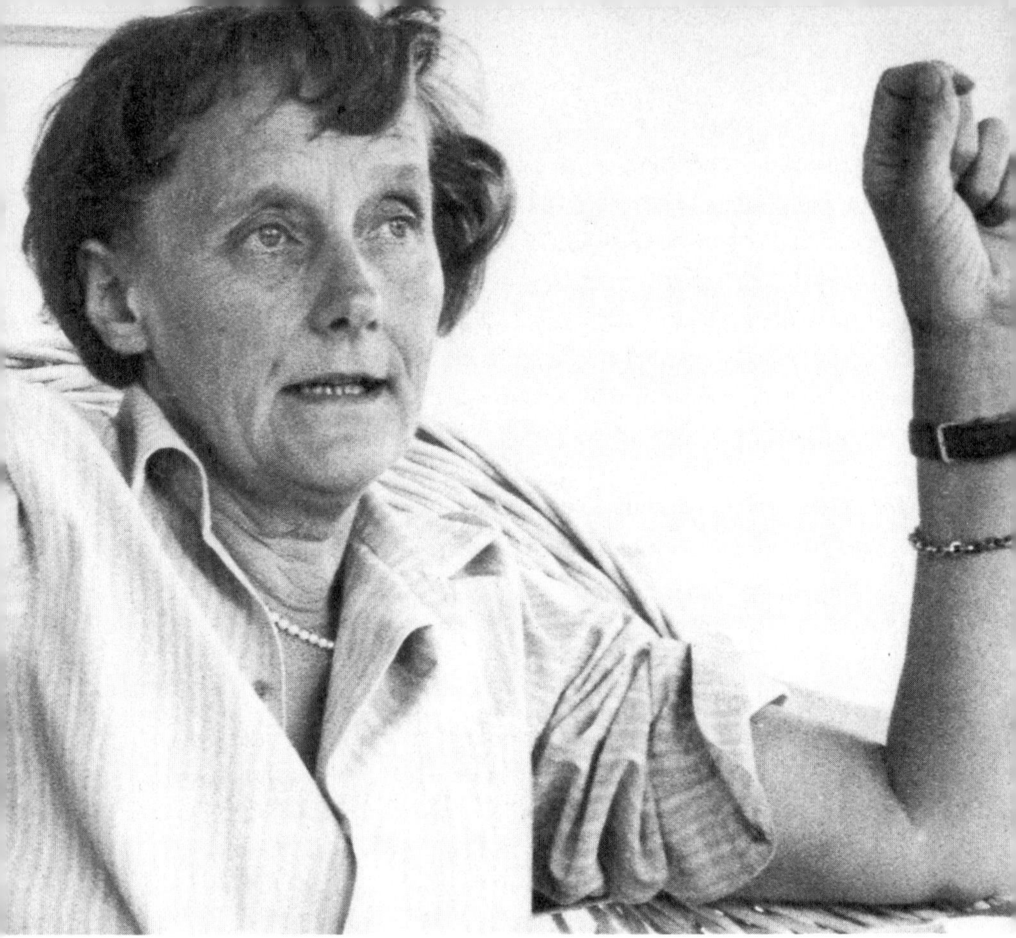

Astrid Lindgren widersetzte sich hartnäckig der Politisierung, die in den 1960er-Jahren Einzug in die Kinderliteratur hielt: »Der Autor, der eifrig den Finger in die Luft hält, um herauszufinden, aus welcher Richtung der Wind der öffentlichen Meinung gerade weht, bringt nur gleichgültige oder schlechte Bücher zustande, die mit Kunst nicht viel zu tun haben.«[145]

Namen, aber in erster Linie waren jedes Jahr dieselben Autoren mit neuen Büchern und Neuauflagen bereits erschienener Titel vertreten. Zum Teil waren sie seit den ersten Erfolgsjahren in den 1940ern dabei gewesen. Mit diesem Dilemma sieht sich jeder renommierte Verlag früher oder später konfrontiert, wenn die alten Erfolge mehr und mehr zur Last werden. Nach zwanzig überaus produktiven Jahren hatten sich die Werke vieler bedeutender Autoren und eine umfassende Backlist angesammelt, die es zu betreuen galt. Das zeugt von Astrid Lindgrens Weitsicht als Verlegerin, vielleicht aber auch von ihrem Unvermögen, sich von einmal etablierten Autoren zu trennen oder zumindest den Umfang ihrer Veröffentlichungen etwas zu begrenzen. Sie mochte keine Konflikte und wollte ungern Schriftsteller vor den Kopf stoßen, die seit Jahren Teil des Programms waren. Das gilt besonders für ihre letzten Jahre beim Verlag.

Mit Astrid Lindgrens und Hans Rabéns Pensionierung am letzten Maitag 1970 ging eine großartige Ära zu Ende. Entsprechend feierlich wurde die Verabschiedung begangen: Zuerst gab es ein Essen für die Mitarbeiter und die Leitung des Verlags, zwei Tage später folgte dann ein großer Empfang für Autoren, Illustratoren und ausländische Verleger.

Als Astrid nach ihrem letzten Arbeitstag mit dem japanischen Kirschbäumchen nach Hause ging, das sie von den Kollegen geschenkt bekommen hatte, tat sie das in der Gewissheit, dass Rabén & Sjögrens Kinderbücher in guten Händen waren. Ihre Nachfolgerin Marianne Eriksson hatte sie selbst ausgewählt und eingearbeitet.

Als ein paar Monate später das Herbstprogramm präsentiert wurde, staunten viele nicht schlecht. Unter den Neuerscheinungen war ein auffälliger Anteil radikal-politischer Kinderbücher vertreten, unter anderem ein Buch über den Bauernaufstand in Südamerika, eins über Nordvietnam und eins über die industrielle Umweltverschmutzung. Es liegt nahe, diese Veränderung in Verbindung mit Astrids Rückzug aus dem Verlag zu betrachten, und gewissermaßen bestand da durchaus ein Zusammenhang, doch ganz so einfach, wie es auf den ersten Blick erscheint, war es nicht. Damalige Mitarbeiter erzählen, dass Hans Rabén eine radikale Studentenverbindung für ein Imprint bei Rabén & Sjögren ins Boot geholt hatte. Astrid war einverstanden, sowohl sie als auch Hans Rabén hatten eingesehen, dass der Verlag eine Erneuerung benötigte. Selbst wollte sie jedoch nichts damit zu tun haben und verließ den Verlag, bevor die ersten Bücher erschienen. Das neue Programm erhielt viel Aufmerksamkeit, und die Zusammenarbeit mit der Studentenverbindung währte mehrere Jahre. Innerhalb kürzester Zeit hatte sich Rabén & Sjögren zum führenden Verlag für politische Kinderbücher entwickelt.

Die letzten Jahre als Leiterin der Kinderbuchabteilung waren für Astrid sicher nicht die besten. Sie sagte es zwar nie laut, aber es scheint, als habe sich nach vierundzwanzig Jahren eine gewisse Ermüdung bei ihr eingestellt. Marianne Eriksson konnte diese Veränderung beobachten:

In den letzten Jahren distanzierte sich Astrid zunehmend, sie delegierte immer mehr Aufgaben an mich und die anderen. Ich spürte, dass sie mit irgendetwas ganz anderem beschäftigt war. Erst später wurde mir klar, dass es die Brüder Löwenherz waren.[141]

Nach ihrer Pensionierung mischte sich Astrid engagiert in die öffentliche Debatte ein und initiierte wichtige Kampagnen. In ihrer Beurteilung von Kinderbüchern blieb sie jedoch weiterhin vorsichtig, das war ein sensibles Thema. Als sie in einem Radiointerview zur Politisierung der Kinderliteratur in den 1960er-Jahren befragt wurde, antwortete sie bedacht, sie schien ihre Worte genau zu wählen:

Das fand ich gut, es gab die ganze Zeit eine Weiterentwicklung, und was in Büchern gesagt werden konnte und was nicht, änderte sich ungemein, sowohl sprachlich als auch inhaltlich. Ich kann das nur als wunderbar bezeichnen. Nur dass die Bücher eben nicht von mir stammten, sie wurden von anderen geschrieben, zu meiner großen Freude. Das war notwendig und richtig.[142]

Als ich im Keller der Königlichen Bibliothek zu Stockholm auf diesen Interviewausschnitt stieß, musste ich mehrmals zurückspulen und mir die Stelle wieder und wieder anhören. Während ihrer Tätigkeit beim Verlag hätte Astrid sich nie so ausgedrückt. Es scheint, als habe sie mit etwas Abstand mehr Verständnis für die Politisierung der Kinderliteratur entwickelt. Doch genau kann man das nicht wissen, Astrid wollte sich nicht in eine politische Ecke drängen lassen.

Das Lebenswerk

Astrid Lindgrens Beerdigung am 8. März 2002 wird wohl nicht so schnell in Vergessenheit geraten. Die Prozession mit dem weißen Pferd durch die von Trauernden gesäumten Straßen Stockholms, die Zeremonie im voll besetzten Dom unter Anwesenheit der schwedischen Königsfamilie und mit einer Rede von Ministerpräsident Göran Persson, die vielen Freunde und Bewunderer, die aus aller Welt angereist waren. Niemand in Schweden, weder weiblich noch männlich, weder Königin noch Sportstar, konnte Astrid Lindgren in puncto Popularität das Wasser reichen. Als sie starb, war sie allseits verehrt und beliebt.

Diesen Status hatte sie sich ganz bewusst und sehr sorgsam erarbeitet, sie las viel und war stets auf dem Laufenden. Und sie war klug, ausgesprochen klug. Wer wie sie immer wieder zu den verschiedensten Fragen Stellung nehmen muss, kommt um gelegentliche Ausrutscher normalerweise nicht herum. In Astrids Fall aber lässt sich nur schwer eine Aussage finden, von der sie im Nachhinein Abstand nehmen oder für die sie sich entschuldigen musste.

Die meisten – vielleicht sogar alle – werden Astrid Lindgren wohl immer vor allem als Schriftstellerin sehen. Die Erzählerin, die uns seit der Kindheit begleitet und die wir nun an unsere Kinder und Enkel weitergeben. Die warme Radiostimme mit den wohlbekannten Worten: »Jetzt erzähle ich euch von …« In Schweden haben wir sie so oft gehört, dass jeder von uns ihre Stimme im Ohr hat, wir tragen sie in uns.

Astrids Bedeutsamkeit als Autorin ist unbestritten. In den Jahren, die seit dem Märztag im Stockholmer Dom vergangen sind, haben die Publikation bisher unbekannter Texte sowie Biografien, Briefwechsel und Dokumentarfilme jedoch zu einem neuen, differenzierteren Bild von ihr geführt. Mit der Zeit ist immer deutlicher geworden, wie facettenreich Astrid Lindgren eigentlich war.

Viele fragen sich, was sie wohl so lange beim Verlag hielt. Mit ihren Büchern verdiente sie schnell viel mehr Geld, als sie für sich und die Familie benötigte. Hätte sie sich ausschließlich der Schriftstellerei gewidmet, wäre ihr Leben vermutlich leichter gewesen. Der Neid, den sie durch ihre Doppelrolle auf sich zog, wäre ihr erspart geblieben. Und sie hätte nicht so hart arbeiten müssen, hätte nicht kreuz und quer durch Schweden reisen müssen, um Kinderbücher zu präsentieren. Ihr wäre mehr Zeit zum Schreiben und Erzählen geblieben. Doch Astrid entschied sich nicht für den bequemeren Weg. Vierundzwanzig Jahre lang leitete sie neben der Schriftstellerei Rabén & Sjögrens Kinderbuchabteilung und entwickelte sie fortlaufend weiter.

Die Frage nach ihrer Motivation hat Astrid Lindgren nie selbst beantwortet. Eine einfache Erklärung wäre vielleicht, dass sie diesen Weg nicht als Aufopferung betrachtete. Sie fühlte sich wohl bei Rabén & Sjögren, deshalb blieb sie. Die Arbeit als professionelle Verlegerin machte ihr Spaß, und das soziale Miteinander im Verlag bot ihr einen willkommenen Ausgleich zum einsamen Schriftstellerinnendasein am heimischen Schreibtisch. Seit 1958 lebte sie allein in ihrer Wohnung in der Dalagatan, ihr Mann Sture war verstorben, und die Kinder Lasse und Karin waren mittlerweile ausgezogen. Sie schätzte die zwischenmenschlichen Begegnungen im Verlag und pflegte auch lange nach ihrer Pensionierung noch persönliche Kontakte und Freundschaften zu mehreren Mitarbeitern.

Betrachtet man Astrid Lindgrens zweigleisige Berufstätigkeit jedoch genauer, fällt es schwer, sich nicht von ihrem Aktivismus beeindrucken zu lassen, von dieser Willenskraft, mit der sie stets Dinge berichtigen wollte, die sie als falsch empfand. Man denke nur an ihre Worte über die dürftige Qualität schwedischer Kinderbücher in den 1940er-Jahren, bevor alles anfing:

> *Wie hatte es so weit kommen können? Nun ja, wie hätte es anders sein können, wenn niemand die Kinderliteratur ernst nahm und wirklich mal ein bisschen Qualität verlangte?*

Sie ging das Problem resolut an, ohne sich von den Regeln und Konventionen der Buchbranche zurückhalten zu lassen. Und sie hatte Erfolg. Mit der Zeit richtete sich ihr Engagement auch auf andere gesellschaftliche Fragen. Aber die Rechte und Lebensbedingungen der Kinder waren für sie immer das Wichtigste.

Die Dankesrede, die Astrid Lindgren 1978 bei der Verleihung des Friedenspreises des Deutschen Buchhandels hielt, ist ein Ausdruck ihres über die Jahre gewachsenen Aktivismus. Eine Meinungsverschiedenheit im Vorfeld der Verleihung zeigt ihre starke Persönlichkeit. Traditionsgemäß gehörte zur Verleihungszeremonie eine Rede der Preisträgerin oder des Preisträgers. Doch als die Veranstalter Astrid Lindgrens im Voraus eingesandtes Manuskript gelesen hatten, wollten sie den Ablauf ändern und schlugen Astrid vor, sich einfach »kurz und gut« für den Preis zu bedanken. Sie reagierte verärgert und sagte, wenn sie ihre Rede nicht halten dürfe, gedenke sie nicht nach Frankfurt zu kommen. Dann könnten sie den Preis anderweitig verleihen. Sie bekam ihren Willen. Astrid reiste nach Frankfurt und hielt ihre Rede. Der Titel lautete »Niemals Gewalt«, und der Text ist heute fast ebenso klassisch wie ihre Bücher. Ihre Rede endet mit folgenden Worten:

> *Die Intelligenz, die Gaben des Verstandes mögen zum größten Teil angeboren sein, aber in keinem neugeborenen Kind schlummert ein Samenkorn, aus dem zwangsläufig Gutes oder Böses sprießt. Ob ein Kind zu*

Rolf Keller, Vorsteher des Börsenvereins des Deutschen Buchhandels, übergibt Astrid Lindgren den Preis in der Frankfurter Paulskirche.

einem warmherzigen, offenen und vertrauensvollen Menschen mit Sinn für das Gemeinwohl heranwächst oder aber zu einem gefühlskalten, destruktiven, egoistischen Menschen, das entscheiden die, denen das Kind in dieser Welt anvertraut ist, je nachdem, ob sie ihm zeigen, was Liebe ist, oder aber dies nicht tun.

»Überall lernt man nur von dem, den man liebt«, hat Goethe einmal gesagt, und dann muss es wohl wahr sein.

Ein Kind, das von seinen Eltern liebevoll behandelt wird und das seine Eltern liebt, gewinnt dadurch ein liebevolles Verhältnis zu seiner Umwelt und bewahrt diese Grundeinstellung sein Leben lang. Und das ist auch dann gut, wenn das Kind später nicht zu denen gehört, die das Schicksal der Welt lenken. Sollte das Kind aber wider Erwarten eines Tages doch zu diesen Mächtigen gehören, dann ist es für uns alle ein Glück, wenn seine Grundhaltung durch Liebe geprägt worden ist und nicht durch

Gewalt. Auch künftige Staatsmänner und Politiker werden zu Charakteren geformt, noch bevor sie das fünfte Lebensjahr erreicht haben – das ist erschreckend, aber es ist wahr.[143]

Die Geschichte von Astrid Lindgren als kommerziell erfolgreicher Verlegerin kann das Bild der warmen, klugen und rechtschaffenen Erzählerin weder ändern noch schwächen. Doch sie ist ein wichtiger Teil des Gesamtbildes. Sie zeigt, wie Astrid aus Vimmerby mit ihrer vielseitigen Begabung und Tatkraft ihre Ideen verwirklichen und die Kinderliteratur verbessern konnte, zur Freude der Kinder in Schweden und auf der ganzen Welt.

Bildnachweis

S. 2: © picture alliance/AFTONBLADET/LASSE STENER/AFTONBLADET/TT
S. 20: © The Astrid Lindgren Company
S. 24: Fotograf unbekannt
S. 35: Fotograf unbekannt
S. 52: © Moderna Museet Stockholm/Anna Riwkin (Foto Corinna); © picture alliance/Pressens Bild/TT/Pressens Bild (Foto Colomba)
S. 55: © The Astrid Lindgren Company
S. 57: Fotograf unbekannt
S. 59: Foto Dick Hallström, Rechteinhaber unbekannt
S. 67: Fotograf unbekannt
S. 83: © picture alliance/AFTONBLADET/5600/Lennart Halvarsson/Aftonbladet/TT
S. 102/103: © Björn Berg/Bildmakarna Berg AB
S. 116: © The Astrid Lindgren Company
S. 131: © Verlag Friedrich Oetinger
S. 136: © Verlag Friedrich Oetinger
S. 144: © Verlag Friedrich Oetinger
S. 152: © Verlag Friedrich Oetinger
S. 155: © picture alliance/BEPPE ARVIDSSON/Beppe Arvidsson/TT
S. 160: Fotograf unbekannt
S. 164: Fotograf unbekannt
S. 177: © The Astrid Lindgren Company
S. 179: Foto Tommie Lindberg, Rechteinhaber unbekannt
S. 181: © The Astrid Lindgren Company
S. 183: © picture alliance/DAGENS BILD/Harry Berger/Dagens Bild/TT
S. 188: Foto Dick Hallström, Rechteinhaber unbekannt
S. 192: Fotograf unbekannt

S. 202: © The Astrid Lindgren Company
S. 209: © Lutz Kleinhans

Leider konnten nicht alle Rechteinhaber ausfindig gemacht werden. Eventuelle Rechteinhaber mögen sich an den Verlag Friedrich Oetinger wenden.

Fußnoten

1 Strömstedt, Margareta: *Astrid Lindgren. Ein Lebensbild*, Verlag Friedrich Oetinger 2001
2 Astrid Lindgren: *Die Menschheit hat den Verstand verloren. Tagebücher 1939–1945*, Ullstein 2015
3 Margareta Strömstedt: *Astrid Lindgren. Ein Lebensbild*. Verlag Friedrich Oetinger 2001
4 Brief von Astrid Lindgren an Elsa Olenius, 5.12.1944
5 Kjell Bohlund et al.: *Rabén, Sjögren och alla vi andra* [Rabén, Sjögren und all wir anderen], Rabén & Sjögren 1992
6 Astrid Lindgren in *Rabén, Sjögren och alla vi andra* [Rabén, Sjögren und all wir anderen]
7 Hans Rabén: *Rabén & Sjögren 1942–67*, Rabén & Sjögren 1967
8 Astrid Lindgren in *Rabén, Sjögren och alla vi andra* [Rabén, Sjögren und all wir anderen]
9 Hans Rabén: *Rabén & Sjögren 1942–67*
10 Hans Rabén: *Rabén & Sjögren 1942–67*
11 Astrid Lindgren im Radiointerview für Sveriges Radio mit Stefan Mählqvist, 8. Juli 1985
12 Undatierter Brief von Astrid Lindgren an ihren Vater
13 Astrid Lindgren in *Rabén, Sjögren och alla vi andra* [Rabén, Sjögren und all wir anderen]
14 Interview des Autors mit Karin Nyman, 19. Mai 2016
15 Undatierter Artikel aus der Kulturzeitschrift IDUN aus dem Astrid-Lindgren-Archiv in der Königlichen Bibliothek in Stockholm
16 Mary Ørvig in *Rabén, Sjögren och alla vi andra* [Rabén, Sjögren und all wir anderen]
17 Astrid Lindgren in *Barnboken. Tidskrift för barnlitteratur* [Das Kinderbuch. Zeitschrift für Kinderliteratur], 1985:2

18 E-Mail von Karin Nyman an den Autor, 6. März 2020
19 Staffan Sundin: *Bonniers – en mediefamilj* [Die Bonniers – eine Medienfamilie], Albert Bonniers Förlag 2001
20 Brief vom Bonniers Verlag an Astrid Lindgren, 20. September 1944
21 Undatierte Tonaufnahme eines Mitarbeiterfests bei Rabén & Sjögren
22 Hans Rabén: *Rabén & Sjögren 25 år*. Stockholm 1967
23 *Dagens Nyheter*, 24. November 1956
24 Undatierter Ausschnitt aus einer Zeitschrift im Nachlass Astrid Lindgrens
25 Persönliches Manuskript von Astrid Lindgren für eine Verkaufspräsentation
26 Undatierter Brief von Astrid Lindgren an Viola Wahlstedt
27 Astrid Lindgren im Radiointerview für Sveriges Radio mit Stefan Mählqvist, 8. Juli 1985
28 Interview des Autors mit Kerstin Kvint, 3. März 2017
29 Interview des Autors mit Barbro Lindgren, 22. Februar 2017
30 Interview des Autors mit Barbro Lindgren, 22. Februar 2017
31 Brief von Astrid Lindgren an Barbro Lindgren, 20. Februar 1964
32 Interview des Autors mit Barbro Lindgren, 22. Februar 2017
33 Margareta Strömstedt: *Astrid Lindgren. Ein Lebensbild*, Verlag Friedrich Oetinger 2001
34 Helene Ehriander in *Värden och värderingar hos förlagsredaktör Astrid Lindgren och Rabén & Sjögren förlag* [Werte und Bewertungen bei Verlagslektorin Astrid Lindgren und dem Verlag Rabén & Sjögren], Studentlitteratur 2012
35 Brief von Astrid Lindgren an Eva Ewert, 10. Oktober 1951
36 Brief von Astrid Lindgren an Eva Ewert, 18. September 1952
37 Brief von Eva Ewert an Astrid Lindgren, 22. September 1952
38 Brief von Astrid Lindgren an Eva Bergold, August 1966
39 Brief von Eva Bergold an Astrid Lindgren, Oktober 1966
40 Helene Ehriander: *Tack för alla kloka ord och vänliga brev* [Danke für all die klugen Worte und freundlichen Briefe], Litteraturvetenskapliga institutionen i Lund 1994
41 Brief von Astrid Lindgren an Kai Söderhjelm, Juni 1955, wiedergegeben in Helene Ehriander: *Tack för alla kloka ord och vänliga brev*
42 Kai Söderhjelm: *Hellre kärlek än krig* [Lieber Liebe als Krieg], Opal 1991
43 Brief von Astrid Lindgren an Viola Wahlstedt, 11. Februar 1947
44 Brief von Viola Wahlstedt an Astrid Lindgren, Neujahr 1950
45 Brief von Astrid Lindgren an Viola Wahlstedt, 13. Januar 1950

46 Undatierter Brief von Astrid Lindgren an Viola Wahlstedt, 1958

47 Brief von Astrid Lindgren an Viola Wahlstedt, Februar 1958

48 *Dagens Nyheter*, 17. Dezember 1992

49 Der Name der Person, deren Manuskript abgelehnt wurde, ist dem Autor bekannt.

50 Astrid Lindgren in *Rabén, Sjögren och alla vi andra* [Rabén, Sjögren und all wir anderen]

51 Telefoninterview des Autors mit Siv Widerberg, 2. Juni 2016

52 Helene Ehriander und Martin Hellström: *Nya läsningar av Astrid Lindgrens författarskap* [Astrid Lindgrens Autorenschaft neu interpretiert], Liber 2015

53 Der Name der Person, deren Manuskript abgelehnt wurde, ist dem Autor bekannt.

54 Astrid Lindgren im Radiointerview für Sveriges Radio mit Stefan Mählqvist, 8. Juli 1985

55 Brief von Astrid Lindgren an Katarina Taikon, 27. Januar 1969

56 Marianne Eriksson in *Allrakäraste Astrid. En vänbok till Astrid Lindgren* [Allerliebste Astrid. Eine Festschrift für Astrid Lindgren], Rabén & Sjögren 2001

57 Astrid Lindgren: *Litet samtal med en blivande barnboksförfattare* [Kleines Gespräch mit einem angehenden Kinderbuchautor], Barn och Kultur 1970:6

58 Brief von Astrid Lindgren an Ingrid Vang Nyman, 7. Oktober 1952

59 Brief von Ulla Sundin-Wickman an Astrid Lindgren, 24. Juli 1966 (Jahreszahl unsicher)

60 Brief von Kerstin Thorvall an Astrid Lindgren, 26. November 1979

61 Zeitschrift *Året Runt* [Durchs ganze Jahr] nr 50, 1976

62 Radiointerview aus der Serie »Svenska ikoner« [Schwedische Ikonen], Sveriges Radio P4, 5. Mai 2016

63 Brief von Astrid Lindgren an Lennart Hellsing, 11. Mai 1964

64 Brief von Björn Berg an Astrid Lindgren, 8. August 1963

65 Björn Bergs Tagebuchaufzeichnungen

66 Brief von Astrid Lindgren an Björn Berg, 31. März 1970

67 Bo Strömstedt (Hg.): *Min väg till barnboken* [Mein Weg zum Kinderbuch], Albert Bonniers Förlag 1964

68 Interview in *Vi läser* [Wir lesen], 2017:3

69 Interview des Autors mit Kerstin Kvint, 11. März 2016

70 *Svenska Dagbladet*, 22. Dezember 1970

71 Undatierter Zeitungsausschnitt aus dem Archiv des Svenska Barnboksinstitutet (Schwedisches Kinderbuchinstitut)
72 Undatierter Zeitungsausschnitt aus dem Archiv des Svenska Barnboksinstitutet (Schwedisches Kinderbuchinstitut)
73 Undatierter Zeitungsausschnitt aus dem Archiv des Svenska Barnboksinstitutet (Schwedisches Kinderbuchinstitut)
74 *Svenska Dagbladet*, 10. Dezember 1954
75 Werbebrief an schwedische Buchhändler aus dem Astrid-Lindgren-Archiv der Königlichen Bibliothek Stockholm
76 Heidi Oetinger in *Allrakäraste Astrid. En vänbok till Astrid Lindgren* [Allerliebste Astrid. Eine Festschrift für Astrid Lindgren]
77 Sybil Gräfin Schönfeldt: *Astrid Lindgren. Erinnerungen an eine Jahrhundertfrau*, ebersbach & simon, 2017
78 Sybil Gräfin Schönfeldt: *Astrid Lindgren. Erinnerungen an eine Jahrhundertfrau*
79 Brief von Friedrich Oetinger an Astrid Lindgren, 29. April 1949
80 E-Mail von Silke Weitendorf an den Autor, 18. Februar 2020
81 Brief von Astrid Lindgren an Yrsa Bang, 18. Mai 1950
82 Heidi Oetinger in *Allrakäraste Astrid. En vänbok till Astrid Lindgren* [Allerliebste Astrid. Eine Festschrift für Astrid Lindgren]
83 Brief von Friedrich Oetinger an Astrid Lindgren, 15. Februar 1954
84 Undatierter Brief von Astrid Lindgren an Friedrich Oetinger
85 Brief von Friedrich Oetinger an Astrid Lindgren, 16. April 1968
86 Undatierter Brief von Astrid Lindgren an Friedrich Oetinger
87 Brief von Astrid Lindgren an Friedrich und Heidi Oetinger, 23. April 1954
88 Undatierter Brief von Friedrich und Heidi Oetinger an Astrid Lindgren
89 Brief von Astrid Lindgren an Friedrich und Heidi Oetinger, 31. Juli 1954
90 Brief von Astrid Lindgren an Friedrich und Heidi Oetinger, 27. September 1968
91 Brief von Astrid Lindgren an Silke Weitendorf, 26. März 1974
92 Zitiert nach Kerstin Kvint: *Astrid i vida världen* [Astrid in der großen weiten Welt], Kvint 1997
93 Brief von Friedrich Oetinger an Astrid Lindgren, 6. November 1973
94 Die Abschnitte über die Familie Heinig beruhen auf mehreren Gesprächen des Autors mit Karin Heinig zwischen 2019 und 2020.
95 Undatierter Brief von Astrid Lindgren an Friedrich und Heidi Oetinger
96 Brief von Astrid Lindgren an Yrsa Bang, Pfingstabend 1952
97 Brief von Astrid Lindgren an Friedrich Oetinger, 21. Mai 1953

98 Germund Michanek: *Författaren och samhället* [Autor und Gesellschaft], Wahlström & Widstrand 1972

99 E-Mail von Margareta Krantz an den Autor, 10. Juli 2020

100 Astrid Lindgren im Radiointerview für Sveriges Radio mit Stefan Mählqvist, 8. Juli 1985

101 Brief von Astrid Lindgren an Louise Hartung, 18. November 1959, in: Louise Hartung, Astrid Lindgren: *Ich habe auch gelebt! Briefe einer Freundschaft*, Ullstein 2016

102 *Aftonbladet*, 20. Dezember 1963

103 *Broder och systrar. Brev i urval 1944-2011* [Bruder und Schwestern. Ausgewählte Briefe], Lennart-Hellsing-Sällskapet 2011

104 Brief von Lennart Hellsing an Astrid Lindgren, 1. Mai 1964

105 Brief von Astrid Lindgren an Lennart Hellsing, 11. Mai 1964

106 Brief von Lennart Hellsing an Astrid Lindgren, 12. Mai 1964

107 Interview des Autors mit Ella Lindgren, 20. April 2016

108 Kerstin Kvint, *Astrid och jag* [Astrid und ich], Astrid Lindgren Text 2019

109 Marianne Eriksson in *Allrakäraste Astrid. En vänbok till Astrid Lindgren* [Allerliebste Astrid. Eine Festschrift für Astrid Lindgren]

110 Interview des Autors mit Ella Lindgren, 20. April 2016

111 Interview des Autors mit Marianne Eriksson, 1. März 2016

112 Interview des Autors mit Lena Fries-Gedin, 30. März 2016

113 Telefoninterview des Autors mit Siv Widerberg, 2. Juni 2016

114 Interview des Autors mit Barbro Lindgren, 22. Februar 2017

115 Georg Svensson: *Förläggaren, boken och marknaden* [Der Verleger, das Buch und der Markt], Albert Bonniers Verlag 1964

116 Telefoninterview des Autors mit Siv Widerberg, 14. November 2016

117 Interview des Autors mit Karin und Olof Nyman, 19. Mai 2016

118 Interview des Autors mit Marianne Eriksson, 1. März 2016

119 Interview des Autors mit Kerstin Kvint und Lennart Frick, 3. März 2017

120 Zitiert nach Kerstin Kvint: *Astrid i vida världen* [Astrid in der großen weiten Welt], Kvint 1997

121 Handschriftliche Notiz aus dem Nachlass von Anne-Marie Fries

122 Interview des Autors mit Gallie Eng, 1. Februar 2016

123 Interview des Autors mit Marianne Eriksson, 4. Februar 2016

124 Interview des Autors mit Kerstin Kvint und Lennart Frick, 11. März 2016

125 Interview des Autors mit Ulla Olsson, 20. Oktober 2016

126 Undatierter Brief von Astrid Lindgren an Ella Lindgren
127 Telefoninterview des Autors mit Siv Widerberg, 14. November 2016
128 Undatierter Brief von Harry Kullman an Astrid Lindgren
129 Aufzeichnungen von Nils Thedin aus Privatbestand
130 Margareta Strömstedt in: *Allrakäraste Astrid. En vänbok till Astrid Lindgren* [Allerliebste Astrid. Eine Festschrift für Astrid Lindgren]
131 Brief von Astrid Lindgren an Elsa Olenius, 1. April 1971
132 *Svenska Dagbladet*, 8. April 1988
133 *Expressen*, 29. Juni 1965
134 Sven Wernström in *Ord och bild* [Wort und Bild], 1967:1
135 Sven Wernström in *BiS. Bibliotek i samhället* [Bibliothek in der Gesellschaft], 1970:8/9
136 *Dagens Nyheter*, 23. November 1968
137 Astrid Lindgren in *Barn och kultur* [Kinder und Kultur], 1970:6
138 Undatierter Brief von Astrid Lindgren an Doris Dahlin
139 E-Mail von Doris Dahlin an den Autor, 31. Oktober 2017
140 Zahlen aus den Honorarabrechnungen, zur Verfügung gestellt durch die Astrid Lindgren Company
141 Interview des Autors mit Marianne Eriksson, 1. März 2016
142 Astrid Lindgren im Radiointerview für Sveriges Radio mit Stefan Mählqvist, 8. Juli 1985
143 Astrid Lindgren, *Niemals Gewalt* (Rede zur Verleihung des Friedenspreises des Deutschen Buchhandels, 22. Oktober 1978), Verlag Friedrich Oetinger 2017
144 Das Diagramm basiert auf Daten aus der Nationalbibliografie der Königlichen Bibliothek zu Stockholm.
145 Astrid Lindgren: *Det gränslösaste äventyret* [Das grenzenlosteste aller Abenteuer]. Eriksson & Lindgren 2007

Literaturverzeichnis

Andersen, Jens: *Astrid Lindgren. Ihr Leben*, DVA 2015

Bohlund, Kjell et al. (Hg.): *Rabén, Sjögren och alla vi andra. Femtio års förlagshistoria* [Rabén, Sjögren und all wir anderen. Fünfzig Jahre Verlagsgeschichte], Rabén & Sjögren 1992

Ehriander, Helene/Hellström, Martin (Hg.): *Nya läsningar av Astrid Lindgrens författarskap* [Astrid Lindgrens Autorenschaft neu interpretiert], Liber 2015

Ehriander, Helene: *Tack för alla kloka ord och vänliga brev* [Danke für all die klugen Worte und freundlichen Briefe], Litteraturvetenskapliga institutionen i Lund 1994

Ehriander, Helene: »Tack snälla rara Astrid« [Danke, liebe gute Astrid], in: Inger Littberger Caisou-Rousseau, Maria Nilsson, Carina Sjöholm, Mia Krokstäde (Hg.): *Speglingar av Småland* [Spiegelungen von Småland], Isaberg 2009

Ehriander, Helene: »Värden och värderingar hos förlagsredaktör Astrid Lindgren och Rabén & Sjögren förlag« [Werte und Bewertungen bei Verlagslektorin Astrid Lindgren und beim Verlag Rabén & Sjögren], in: Sara Kärrholm, Paul Tenngart (Hg.): *Barnlitteraturens värden och värderingar* [Werte und Bewertungen in der Kinderliteratur], Studentlitteratur 2012

Forsberg, Lisbet: *Edith Unnerstad. En levnadsteckning* [Edith Unnerstad. Ein Lebensbild], Svenska Barnboksinstitutet 1990

Grähs, Gunna/Rhedin, Ulla (Hg.): *Vår Pippi – Vår Vang. Tecknarna hyllar Ingrid Vang Nyman och det moderna genombrottet inom svensk*

barnbokskonst [Unsere Pippi – Unsere Vang. Zeichner feiern Ingrid Vang Nyman und den modernen Durchbruch in der schwedischen Kinderbuchkunst], Salikon Förlag 2016
Hedén, Birger: *Individ, våld och klassamhälle. En studie i Harry Kullmans ungdomsböcker* [Individuum, Gewalt und Klassengesellschaft. Harry Kullmans Jugendbücher], Rabén & Sjögren 1983
Hellsing, Lennart: *Tankar om barnlitteraturen* [Gedanken zur Kinderliteratur], Rabén & Sjögren 1963
Hellsing, Susanna/Westin, Birgitta/Öhman-Sundén, Suzanne (Hg.): *Allrakäraste Astrid. En vänbok till Astrid Lindgren* [Allerliebste Astrid. Festschrift für Astrid Lindgren], Rabén & Sjögren 2001
Hemmel, Sven: *En skissbok av Sven Hemmel* [Ein Skizzenbuch von Sven Hemmel], Seriefrämjandet 2002
Kvint, Kerstin: *Astrid i vida världen: sannsagan om Astrid Lindgrens internationella succé* [Astrid in der großen weiten Welt: das wahre Märchen ihres internationalen Erfolgs], Kvint 1997
Kvint, Kerstin: *Astrid och jag*, 50 års *arbetsliv 1952–2002* [Astrid und ich. 50 Jahre Arbeitsleben 1952–2002], Astrid Lindgren Text 2019
Larsson, Nisse (Hg.): *Broder & systrar! Lennart Hellsings brev i urval 1944–2011* [Bruder & Schwestern! Ausgewählte Briefe von Lennart Hellsing 1944–2011], Lennart Hellsing-sällskapet 2011
Laqueur, Walter: *Die deutsche Jugendbewegung. Eine historische Studie*, Verlag Wissenschaft und Politik 1962
Lindgren, Astrid: *Det gränslösaste äventyret: om böcker, läsning och att skriva för barn* [Das grenzenlosteste aller Abenteuer: über Bücher, das Lesen und das Schreiben für Kinder]. Eriksson & Lindgren 2007
Lindgren, Astrid: *Die Menschheit hat den Verstand verloren. Tagebücher 1939–1945*, Ullstein Buchverlage GmbH, Berlin 2015
Lindgren, Astrid/Hartung, Louise: *Ich habe auch gelebt! Briefe einer Freundschaft*, hg. v. Jens Andersen und Jette Glargaard, Ullstein Buchverlage GmbH, Berlin 2016
Mählqvist, Stefan (Hg.): *Författaren från Fattigmannagatan. En bok om*

Harry Kullman [Der Autor aus der Arme-Leute-Straße. Ein Buch über Harry Kullman], Rabén & Sjögren 1989
Michanek, Germund: *Författaren och samhället* [Autor und Gesellschaft], Wahlström & Widstrand 1972
Rabén, Hans: *Rabén & Sjögren 1942–1967. En tjugofemårskrönika* [Rabén & Sjögren 1942–1967. Eine Chronik über fünfundzwanzig Jahre], Rabén & Sjögren 1967
Rudström, Lennart/Willemark, Kajsa: *Från New York till Lönneberga. En bok om Björn Berg* [Von New York nach Lönneberga. Ein Buch über Björn Berg], Bokförlaget Langenskiöld 2011
Schönfeldt, Sybil Gräfin: *Astrid Lindgren. Erinnerungen an eine Jahrhundertfrau*, ebersbach & simon 2018
Schönhoven, Klaus: *Freiheit und Leben kann man uns nehmen, die Ehre nicht*, Verlag J. H. W. Dietz Nachf. 2017
Söderhjelm, Kai: *Hellre kärlek än krig* [Lieber Liebe als Krieg], Opal 1991
Strömstedt, Bo (Hg.): *Min väg till barnboken. 21 barnboksförfattare berättar* [Mein Weg zum Kinderbuch. 21 Kinderbuchautoren erzählen], Bonniers 1964
Strömstedt, Margareta: *Astrid Lindgren. Ein Lebensbild*, Verlag Friedrich Oetinger 2001
Sundin, Staffan: *Bonniers – en mediefamilj. Konsolidering och expansion 1930–1954* [Die Bonniers – eine Medienfamilie. Konsolidierung und Expansion 1930–1954], Bonniers 2002
Svensson, Georg: *Förläggaren, boken och marknaden* [Der Verleger, das Buch und der Markt], Albert Bonniers Förlag 1964
Tellgren, Christina: *På barnens bokmarknad* [Auf dem Buchmarkt der Kinder], Bonniers juniorförlag 1982
Törnqvist, Lena: *Ingrid Vang Nyman. En biografi* [Ingrid Vang Nyman. Eine Biografie], Salikon Förlag 2016
Wigh, Leif: *Anna Riwkin. Porträtt av en fotograf* [Anna Riwkin. Porträt einer Fotografin], Moderna Museet 2004

Dank

Ohne den Zuspruch und die großzügige Bereitstellung von Briefen und anderen privaten Unterlagen durch Astrid Lindgrens Familie wäre die Entstehung dieses Buches nicht möglich gewesen. Namentlich sind das Astrids Tochter Karin Nyman, ihr inzwischen verstorbener Mann Carl Olof Nyman, die Enkelinnen Malin Billing und Annika Lindgren (Letztere hat meinen Text redigiert) sowie Astrids Urenkel Johan Palmberg, der mich mit Daten zum Verkauf von Astrid Lindgrens Büchern versorgt hat.

Ebenso großzügig hat mir Silke Weitendorf, ehemalige Geschäftsführerin des Oetinger Verlags, Briefe und andere Dokumente zur Verfügung gestellt und mit großer Geduld allerlei Fragen beantwortet.

Von Astrid Lindgrens Freunden und Arbeitskollegen, die ihre Erinnerungen mit mir geteilt haben, möchte ich einigen ganz besonders danken:

Marianne Eriksson, Astrids Nachfolgerin als Leiterin der Kinderbuchabteilung bei Rabén & Sjögren und zugleich eine Kollegin und Freundin von mir, hat mir viele Stunden lang von ihren Erinnerungen und Erfahrungen berichtet.

Kerstin Kvint, die jahrelang für die Auslandslizenzen bei Rabén & Sjögren zuständig war und später als Literaturagentin und persönliche Sekretärin für Astrid Lindgren arbeitete, hat mithilfe ihres Mannes Lennart Frick und ihres guten Gedächtnisses meinen Text vervollständigt und korrigiert.

Lena Törnqvist, Bibliothekarin, Wissenschaftlerin und Hauptverantwortliche für die Katalogisierung des Astrid-Lindgren-Archivs der Königlichen Bibliothek zu Stockholm, hat mir geholfen, mich zu orientieren, hat gelesen und kritisiert und großzügig ihr Wissen mit mir geteilt.

Karin Heinig hat mir von der Geschichte ihrer Familie und deren Rolle für den Kontakt zwischen Astrid Lindgren und dem Verlag Friedrich Oetinger erzählt.

Mats Ekdahl, der als Chefredakteur bei der Tageszeitung *Arbetet*, den Zeitschriften *Vi* und *Resumé* sowie der Zeitschrift des schwedischen Ärzteverbandes *Läkartidningen* tätig war, hat meine Arbeit von Anfang an als Gesprächspartner und strenger Kritiker begleitet.

Ruth Fruchtman, Autorin und Publizistin, hat mir bei der Lektüre von Texten zur deutschen Geschichte des zwanzigsten Jahrhunderts geholfen.

Helene Ehrianders Aufsätze und Artikel zu den Autorenbriefen sind unerlässlich für alle, die über Astrid Lindgrens Verlagsarbeit schreiben wollen.

Danke auch an Maja Berg Lindelöw und Sven Berg, Lena Fries-Gedin und Ella Lindgren, die mir von früher erzählt und mir Einblick in Briefe, Tagebücher und Aufzeichnungen aus ihren Familienarchiven gewährt haben.

Und schließlich möchte ich den Archivaren und Bibliothekaren am Zentrum für Wirtschaftsgeschichte, in der Handschriftenabteilung der Königlichen Bibliothek zu Stockholm, am Schwedischen Kinderbuchinstitut, an der Carolina Rediviva und im Schwedischen Staatsarchiv meinen aufrichtigen Dank aussprechen. Freundlich und hilfsbereit haben sie mir Bücher, Mappen, Ordner und Kartons voller Briefe, Werbebroschüren, Protokolle und Fotos herausgesucht. Aneinandergereiht würden die Wagen, die sie für mich hin und her geschoben haben, einen kleinen Güterzug bilden.

Kjell Bohlund

Klimaneutral
Druckprodukt
ClimatePartner.com/53248-2011-1002

Dieses Buch wurde klimaneutral produziert. Dadurch fördern wir anerkannte Nachhaltigkeitsprojekte auf der ganzen Welt. Erfahre mehr über die Projekte, die wir unterstützen, und begleite uns auf unserem Weg unter www.oetinger.de

FSC www.fsc.org MIX Papier aus verantwortungsvollen Quellen FSC® C014496

1. Auflage

Das vorliegende Buch ist eine für den deutschsprachigen Raum bearbeitete Ausgabe der schwedischen Originalausgabe, erschienen 2018 bei Astrid Lindgren Text, Stockholm, unter dem Titel *Den okända Astrid Lindgren. Åren som bokförläggare och chef.*
Auslandsrechte vertreten durch The Astrid Lindgren Company AB, Stockholm, Schweden. Mehr Informationen unter info@astridlindgren.se.

ASTRID LINDGREN COMPANY

Die Übersetzung erfolgte mit freundlicher Unterstützung des Swedish Arts Council.
Satz: Satz für Satz, Wangen im Allgäu
Druck und Bindung:
GGP Media GmbH, Karl-Marx-Straße 24, 07381 Pößneck, Deutschland
Printed 2021
ISBN 978-3-7512-0006-6

www.astridlindgren.com
www.astrid-lindgren.de
www.oetinger.de